Ullstein Krimi

Ullstein Krimi
Lektorat: Martin Compart
Ullstein Buch Nr. 10262
im Verlag Ullstein GmbH,
Frankfurt/M – Berlin – Wien
Titel der englischen Originalausgabe:
The Man Who Wanted Tomorrow
Übersetzt von Michael K. Georgi
Erstmals in deutscher Sprache

im Verlag Ullstein GmbH,
Frankfurt/M – Berlin – Wien

Ungekürzte Ausgabe

Umschlaggestaltung:
Atelier Noth & Hauer, Berlin
Fotografik:
Welfhard Kraiker & Karin Szekessy
Printed in Germany 1984
Gesamtherstellung: Ebner Ulm
ISBN 3 548 10262 X

August 1984

CIP-Kurztitelaufnahme
der Deutschen Bibliothek

Freemantle, Brian:
Rächer kennen kein Erbarmen: Polit-Thriller / Brian Freemantle. [Übers. von Michael K. Georgi]. – Ungekürzte Ausg. – Frankfurt/M; Berlin; Wien: Ullstein, 1984.
(Ullstein-Buch; Nr. 10262: Ullstein-Krimi)
Einheitssacht.: The man who wanted tomorrow <dt.>
ISBN 3-548-10262-X
NE: GT

Vom selben Autor
in der Reihe der
Ullstein Bücher

Die Schliche der Taube (10061)
Strategie des Skorpions (10111)
Eine Flasche für Charlie Muffin (10161)
Abgesang auf Charlie Muffin (10177)
Jagd auf Charlie Muffin (10220)
Deakens Krieg (10249)

Brian
Freemantle

Rächer kennen kein Erbarmen

Polit-Thriller

Ullstein Krimi

Für Victoria,
die nur zu gut die Liebe kennt,
mit der ihr dieses Buch gewidmet ist

1

Der Wind, der bald den ersten Schnee des Winters mit sich bringen würde, huschte über den See und trieb Kabbelwellen vor sich her, die mit dumpfem Klatschen ans Ufer schlugen.

Ein riesiger, keilförmiger Schatten lag über dem Wasser, verursacht von dem Bergmassiv, das am Nordwestufer des Toplitzsees aufragte, und an dem, bei Tageslicht, noch die Spuren der weiterentwickelten V1 und V2 zu sehen waren, die dort in dem geheimen Unterwasserraketenzentrum der deutschen Marine noch getestet wurden, als Hitler sich bereits in seinem Berliner Befehlsbunker die Luger an die Schläfe gesetzt hatte.

Am Ostufer jedoch, das vom Mondlicht erreicht wurde, war es heller, und dort tauchte der erste Mann aus dem Wasser auf. Er trat Wasser, drehte sich einmal im Kreis und musterte forschend das in tiefer Dunkelheit liegende Land. Dann tauchten lautlos, in Formation, die anderen Froschmänner auf.

So verharrten sie, ein streng ausgerichtetes Rechteck von Köpfen. Nach einigen Minuten setzten sie sich, ohne daß irgendwelche Handzeichen zu sehen gewesen wären, unbeholfen in Richtung Ufer in Bewegung. Ihre Formation war ungewöhnlich, zwei Reihen von je drei Mann, die parallel und im Abstand von ungefähr einem Meter schwammen. Sie kamen nur langsam voran, und es war offensichtlich, daß sie an irgend etwas Schwerem schleppten. Als die beiden Führer Boden unter den Füßen hatten, bückten sie sich und zogen die Flossen aus, um besser laufen zu können. Dann warteten sie, aufrecht stehend, bis die anderen das gleiche getan hatten.

Der Schuß aus der Schrotflinte war ohrenbetäubend. Sie wurde nur wenige Meter von dem Mann, der zuerst aufgetaucht war, abgefeuert und riß ihm den Kopf weg. Eine zweite Schrotflinte donnerte los, die Schrotgarbe tötete den zweiten Mann auf der Stelle und verwundete den Taucher hinter ihm, Sekunden später starb er im Kreuzfeuer von Maschinenpistolen. Der vierte Schwimmer hatte ein nutzloses Messer in der Hand, als ihn die erste Schrotflinte, mittlerweile wieder geladen, in den Bauch traf und Kopf und Oberkörper fast vom Rumpf trennte. Der fünfte Froschmann rannte blindlings auf das Ufer zu, in einen Kugelhagel, der mit mathematischer Präzision auf den See gerichtet war, und wurde von der Wucht der Geschosse aus dem Wasser hochgerissen.

Das Ganze dauerte genau eine Minute und zweiunddreißig Sekunden. Dann war es unvermittelt wieder still.

Die Toten wurden ans Ufer und über Tannennadeln ein Stück in den Wald hinein geschleift. Ohne Eile entfernte man denjenigen, die noch Köpfe hatten, die Mundstücke und Masken, um sie im Schein schwerer Stablampen, die bis jetzt nicht verwendet worden waren, weil die Killer Infrarotnachtsichtgeräte getragen hatten, genauer betrachten zu können. Die Infrarotbrillen hatten den Männern ein groteskes, froschähnliches Aussehen verliehen.

»Es waren sechs.«

»Ja.«

Sie drehten sich alle zum See um, der jetzt still und fast unbewegt unter der stetigen Brise lag. Die Lichtkegel stachen hinaus, doch nichts war zu sehen. Minutenlang inspizierten sie das Ufer, suchten nach einer weiteren Leiche, und zwei Männer wateten, knietief im Wasser, parallel zu ihnen.

»Wer hat zu früh geschossen, vor meinem Befehl?«

»Ich war das.«

Das Eingeständnis kam prompt. Der Mann hatte militärische Haltung angenommen, kannte die Disziplin. Es gab eine kurze Pause, dann feuerte die Schrotflinte erneut, gedämpfter diesmal, weil der Anführer nur einen Lauf abgeschossen hatte. Er hatte bewußt auf das Gesicht des Mannes gehalten, um jede Identifizierung unmöglich zu machen.

»Zieht ihnen die Kleider aus.«

Der Anführer richtete seine Taschenlampe auf das, was die Froschmänner aus dem See geholt hatten.

»Zwei Kisten«, sagte er, überflüssigerweise.

»Es müssen mehr gewesen sein. Die sind nicht mit nur zwei Kisten in dieser speziellen Formation geschwommen.«

Der Lichtstrahl spielte erneut über den See, und der Fluch war kurz und knapp.

»Verdammte Scheiße.«

Die Männer zeigten die typische Verlegenheit von Soldaten, die ihren Offizier fluchen hören. Rasch gab der Anführer einen Befehl, und sie formierten sich zu einem Rechteck, ähnlich dem, in dem die Schwimmer ans Ufer gekommen waren. Die Kleidungsstücke der Toten wurden auf die Kisten gestapelt.

Es lag militärische Präzision in der Art, wie die Gruppe durch den Wald davonmarschierte.

2

Die russischen Wissenschaftler, von denen nur wenige größere Reisen gemacht hatten, verließen die Sondermaschine der Aeroflot, standen dann in Grüppchen herum und schielten wie eine Hühnerschar, die auf ein Zeichen der Glucke wartet, auf den Wissenschaftsminister. Der Minister, Alexej Mawetskij, kannte sich in New York aus und maschierte selbstbewußt die Fluggastbrücke am Kennedy Airport hinunter und begrüßte die amerikanischen Vertreter aus Houston und die Russen von den Vereinten Nationen. Am nächsten Tag, nach einem Empfang bei der UNO, wollten sie nach Texas weiterfliegen.

»Nicht ganz das, was ich erwartet habe«, sagte Sergej Damerow zu dem Mann, der neben ihm lief. Damerow, der Raketenantriebsexperte, war ein ungepflegter dicker Mann, der seine Kleider ausbeulte wie ein Ballonreifen, der durch mehrere Löcher langsam die Luft verliert. Er sprach in nervösen, asthmatischen Sätzen, wobei er sich andauernd die zerzausten grauen Haare raufte und nach jeder Meinungsäußerung sofort lachte, als rechnete er mit Widerspruch und wollte vorsorglich andeuten, daß seine Ansichten nicht ernstgenommen werden sollten.

Auch jetzt lachte er und warf seinem Begleiter einen erwartungsvollen Blick zu, doch der andere Mann ignorierte ihn, die unvermeidliche Zigarette mit der schwarzen Malakkaspitze zwischen den Lippen. Er hinkte etwas, die Folgen einer lange zurückliegenden Unfallverletzung an seinem linken Bein.

»Ich sagte, nicht ganz das, was ich erwartet habe.«

Der Hinkende wandte sich um, das Gesicht, wie üblich, völlig ausdruckslos, und sofort stieg die tiefsitzende Eifersucht in Damerow auf. Wladimir Kurnow war der beherrschteste Mann, den er kannte, dachte Damerow, der seine eigene Nervosität haßte. Sie arbeiteten jetzt fast achtzehn Jahre zusammen, und noch nie hatte er gesehen, daß der andere Ärger oder Freude zeigte. Oder überhaupt irgendein Gefühl. Damerow hatte ihn den »Roboter« getauft und beinahe Tränen gelacht, als er feststellte, daß Kurnow der Spitzname zu Ohren gekommen war. Aber Kurnow hatte ihn nur angestarrt, mit diesen unergründlichen Augen. Und war davongegangen, ohne ein Lächeln und ohne ein Stirnrunzeln.

Seltsam, dachte der Raketenspezialist, als sie die VIP-Lounge betraten, daß Kurnow sich stets durchzusetzen weiß, ohne auch nur die Stimme zu erheben. Wahrscheinlich seine psychologische Ausbildung. Damerow fragte sich, ob sein Kollege die Leute hypnotisierte und ihnen so seinen Willen aufzwang. Vielleicht war's das. Der Mann mit den zerrauften Haaren starrte in die leeren Augen, die sich ihm zugewandt hatten. Die sind durchaus fähig, einen zu hypnotisieren, sagte er sich.

»Was *haben* Sie denn erwartet?«

Die Stimme war ebenso ausdruckslos wie die Augen. Es war diese monotone Sprechweise gewesen, die Damerow ursprünglich zu dem Spitznamen inspiriert hatte. Angesichts dieser direkten Frage suchte Damerow nach einem ungefährlichen Ausweg.

»Ach, ich weiß nicht«, meinte er achselzuckend und lachte abfällig. »Angeblich ist es doch so eine lebendige, aufregende Stadt ... wo eine Menge los sein soll ...«

»Ist es«, unterbrach ihn der andere mit der Ungeduld eines Erwachsenen, der sich von dem Geplapper eines Kindes irritiert fühlte. Pointiert sah er auf die Uhr. »Sie sind vor genau sechzehn Minuten gelandet, und wir haben noch nicht einmal den Flughafenbereich verlassen. Wie in aller Welt wollen Sie denn da beurteilen, was das für eine Stadt ist?«

Damerow trat überstürzt den Rückzug an.

»Nein, natürlich nicht. Dumm von mir. Aber schließlich bin ich nicht so weitgereist wie Sie«, kapitulierte er und ärgerte sich über sich selbst. Es *war* eine dumme Bemerkung gewesen. Kurnow hatte sich jedoch abgewandt und beachtete ihn nicht weiter. Der Minister trieb gerade seine Gruppe zusammen und stellte sie den NASA-Vertretern und den Wissenschaftlern vor, mit denen sie bei dem geplanten russisch-amerikanischen Weltraum-Rendezvous zusammenarbeiten würden. Er winkte Kurnow, der gehorsam zu der Gruppe trat.

»Wladimir Kurnow«, stellte ihn Mawetskij vor. »Unser führender Experte für Verhaltens- und Streßforschung ... oder, wie manche Leute sagen, sogar *der* führende Experte ...«

Kurnow wartete geduldig, bis der Dolmetscher übersetzt hatte, dann sagte er: »Ich spreche englisch.«

Der NASA-Direktor, Melville Sharpe, schüttelte ihm die Hand und lächelte. »Ich habe mich ganz besonders darauf gefreut, Sie kennenzulernen, Genosse Kurnow.«

»Und ich habe mich auf den Besuch gefreut«, erwiderte der Russe. Sein Englisch war gut, fast akzentfrei.

»Ich habe bei Ihrem letzten Besuch versucht, Kontakt mit Ihnen aufzunehmen«, fuhr der Amerikaner fort. »Aber irgendwie sind Ihnen meine Botschaften offenbar nicht ausgerichtet worden.«

Lächelnd hielt er inne und wartete auf eine entsprechende Frage. Kurnow sah ihn mit ausdrucksloser Miene an.

»Wir fanden Ihre Veröffentlichungen über Streßuntersuchungen hochinteressant«, fuhr der Direktor fort. »Unsere Leute haben eine Menge daraus gelernt.«

»Ja«, sagte Kurnow unbeeindruckt und ließ erkennen, daß ihn das Lob nicht weiter überraschte.

»Wir hatten keine Ahnung, daß Ihre Forschungen schon so weit fortgeschritten sind«, meinte Sharpe.

»Sorgfältige Detailarbeit und langsamer, stetiger Fortschritt statt dramatischer Durchbrüche war schon immer ein Kennzeichen russischer Forschung«, erklärte Kurnow.

Sharpe musterte ihn stirnrunzelnd und überlegte, ob dies eine angedeutete Kritik an Amerikas publizistischem Weltraumrummel darstellen sollte. Nein, die Bemerkung war nicht verletzend gemeint, entschied er. Es war, als hätte der Mann Worte rezitiert, die von einem anderen geschrieben worden waren. Kurnow erwiderte den Blick und überließ auch weiterhin die Gesprächsführung dem Amerikaner. Der Direktor studierte den Mann. Kurnows Haar war militärisch kurzgeschnitten, die Ohren frei, und sein Gesicht, fast faltenfrei und so sorgfältig rasiert, daß es rosig und beinahe poliert wirkte, gab keinen Hinweis auf sein Alter. Es war so ausdruckslos, stellte der Direktor fest, daß man ihm nie die Gedanken seines Besitzers ansehen würde. Er war fast einsachtzig groß, aber schlanker als die anderen stämmigen und vierschrötigen Russen in der Gruppe, und sein Anzug, zwar ein unauffälliges und langweiliges Grau, schien doch besser geschnitten als bei seinen Begleitern. Der farblich passende graue Schlips saß akkurat gebunden auf einem blütenweißen Oberhemd, dessen Manschetten exakt die richtige Länge hatten. Kurnow würde stets weiße Oberhemden tragen, sagte sich der Direktor, weil er sich stets anpassen würde, bis hin zu seinem konservativen Anzug. Doch sofort zweifelte der Amerikaner an seiner Einschätzung. Er empfand den Mann als beunruhigend, ohne einen eindeutigen Grund dafür angeben zu können. Vielleicht war es die Haltung des Mannes. Kurnow stand in beinahe militärischer Pose vor ihm, trug jedoch gleichzeitig eine gewisse Lässigkeit zur Schau, eine Art Aufsässigkeit, die jeden Kasernenhofschleifer sofort in Weißglut gebracht hätte, weil sie sich nie als echte Insubordination nachweisen ließ.

Die einzige sichtbare Schwäche an dem Mann waren die nikotinfleckigen Finger seiner rechten Hand.

»Ich bin überzeugt, daß unsere Zusammenarbeit sehr fruchtbar sein wird«, sagte Sharpe, der sich damit abgefunden hatte, das Gespräch in Gang halten zu müssen.

»Bestimmt«, erwiderte Kurnow.

Arroganter Bastard, dachte der Amerikaner, als Kurnow eine frische Zigarette in seine Spitze steckte.

»Ich weiß, daß unsere Psychiater es kaum erwarten können, mit Ihnen über ihre Ansichten zu diskutieren, wie nervliche Zusammenbrüche zu verhindern sind«, versuchte es Sharpe noch einmal.

»Ja«, sagte Kurnow einsilbig, als wüßte er bereits die Antwort.

Der Direktor beschloß, den Mann ein bißchen zu provozieren, um wenigstens irgendeine Reaktion von ihm zu erhalten. »Auf jeden Fall teilen unsere Psychiater, nach den damals in Korea gemachten Erfahrungen, nicht Ihren Optimismus, daß sich eine Geisteshaltung entwickeln läßt, die allen denkbaren Belastungen standhalten kann«, sagte Sharpe. »Irgendwann zerbricht jeder Mensch.«

Kurnow zuckte die Achseln, als langweilte ihn die Unterhaltung. »Ich weiß bestens Bescheid über Korea«, sagte er. »Kindische Gehirnwäsche. Wir sind heute ein gutes Stück weiter in der Hirnforschung.«

»Könnten eure Kosmonauten ihre geistige Stabilität bewahren, wenn sie zum Beispiel wüßten, daß sie im Weltraum gestrandet sind, ohne jede Hoffnung auf Rettung?«

»Ich glaube schon«, erwiderte Kurnow. Es klang nachgerade abfällig.

Sharpe lief rot an.

»Und Sie, Doktor«, sagte er, bewußt provozierend, »was glauben Sie, wie weit Sie in der Lage wären, intensiver psychischer Folter zu widerstehen? Haben Sie sich diese Frage einmal gestellt?«

Kurnow starrte ihn an, mit stirnrunzelnder Verwunderung, und verstärkte damit noch die Verlegenheit des anderen.

»Nein«, sagte er kurzangebunden. »Ich verschwende selten meine Zeit an absurde Vorstellungen.«

Mawetskij beendete vorerst die Konfrontation, als er Russen und Amerikaner für ein Gruppenfoto zusammentrieb. Kurnow ging sofort davon, ohne ein Abschiedswort an den Amerikaner, der ihm finster nachschaute.

Der Minister und Kurnow saßen nebeneinander in der Zivil-Limousine, die sie nach Manhattan brachte.

»Ich hätte Sie gerne in meiner Nähe gehabt bei den Fotos«, rügte Mawetskij, der sehr eitel war und genau wußte, daß die Amerikaner Kurnow als den wichtigsten Mann in der ganzen Gruppe ansahen.

»Die Leute, auf die es ankommt, haben genau am richtigen Fleck gestanden«, sagte Kurnow wegwerfend. »Ich bin Wissenschaftler, kein Schauspieler.«

»Wo Sie gestanden haben, würde es mich nicht wundern, wenn Sie völlig verdeckt gewesen sind«, meinte hoffnungsvoll Damerow, der ihnen gegenüber auf dem Klappsitz saß. Mawetskij warf Kurnow einen Seitenblick zu, doch der bewunderte die Skyline von Manhattan, während sie über die Triboro Bridge fuhren, und würdigte ihn keiner Antwort.

In diesem Augenblick, viertausend Meilen entfernt, schlenderte einer der zahlreichen Forstbeamten, die vom österreichischen Staat damit betraut waren, jegliche Schatzsucher von der Gegend um den Toplitzsee fernzuhalten, zum Ufer hinunter und wunderte sich über die gefällten, borkenlosen Baumstämme. Als er begriff, daß es sechs nackte Leiber waren, brach er in ein Wimmern aus, biß sich angstvoll auf die Unterlippe und rannte dann schreiend durch den Wald davon, überzeugt, daß man ihn auch erschießen würde.

Eine Woche später gab die israelische Regierung bekannt, daß fünf Angehörige des Mossad, des israelischen Geheimdienstes, in Österreich ermordet worden waren, wischte die österreichischen Proteste vom Tisch und verlangte eine genaue Untersuchung des Verbrechens.

Auf sowjetischen Druck trat sofort in New York der UN-Sicherheitsrat zusammen, um eine entsprechende Resolution zu verfassen.

Und in Jerusalem hatten zwei Israelis, die einst als verstörte, verängstigte Kinder von der *Exodus* ans Ufer gestolpert und dann zu unzertrennlichen Freunden geworden waren, ihre erste ernsthafte Auseinandersetzung seit fünfundzwanzig Jahren, gingen im Streit auseinander und wußten, daß es in Zukunft noch weitere Meinungsverschiedenheiten geben würde.

3

Nur der Prozeß, den man 1968 Adolf Eichmann wegen des Massenmords an Juden gemacht hatte, war auf ähnlich großes Interesse gestoßen. Um die notwendige Sicherheit für die teilnehmenden Regierungsmitglieder zu gewährleisten und um die Weltpresse unterzubringen, hatte man den großen Ausschußsaal der Knesset in Jerusalem für diese Pressekonferenz hergerichtet.

Golda Meir nahm teil, als ehemaliges Staatsoberhaupt und Beraterin, zusammen mit Staatspräsident Katzir. Moshe Dayan war ebenfalls dort, flankiert von den Generälen Mordechai Gur und Yitzak

Rabin. Auch zwei Richter des Obersten Gerichtshofs waren anwesend, für den Fall, daß die Fragen internationales Recht berührten. Ein Brigadier Shimeon Cohen wurde als der Konferenzleiter vorgestellt, assistiert von einem Schwarm Beamten aus dem Informationsministerium. Der beige gestrichene Raum war für Simultanübersetzung verkabelt worden, und jedem Journalisten stand ein Kopfhörer zur Verfügung, der mit dem eine Etage tiefer liegenden Übersetzungszentrum verbunden war. Die dort sitzenden Dolmetscher verfolgten die Konferenz auf Bildschirmen. Überall auf dem Boden schlängelten sich Drähte und Kabel, sowohl von der Simultananlage, als auch von den Fernsehteams aus Amerika, Frankreich, Deutschland und Großbritannien, die die Konferenz live übertrugen.

Mit einiger Mühe gelang es einem jüngeren Helfer, Ruhe im Saal herzustellen. Die Konferenz begann mit einer Überraschung, denn obwohl sie kein offizielles Amt mehr innehatte, war es Golda Meir, die sich als erste erhob und geduldig wartete, bis man ihr volle Aufmerksamkeit schenkte.

»Israel«, begann sie, mit einem Blick auf die Notizen in ihrer Hand, »bestreitet nicht die Unrechtmäßigkeit seines Vorgehens, ein Kommandounternehmen in ein fremdes Land zu entsenden.«

Sie machte eine wirkungsvolle Pause.

»Das erhoffte Ergebnis dieser Mission, wie jene, die mit der Gefangennahme von Adolf Eichmann in Argentinien endete, wog nach einhelliger Ansicht die Rechtsverletzung auf.«

Der einzige Laut im Raum war das Surren der Kameras und das gedämpfte Murmeln der Rundfunkreporter.

»Es ist kein Geheimnis«, fuhr sie fort, »daß sich in den letzten Wochen des Zweiten Weltkriegs der innere Kreis der Nazi-Machthaber in die sogenannte Alpenfestung in den österreichischen Bergen um Bad Ausee zurückgezogen hat. Eichmann floh ursprünglich dorthin, mit einem Vermögen an Gold und Opium. Kaltenbrunner, Himmlers Gestapo-Chef, der später in Nürnberg für seine Kriegsverbrechen hingerichtet wurde, kroch ebenfalls dort unter, mit mehr als einer Million Pfund Sterling in Gold und Devisen.«

Sie hielt inne und trank einen Schluck Wasser.

»So gut wie nichts von diesem Schatz ist bisher geborgen worden«, fuhr sie dann fort. »Er ist teilweise vergraben, teilweise in den Toplitzsee versenkt worden. Zahlreiche Legenden ranken sich um den Wert des Schatzes, der in den Wassern dieses Sees ruhen soll.«

Wieder machte sie eine wirkungsvolle Pause.

»Der Staat Israel«, sagte die knarrige Großmutter, »ist nicht interessiert an dem Gold und den Juwelen, die man den sechs Millionen Juden abgenommen hat, bevor man sie in die Gaskammern und Krematorien des Dritten Reichs trieb.«

Sie ließ das Gesagte einen Moment wirken.

»Aber andere Dinge liegen im Toplitzsee verborgen. Aufgrund des Materials, das unsere verschiedenen Nachrichtendienste über die Jahre zusammengetragen haben, weiß die israelische Regierung, daß sich in dem See auch detaillierte Unterlagen über die geheimen Bankkonten in der Schweiz und im Libanon befinden, mit den Millionenbeträgen, von denen die Nazis heute noch komfortabel leben...«

Eine weitere Pause, und jeder ahnte, daß sie weitere Überraschungen parat hatte.

»... und auch die neuen Identitäten von ehemaligen Nazigrößen, mit Details der vorbereiteten Dokumentation und der Ausweispapiere, unter denen sie jetzt leben, ohne Furcht vor Verfolgung oder Verhaftung.«

Sie trat zurück, machte Anstalten, wieder Platz zu nehmen, hob dann den Blick und genoß sichtlich den Eindruck, den ihr Vortrag gemacht hatte.

»Mit diesen Bankkonten und Unterlagen könnten wir jeden Nazi, der nach 1945 entkommen ist, wirtschaftlich ruinieren. Das war der Grund, weshalb Israel sich entschlossen hat, die Souveränität Österreichs zu verletzen...«

Die letzte Pause.

»... und alle überlebenden Nazis in ihren Verstecken aufzustöbern und zu entlarven.«

Sie setzte sich, und sofort erhob sich ohrenbetäubender Lärm, als jeder Fragen herausbrüllte. Es dauerte fast zehn Minuten, bis der schwitzende Brigadier wieder Ordnung herstellen konnte.

»Sechs Leichen wurden in Österreich aufgefunden«, nahm der Soldat den Faden auf, fast schreiend, um sich verständlich zu machen. »Alle waren, wie Sie wissen, verstümmelt, manche so stark, daß sie völlig unkenntlich waren.«

Er zögerte, wartete auf den richtigen Moment. Die Pressekonferenz war auf größtmögliche Wirkung angelegt worden, weshalb auch jemand mit internationalem Bekanntheitsgrad wie Golda Meir sie eröffnet hatte.

»Sechs Männer wurden auf diese Mission geschickt«, fuhr der Brigadier fort. »Aber einer der am See aufgefundenen Toten war kein Angehöriger der Kommandogruppe. Ein Toter war nicht beschnitten.«

Er hielt inne, um die Bedeutung einsinken zu lassen.

»Einer der Toten gehörte zu der Mörderbande, die im Hinterhalt lag und darauf wartete, daß unsere Männer aus dem See auftauchten mit den erwähnten Dokumenten ...«

Erneut zögerte er.

»Was bedeutet, daß ein Mitglied unserer Kommandogruppe entkommen ist.«

Wieder tobte der Saal, doch diesmal hielt der Lärm nur wenige Minuten an, denn der Brigadier hatte auf die Tür zu einem Nebenraum gedeutet und war dann einen Schritt zurückgetreten, als ein Mann im Rollstuhl von zwei weißgekleideten Ärzten in den Konferenzsaal geschoben wurde. Hinter ihnen kamen drei weitere Männer, die eine alte deutsche Munitionskiste hereintrugen. Sie war schwärzlich-grün von Algen und Flechten, die sich während der dreißig Jahre im Wasser angesammelt hatten, und die Scharniere und Beschläge waren stark verrostet.

»Der Mann, der überlebt hat, Lev Shapiro!« verkündete der Brigadier theatralisch. »Und eine der Kisten, die aus dem Toplitzsee geborgen wurden.«

Shapiro sah entsetzlich aus. Sein Gesicht war grau und wächsern, schweißnaß von der Anstrengung, vor der Pressekonferenz erscheinen zu müssen. Der Bademantel, den er trug, beulte sich über einem enormen Verband an seiner linken Schulter, und der Ärmel des Mantels hing schlaff und leer herab.

»Dieser Mann steht der Pressekonferenz genau fünf Minuten zur Verfügung«, erklärte der Brigadier. »Er erscheint hier gegen den Rat der Ärzte. Zu seinem Entkommen dürfen ihm keine Fragen gestellt werden: Ganz offensichtlich fand er Helfer, nachdem er sich ans Ufer gerettet hatte, die israelische Regierung hat jedoch nicht die Absicht, Einzelheiten dieser Rettungsaktion zu enthüllen.«

Ein Mikrophon wurde zu Shapiro hingestellt, doch seine Stimme war zu schwach, und einer der Ärzte beugte sich über ihn und drückte es noch näher an seine Lippen.

»Wir sind eine Woche vor dem Tauchgang in Österreich angekommen«, begann Shapiro. Er sprach stoßweise, und seine mühsamen Atemzüge dröhnten durch das Mikrophon. »Wir wußten, daß das ganze Gebiet von den österreichischen Behörden abgesperrt worden war, wegen der vielen Schatzsucher. Drei Tage brauchten wir, bis wir genügend Tauchgerät in den Wäldern um den See versteckt hatten.«

Der Brigadier schob die Wasserkaraffe näher heran, und dankbar trank der Mann aus einem Glas, das ihm einer der Ärzte an die Lippen hielt.

»Wir hatten ein Gebiet auf einer wasserdichten Karte eingezeichnet, wo die Kisten liegen sollten. Am fünften Tag sind wir getaucht. Wir waren sechs Monate lang auf Teamarbeit gedrillt worden, verständigt haben wir uns ausschließlich per Handzeichen oder durch Körperkontakt.«

Er hielt inne und rang nach Atem.

»In dieser ersten Nacht fanden wir nichts. Es war eine schreckliche Enttäuschung. Wir hatten so intensiv trainiert und so umfassend geplant, und doch war uns nie der Gedanke gekommen, daß die Karte ungenau sein könnte . . . keiner hat an diese naheliegende Möglichkeit gedacht . . .«

Er schwieg nachdenklich.

»Wie ging's dann weiter?« bohrte ein Journalist, der ziemlich weit vorne saß.

»Wir machten Fehler«, gestand Shapiro. »Daß die Kisten nicht da waren, brachte uns ganz aus dem Konzept. Obwohl man uns davor gewarnt hatte, benutzten wir Lampen für die Suche. Trotzdem fanden wir sie nicht. Aber offenbar haben wir Leute am Ufer auf uns aufmerksam gemacht.«

Er versuchte sich in dem Rollstuhl aufzurichten, verzog dabei schmerzvoll das Gesicht. Behutsam half ihm einer der Ärzte.

»In der folgenden Nacht«, fuhr Shapiro fort, »begannen wir eine organisierte Suche, von der Stelle, wo die Kisten hätten liegen sollen, in Richtung Ostufer. Jeden erledigten Abschnitt markierten wir mit Wachsstift auf den Karten. Einmal mußten wir an Land zurückkehren, um unseren Preßluftvorrat aufzufüllen. Es war entsetzlich kalt. Wir befürchteten schon, daß es erneut ein Fehlschlag sein würde.«

Zum erstenmal lächelte er, ein mühsamer, schmerzhafter Ausdruck.

»Dreißig Minuten nach Beginn des zweiten Tauchgangs haben wir sie gefunden. Es war fast, als hätte sie jemand zur Abholung bereitgelegt. Säuberlich nebeneinander, alle vier.«

Er verstummte.

»Erzählen Sie uns vom Auftauchen«, verlangte jemand aus der Mitte des Konferenzsaals.

Shapiro seufzte. »Wir haben Seile durch die seitlichen Tragegriffe der Kisten gezogen«, sagte er. »Es war natürlich stockfinster. Lampen haben wir jetzt keine mehr benutzt. In der eingeübten Formation sind wir aufgetaucht. Die Kisten waren schwerer als erwartet. Wir hatten zwei Stellen vorbereitet, wo wir an Land gehen konnten, und zwar nicht dort, wo wir in der Nacht zuvor gelandet waren. Aber das verrottete Holz hätte auseinanderfallen können, und dann wäre der Kisteninhalt für immer verloren gewesen, deshalb ignorierte der Teamleiter die Anweisungen und entschied sich dafür, an der gleichen Stelle, die wir in der Nacht zuvor benutzt hatten, an Land zu gehen. Es war der kürzeste Weg zum Ufer. Das war unser zweiter Fehler. Dort haben sie auf uns gewartet.«

Wieder hielt er inne und bat mit einer Handbewegung um Wasser.

Der Kopf sank ihm auf die Brust, und seine Stimme war kaum mehr verständlich.

»Es gab keine Vorwarnung«, sagte er. »Ein perfekter Hinterhalt. Wir sind in Stücke geschossen worden. Ich habe nur deswegen überlebt, weil ich der letzte in der Reihe war und noch bis zu den Hüften im Wasser stand...«

Er warf einen Blick auf seinen leeren Ärmel.

»...Ich bin viermal in die Schulter getroffen worden«, sagte er schaudernd. »Ich habe den Arm verloren.«

Der Kopf sank ihm zurück, und der Arzt zu seiner Rechten ergriff sein Handgelenk, nahm den Puls und sprach dann mit dem Brigadier, der erneut ans Mikrophon trat.

»Die letzte Frage«, verkündete er und deutete auf einen Mann im hinteren Teil des Saals, der die Hand gehoben hatte.

»Die Kiste«, fragte der Reporter. »Erzählen Sie uns von der Kiste.«

Mit sichtlicher Mühe hob Shapiro den Kopf. »Es war diejenige, die ich gefunden hatte«, erklärte er. »Ich hatte nicht nur das Seil durch die Tragegriffe geschlungen, sondern hielt auch die Kiste an seinem Griff gepackt. Beim ersten Schuß hab ich mich rückwärts ins Wasser fallen lassen. Hab erst gar nicht gemerkt, daß ich die Kiste noch festhielt. Atemluft hat nach wie vor funktioniert, bin einfach in den See hinaus geschwommen, hab dabei die Kiste mitgenommen...«

Seine Stimme wurde immer leiser. Die beiden Ärzte sahen den Brigadier an, der ihnen zunickte. Niemand protestierte, als der Rollstuhl hinausgeschoben wurde.

Der Brigadier öffnete jetzt die Kiste. Das völlig mit Wasser vollgesogene Holz hatte sich gewellt, als es trocknete. Ohne Hast räumte er den Inhalt aus und baute auf dem Tisch vor sich Stapel aus französischen Gold-Napoleons auf, daneben zwölf Goldbarren mit dem Prägestempel des Dritten Reichs, ein glitzerndes Häufchen Diamanten und Rubine, mehrere juwelenverzierte Meßkelche und dicke Bündel Sterling- und Dollarnoten.

»Es ist Falschgeld«, erklärte er. »Ein Teil der vielen Millionen, die von Profis, inhaftierten Fälschern, im KZ Sachsenhausen bei Berlin hergestellt wurden, Geld, mit dem Hitler den Westen überschwemmen und die Wirtschaft Englands und Amerikas untergraben wollte.«

Absolute Stille herrschte in dem Saal, als mehr als 150 Menschen das Vermögen anstarrten, das da vor ihnen ausgebreitet lag.

»Was Sie da sehen, ist eine Million Pfund Sterling wert«, sagte der Brigadier trocken.

Er trat vom Tisch zurück, als wollte er nicht in Berührung damit kommen.

»Die israelische Regierung übersendet morgen den gesamten Inhalt dem Internationalen Gerichtshof in Den Haag, der eventuelle Besitzansprüche klären wird.«

Er hielt inne, nahm sich eine Handvoll Juwelen und warf sie verächtlich in die Munitionskiste zurück.

»Wir haben kein Interesse daran«, sagte er. »Das ist nicht die Kiste, hinter der wir her waren. Wir sind sicher, daß sich in einer der drei anderen Kisten, die wir vom Grund des Sees heraufholten, die Dokumente befinden, mit Hilfe derer alle noch lebenden Nazis hätten identifiziert werden können. Die österreichische Regierung mochte sich der Bedeutung unseres Vorhabens nicht verschließen und hat uns einen detaillierten Bericht über das Ergebnis der Spurensicherung und der forensischen Untersuchungen am Tatort zukommen lassen. Die Kisten waren, wie Sie gehört haben, ungewöhnlich schwer. Der Ufergrund an dieser Stelle ist weich und schlammig. Es sind eindeutige Spuren von drei Kisten festgestellt worden ...«

Er unterbrach sich und wandte sich Golda Meir zu, die erneut aufstand.

»Wir haben eine«, fügte er hinzu. »Andere Spuren am Ufer deuten darauf hin, daß die Mörder zwei weitere abtransportiert haben. Das heißt, eine Kiste ist verschwunden!«

Den Journalisten dämmerte, daß der eigentliche Höhepunkt der Pressekonferenz bevorstand.

»Diese Kiste könnte das enthalten, wonach wir suchen«, nahm Golda Meir den Faden auf. »Der Inhalt würde uns ermöglichen, Leopold Gleim ausfindig zu machen, den ehemaligen Chef der SS in Polen, dessen Spur sich in Ägypten verliert, wo er als Moslem gelebt haben soll. Wir würden den Aufenthaltsort von Heinrich Willermann wissen, der an den Sterilisierungs- und Unterkühlungsexperimenten in Dachau beteiligt war. Wir würden mit Sicherheit wissen, ob Hans Eisele, der Menschenversuche in Buchenwald durchführte und später als Richter in Prag tätig war, in Ägypten lebt ...«

Sie machte eine Pause und trank einen Schluck Wasser.

»Wir könnten daraus auch entnehmen, wovon der Schlächter von Auschwitz, Dr. Josef Mengele, in Südamerika lebt...«

Eine weitere Pause.

»Und es würde uns ermöglichen, in ihrem derzeitigen Versteck zwei Wissenschaftler aufzuspüren, die Israel für vergleichbar hält mit Eichmann, Mengele oder Bormann, was ihre Verbrechen gegen das jüdische Volk betrifft. Wir möchten Dr. Otto Grüber ausfindig machen. Und Dr. Heinrich Köllman. Diese beiden Männer arbeiteten unter Mengele in Auschwitz. Später gingen sie, als ein Team, nach Bergen-Belsen und nach Buchenwald. Bei ihren Versuchen ging es darum, die menschliche Reaktion auf Kälte zu testen, als Vorbereitung für den deutschen Angriff auf Rußland. Sie tauchten Juden in Wasser ein, das sie zu Eis gefrieren ließen, um ihre Widerstandsfähigkeit festzustellen. Sie zwangen Frauen und Kinder zu Gewaltmärschen, teils bekleidet, teils splitternackt, durch Schnee und Eis, um ihre Anfälligkeit für Erfrierungen zu testen...«

Sie hielt inne, als sei sie nicht sicher, ob sie fortfahren solle. Dann fügte sie hinzu: »Sie hungerten die Testpersonen aus, versuchten den Punkt zu erreichen, die Extremsituation, wo die Opfer, um zu überleben, in Kannibalismus verfielen...«

Neuerliche Pause. »Und es gelang ihnen, diesen Punkt zu erreichen...«

Nach einem kurzen Schweigen sprach sie weiter. »Diese beiden Männer, die mehr oder weniger unter der persönlichen Aufsicht von Adolf Hitler arbeiteten, führten alle nur denkbaren Menschenversuche durch... Hitler persönlich hatte ihnen den Auftrag gegeben, eine biologische Blaupause für seine Herrenrasse anzufertigen. Über die beiden ist nur wenig bekannt. Wir wissen mit Sicherheit, daß Köllman das Kriegsende überlebt hat. Bei Grüber haben wir dafür noch keine Beweise. Beide arbeiteten in Buchenwald, als die Russen einmarschiert sind, und Moskau verweigert jegliche Auskunft.«

Der Raum war durchtränkt mit Details und Sensationen, und die Journalisten starrten überwältigt auf den Tisch, hinter dem die Offiziellen saßen. Die Frau berührte die Goldbarren vor ihr.

»Sie haben gehört, daß dies hier gut eine Million Pfund wert ist...« Sie blickte in die Fernsehkameras. »...Wir akzeptieren, daß die fehlende Kiste möglicherweise nichts anderes enthält als das, was Sie hier vor sich sehen... geraubte Beute aus den Krematorien. Wir haben um einen hohen Einsatz gespielt und fünf Menschenleben verloren. Für die Wiederbeschaffung der Kiste, die das enthalten mag, wonach wir suchen, ist der israelische Staat bereit, an jedem gewünschten Ort, in jeder gewünschten Währung und zu jeder gewünschten Übergabebedingung die gleiche Summe zu zahlen, eine Million Pfund Sterling...«

In einem anderen Teil der Knesset wandte sich Uri Perez von dem Monitor ab, auf dem er die Pressekonferenz, wo jetzt erneut hektisch Fragen gestellt wurden, verfolgt hatte.

»Nun?« fragte er. Die Atmosphäre war noch immer gespannt nach ihrem Streit, und er sprach mit einer seltsamen Förmlichkeit zu dem anderen Mann, mit dem er sich einst enger verbunden gefühlt hatte als mit der Familie, die er in Buchenwald und Dachau verloren hatte. Sein Gesprächspartner, ein beleibter Riese von einem Mann, dem der Stuhl fast zu klein war und dessen Bauch über dem Armeekoppel quoll, zuckte die Achseln.

»Nicht schlecht«, meinte Arron Mosbacher und drehte die Lautstärke an dem Monitor herunter. Sie konnten später das Transskript lesen.

»Ich hab's verdammt gut gefunden«, erklärte Perez mit einem Anflug von Trotz. Er konnte noch immer nicht seinen Ärger verwinden über Mosbachers Einwände gegen das, was oben im Konferenzsaal ablief.

Beide Männer waren Angehörige der Mitzvah Elohim gewesen, der Zorn-Gottes-Gruppe, einer Unterabteilung des Mossad zur Bekämpfung palästinensischer Terroristen, bevor sie für die Österreich-Mission abgestellt worden waren. Mosbacher hatte sofort Einwände erhoben gegen das Konzept, und im Verlauf der Planung war Perez zweimal nahe daran gewesen, die Versetzung von Mosbacher zu empfehlen. Ihre enge Freundschaft hatte ihn jedoch davon abgehalten, und nun fragte er sich, ob das nicht ein Fehler gewesen sein mochte. Er wollte keinen weiteren machen. Vor einem Monat hatte er mit Mosbacher auf der gegenüberliegenden Seite des österreichischen Sees gestanden und mitangesehen, wie Männer, mit denen sie sechs Monate lang Tag für Tag zusammengelebt hatten, zerfetzt worden waren in kaum zwei Minuten konzentrierten Feuers. Mosbachers Opposition war seit dem Massaker gewachsen, in gleichem Maße wie Perez' Schuldgefühle.

»Es wäre ein Wunder, wenn wir die erhoffte Reaktion bekommen«, warnte Mosbacher.

»Wir haben die Wunder erfunden«, erinnerte ihn Perez mit einem Versuch, die einstige Unbeschwertheit zwischen ihnen wieder aufleben zu lassen. Er war ein schmächtiger, gelehrtenhaft aussehender Mann, der neben seinem Kollegen wie ein Zwerg wirkte. Als brillanter Wissenschaftler mit Ehrendiplomen von Oxford und Harvard wünschte er sich nichts sehnlicher, als den israelischen Geheimdienst zu verlassen und den Lehrstuhl für Psychiatrie an der Hebräischen Universität in Jerusalem zu übernehmen. Zweimal hatte die Regierung seinen Antrag abgelehnt, die Mossad-Organisation zu verlassen, weil sie sehr wohl wußte, daß ihm niemand gleichkam, wenn es um spektakuläre Geheimdienstoperationen ging.

»Es gibt zu viele Unsicherheitsfaktoren«, argumentierte Mosbacher, der sich ernsthafte Sorgen um seinen Freund machte. Die Idee selbst war Wahnsinn, fand er, erdacht von einem Mann, der immer nur Erfolge gehabt hatte und dadurch leichtsinnig geworden war. Es war merkwürdig, hatte Mosbacher oft gedacht, daß er, der um zwei Jahre ältere, es gewesen war, der Perez bei der Hand genommen und bei Haifa an Land gebracht hatte, als das Flüchtlingsboot sich vorsichtig dem Ufer genähert und hastig die beiden Waisenkinder ausgeladen hatte, um britischen Patrouillen zu entgehen. Damals war er der Führer gewesen. Und war es viele Jahre geblieben. Aber später hatten sie die Rollen getauscht. War er eifersüchtig deswegen? Nein, sagt sich Mosbacher entschieden. Auch wenn er jetzt fand, daß die Fähigkeiten falsch kanalisiert worden waren, so war doch Perez fraglos der Intelligentere von ihnen beiden.

Das israelische Kabinett hatte die beiden Männer sehr sorgfältig ausgesucht und die realistische Objektivität des Größeren als perfektes Gegengewicht zu der ungestümen Brillanz von Perez angesehen. Niemand ahnte von der Spannung, die sich zwischen ihnen entwikkelt und zu diesen gegenseitigen Zweifeln geführt hatte.

»Wir haben kaum etwas zu verlieren«, sagte Perez und bedauerte sofort den Satz. Mosbacher griff ihn prompt auf.

»Wir haben bereits fünf Leute verloren.«

Peinlich berührt sagte Perez: »Auch andere Leute bringen Opfer. Die niemand zu würdigen scheint.«

Bedrückt sah Mosbacher den Jüngeren an. Diese Neigung zum Selbstmitleid bekräftigte seine Zweifel an der nervlichen und seelischen Kraft des Mannes, die Operation zu einem guten Ende zu führen.

»Jeder weiß, wieviel es dich persönlich kostet«, sagte er begütigend.

Perez schnaubte abfällig. Mosbacher war ein Narr, befand er wütend. Der Plan – sein Plan – würde gelingen. Er wußte, daß er gelingen würde. Er würde es sehr genießen, wenn Mosbacher ihm in ein paar Monaten Abbitte leisten müßte.

»Shapiro hat sich tapfer gehalten.« Perez versuchte, zu einem weniger brisanten Thema zu wechseln.

»Ja«, gab Mosbacher zu. »Dabei fällt mir ein, wolltest du nicht das Krankenhaus anrufen?«

Perez nickt seufzend und wählte dann auf einem Spezialapparat eine Nummer. Nachdem er sich zu erkennen gegeben hatte, wurde er sofort mit dem Direktor des Krankenhauses verbunden und führte eine längere angeregte Unterhaltung mit ihm. Als er den Hörer auflegte, sagte er zu Mosbacher: »Noch drei Wochen. Und da macht er noch Vorbehalte.«

Mosbacher dachte nach, zuckte dann mit den Schultern. »Es bleibt uns keine Wahl, richtig?«

»Ja«, gab Perez zu. Dann schlug seine düstere Stimmung um, und er strahlte Optimismus aus. »Das reicht«, sagte er zuversichtlich. »Du wirst schon sehen.«

»Es muß reichen«, erwiderte Mosbacher düster. Es war ihm bewußt geworden, daß es, nachdem die Pressekonferenz stattgefunden hatte, kein Zurück mehr gab.

In seinem Hotelzimmer in Houston, das er verriegelt und versperrt hatte, saß Wladimir Kurnow vor dem Fernseher, der eine CBS-Live-Übertragung der Jerusalemer Konferenz brachte. Er saß vorgebeugt und verkrampft auf der Sesselkante, die gewohnte Zigarette vergessen in ihrer Spitze. Nach der Übertragung diskutierten im Studio mehrere selbsternannte Hitler-Experten über die Frage, ob die millionenschwere Belohnung zur Wiederbeschaffung der Dokumentenkiste führen würde oder nicht.

Das Programm endete, und Kurnow merkte erst jetzt, daß seine Zigarette sich selbst geraucht hatte. Rasch zündete er sich eine frische an dem Stummel an, den er aus der Spitze genommen hatte, und inhalierte tief den Rauch. Dann erhob er sich und lief im Zimmer auf und ab. In seinem linken Bein spürte er wieder diesen dumpfen Schmerz, wie immer in Streßsituationen.

Einmal blieb er stehen und murmelte wiederholt: »Verdammte Scheiße!«

Drei der Männer, die an dem mörderischen Überfall beteiligt gewesen waren, starben sehr schnell bei den Verhören in dem schalldichten Keller unter einem Bürohochhaus in der Westberliner Ludwigsfelder Straße. Ein weiterer verlor den Verstand und wurde erschossen, weil er keine vernünftigen Antworten mehr geben konnte und es somit sinnlos war, sein Leben zu verlängern. Der Anführer hielt fünf Tage lang das Verhör durch und versicherte immer wieder, sie hätten lediglich zwei Kisten geborgen, gab aber auch zu, das flache Wasser am Ufer nur flüchtig abgesucht zu haben, so daß ihnen durchaus eine dritte Kiste entgangen sein mochte. Nachdem sie die Überzeugung gewonnen hatten, daß die fehlende Kiste nicht mit erpresserischer Absicht beiseite geschafft worden war, erschossen die Vernehmer den Anführer und das letzte überlebende Mitglied des Killertrupps, gingen dann nach oben und überließen es anderen, die Leichen zu verbrennen.

»Also«, sagte der Mann, der die meisten Fragen gestellt hatte, »es gibt tatsächlich eine fehlende Kiste.«

Max Frieden war bei Kriegsende als Standartenführer zuständig für das Gebiet um Buchenwald gewesen. Doch als die Russen einmarschierten, hatte er sich bereits abgesetzt. Als Eichmann und Kaltenbrunner und all die anderen in Bad Aussee eintrafen, war Frieden schon wieder »verschwunden«, versehen mit einem neuen Gesicht und einem kompletten Satz echter Personalpapiere, nachdem ihm der Wiederaufbau des kriegszerstörten Berlins wesentlich lukrativer erschienen war als ein Aufenthalt in den österreichischen Bergen. Er war ein sanfter, rundlicher Mann, dem es Spaß machte, auf Weihnachts- und Geburtstagsfeiern Kinder zu unterhalten, und der sich für einen hervorragenden Amateurzauberer hielt – ein Hobby, dem er jetzt viel Zeit widmen konnte, nachdem er zu einem der erfolgreichsten Baulöwen Berlins geworden war. Neben der Wohnung in Berlin gab es ein Landhaus in den bayerischen Bergen bei München, und in naher Zukunft wollte er sich, gemeinsam mit Freunden, in einem Vorort von Madrid eine Villa kaufen. Obwohl er jetzt Millionär war, empfand er doch die Jahre als Standartenführer, zwischen 1939 und 1945, als die schönste Zeit seines Lebens. Bei intimen Zusammenkünften mit Freunden erzählte er noch immer mit Stolz, wie er während dieser sechs Jahre persönlich für den Tod von mindestens 3000 Juden gesorgt hätte.

»Es fehlt tatsächlich eine«, bekräftigte der zweite Mann. »Und es könnte sehr wohl die allerwichtigste sein.«

Manfred Muntz hatte während des Kriegs als Oberst bei Friedens Stab gedient und war 1945 mit ihm untergetaucht. Er war ein großer, hagerer Mann mit etwas verträumten Augen, der einen tuberkulösen Husten hatte und ständig ein Taschentuch zum Mund führte.

»Wir haben das Ufer absuchen lassen«, fügte er hinzu.« Und den Wald um den See herum. Nicht die geringste Spur.« Einen Monat zuvor hatten die beiden Männer den Inhalt der beiden geraubten Kisten inspiziert und laut geflucht, weil sie nicht einmal soviel Glück gehabt hatten wie der überlebende Israeli. Ihre Kisten hatten fast ausschließlich Falschgeld enthalten.

»Das könnte unser aller Ende bedeuten«, sagte der Dicke. Er hob unvermittelt den Kopf. »Sind Warnungen rausgegangen?«

»Ja«, nickte Muntz, einer der erfolgreichsten Wirtschaftsanwälte Westberlins. »Nach Ägypten, Paraguay, Uruguay, Argentinien, Irland. Und hier in Deutschland.«

»Wenn wir nur wüßten, wer das verdammte Ding hat«, sagte Frieden, »dann könnten wir leicht die Juden überbieten.«

»Haben wir das Geld hier?« fragte der schwindsüchtige Anwalt.

Der Mann, der Kinder liebte, nickte zu einem großen Wandgemälde hin, auf dem eine Berchtesgadener Berglandschaft dargestellt war und hinter dem sich ein Wandtresor verbarg.

»Vier Millionen Pfund Sterling in Gold sind gestern abend aus Zürich gekommen«, bestätigte er.

Im gleichen Augenblick starb in einem Jerusalemer Krankenhaus Lev Shapiro an den Verletzungen, die er bei dem Tauchunternehmen im Toplitzsee erlitten hatte, verbunden mit der Belastung durch seine Teilnahme an der Pressekonferenz.

Und Perez und Mosbacher hatten ihre zweite ernstliche Meinungsverschiedenheit.

4

Morgens war es immer schlimm. Zuerst war es ihr ganz natürlich erschienen, diese Schrecksekunde beim Aufwachen, wenn sie in dem verwaisten Bett lag und angstvoll jeden Augenblick das Geräusch zu hören meinte, das ihr verkündete, daß noch jemand in der Wohnung war, ein Mann in Uniform mit einem Haftbefehl für sie. Aber sie hatte erwartet, daß sich das mit der Zeit legen würde, so wie dieses kurze Zögern, wenn sie ihre Unterschrift leisten mußte. Sie hatte immer unmerklich gestockt, wenn sie sich auf den neuen Namen konzentrierte: Gerda Pöhl statt Gerda Köllman. Doch jetzt unterschrieb sie ganz automatisch, denn sie *war* Gerda Pöhl. Aber jeder Morgen begann noch immer mit diesem Alptraum. Sie hatte extra ihren Wecker zehn Minuten früher gestellt, damit sie länger im Bett bleiben und sich beruhigen konnte. Auch jetzt lag sie, wie üblich, reglos da und wartete, bis die Angst abgeklungen war, dann stand sie auf. Als eine

Frau mit strikten Gewohnheiten nahm sie sofort ein Bad und kämmte dann ihr grau gewordenes Haar zu dem gewohnten Nackenknoten. Geduldig massierte sie sich fünfzehn Minuten lang das Gesicht, da sie überzeugt war, daß diese tägliche Pflege es frei von Runzeln und Falten gehalten hatte. Abschließend wusch sie sich noch einmal das Gesicht, mit kaltem Wasser diesmal, und zog sich dann sorgfältig an.

Es war schwer, sich so zu kleiden, wie sie gerne gewollt hätte, dachte Gerda. Damals war das ganz anders gewesen, in den schönen Tagen, als ihr geliebter Heinrich so gut angeschrieben war beim Führer. Da hatte sie, nur für ein Wochenende, drei große Koffer für ihre Sachen gebraucht. Mehrmals hatte ihr der Führer Komplimente gemacht wegen ihrer Erscheinung, und dadurch war es um so notwendiger geworden, noch blendender auszusehen bei den darauf folgenden Einladungen. Und was *war* sie für eine blendende Erscheinung gewesen. Sie hatte nichts weiter zu tun brauchen, als in irgendeinem Modehaus in Berlin oder Paris oder Rom die Rechnung abzuzeichnen, und binnen vierzehn Tagen trafen die Kleider ein. Und was für Kleider: die feinsten Seidenstoffe, speziell für sie gewoben, sogar nach ihrem eigenen Design. Alle hatten sie bewundert, das wußte sie. Frau Himmler, Frau Goebbels, Eva Braun. Solch ein unscheinbares Mäuschen, die Eva. Sie hatte nie verstehen können, was der Führer an ihr fand. Natürlich, es ging das Gerücht... aber nein, das hatte keine Bedeutung. Niemand kritisierte den Führer, selbst heute nicht.

Sie entschied sich für das schwarze Kostüm und versuchte den Glanz aus Ellbogen und Rocksitz herauszubürsten. Es würde noch mindestens sechs Monate dauern, bis sie sich ein neues leisten konnte, trotz des guten Gehalts, das Herr Muntz ihr zahlte. Die Wohnung war viel zu teuer, sagte sie sich zum wiederholten Mal. Aber sie wollte einfach die gute Adresse nicht aufgeben. So wenig war ihr geblieben. Sie durfte doch nicht *alles* verlieren.

Ein guter Mensch, dieser Herr Muntz, fand sie, während sie ordentlich das Bett machte. Es hatte lange gedauert, bis ihr aufging, daß er ein ehemaliger Nazi war und daß ihr Gehalt nicht nur die Belohnung für ihre unzweifelhafte Tüchtigkeit darstellte, sondern auch eine Pension, die ihr schließlich als Witwe eines führenden Parteimitglieds zustand. Natürlich hatten sie nie offen darüber gesprochen, obwohl ihre Beziehung enger und herzlicher geworden war in dieser langen Zeit. Einmal, vor vielen Jahren, hatte sie sich sogar gefragt, ob Herr Muntz sie möglicherweise zur Geliebten nehmen wollte. Sie hatte sich innerlich dafür gewappnet und beschlossen, diese Rolle zu akzeptieren, nach angemessenem Zögern natürlich. Schließlich gab es niemand anderen, mit dem sie sich eine flüchtige Beziehung hätte vorstellen können, ganz zu schweigen von etwas Ernsterem. Aber sie hatte sich geirrt gehabt, erinnerte sie sich mit nostalgischem Bedauern. Sein Interesse an ihr war im Rahmen des Schicklichen geblieben, sein Benehmen ihr gegenüber deutete auf ein gemeinsames Geheimnis hin, jedoch wurde daraus nie echte Vertrautheit.

Sie seufzte. Vielleicht wußte er durch die O.D.E.S.S.A., die Organisation der ehemaligen SS-Angehörigen, in der, wie sie überzeugt war, Herr Muntz ein hohes Amt innehatte, daß ihr lieber Heinrich noch am Leben war. Doch sofort rief sie sich zur Ordnung. Heinrich war unzweifelhaft tot. Sie hatte Jahre gebraucht, diese Tatsache zu akzeptieren. Bei Heini war das anders gewesen. Als ihr Sohn fiel, war sein Leichnam von der Westfront in die Heimat überführt worden, und es hatte eine ordentliche Beerdigung gegeben mit einem Grab auf dem St.-Thomas-Kirchhof, das sie verstohlen jeden Samstag besuchte, wobei sie aus Sicherheitsgründen so tat, als gelte ihr Interesse der benachbarten Grabstatt. Doch bei Heinrich hatte es nichts dergleichen gegeben. Er war einfach nicht zurückgekehrt, und niemand schien gewillt, ihr nähere Auskünfte zu geben. Jahrelang hatte sie die Hoffnung nicht aufgegeben, daß er sie irgendwie ausfindig machen würde, trotz ihrer Namensänderung. Aber das würde nicht mehr geschehen. Heinrich war tot, dessen war sie sicher. Er hatte sie leidenschaftlich geliebt. Das wußte sie. Wäre er noch am Leben, irgendwo in der Welt, dann hätte er sich mit ihr in Verbindung gesetzt.

Sie schob die Erinnerungen beiseite. Es war lächerlich, sich so oft mit der Vergangenheit zu beschäftigen. Aber wann hatte sie denn wirklich gelebt, fragte sie sich, außer in der Vergangenheit? Sie bereitete ihren Kaffee und trank ihn stehend am Fenster, schaute hinunter auf den morgendlichen Berufsverkehr in der Duisburger Straße. Es schlug halb neun, wie erwartet, als sie die Tasse leergetrunken hatte. Sie wusch sie aus und ließ sie auf dem Ablaufbrett stehen, bürstete sorgfältig den schwarzen Mantel aus, setzte den Hut mit dem Schleier auf und trat, unter dem Arm die Aktentasche mit den säuberlich ausgefüllten Kaufvertragsformularen, die sie am Abend zuvor zum Abtippen mit nach Hause genommen hatte, mit raschem Schritt auf die belebte Straße. Uri Perez, der fünfzig Meter entfernt in einem Café saß, sah sie aus dem Haus kommen. Er wirkte mindestens fünfunddreißig Jahre älter, als er war, eine gebeugte Gestalt, den uralten Homburg, der sein weißes Haar bedeckt hatte, liebevoll auf dem Stuhl neben sich, den schwarzen Überzieher, längst aus der Mode gekommen, hochgeknöpft bis zum Kinn. Gerade noch darunter erkennbar war ein Anzug, einstmals blau, doch mittlerweile angegraut vor Alter und übermäßigem Gebrauch. Auch die Schuhe, obwohl offensichtlich aus Qualitätsmaterial, waren ausgetreten und abgestoßen. In weiteren sechs Monaten würde er aussehen wie jemand, der in Wohlstand gelebt hatte, sich aber nun bitterster Armut gegenüber sah. Schon jetzt warfen ihm in dem Café einige Gäste teilnahmsvolle Blicke zu, als er über dem Kaffee gebeugt saß, der inzwischen kalt geworden war. Uri folgte der Frau nicht, Auf der Straße waren vier Männer, die sie abwechselnd bis zu ihrem Arbeitsplatz beschatten, und drei weitere, die sie tagsüber ablösen würden. Der Mossad wußte seit fünfzehn Jahren von Gerda Köllmans Existenz und hatte ein so umfassendes Dossier über sie, daß es sogar ihr schwergefallen wäre, sich an manche der darin enthaltenen Details zu erinnern. Sie wußten auch von Muntz, hatten allerdings keine Ahnung, wie bedeutend tatsächlich seine Position in der O.D.E.S.S.A. war. Beide wurden lediglich als Köder betrachtet, unbedeutend, bis auf die Anziehungskraft, die sie möglicherweise auf Leute ausübten, um die es wirklich ging.

Seit der Schießerei in Österreich und der Pressekonferenz in Jerusalem war Gerda Köllman zu einer wichtigen Figur geworden, aber nach wie vor nur als Köder, und deshalb wurde sie nun von einem zwölfköpfigen Team umsichtig observiert, um die leiseste Abweichung von ihren eingefahrenen Lebensgewohnheiten, so minuziös in ihrem Dossier nachgezeichnet, festzustellen.

Uri erhob sich und zahlte, wobei er gar nicht auf den Gedanken kam, ein Trinkgeld zurückzulassen, so gut war er in seiner derzeitigen Rolle geschult. Ohne Groll sah die Bedienung ihm nach, wie er hinausschlurfte.

Herr Muntz war bereits im Büro, als Gerda eintraf, was sie überraschte. Seit sein Husten so schlimm geworden war, kam er selten vor zehn, manchmal noch später. Mehrmals in den vergangenen Monaten hatte sie ihn gedrängt, sich in fachärztliche Behandlung zu begeben, einmal, in ihrer Sorge, wäre sie fast damit herausgeplatzt, seine neue Identität sei doch gut genug abgesichert, als daß irgendwelche früheren Krankenakten ihm gefährlich werden könnten.

»Guten Morgen, Herr Muntz«, begrüßte sie ihn.

»Guten Morgen, Frau Pöhl«, erwiderte er. Ihre Personalpapiere wiesen sie als die Witwe eines Feldwebels aus, der bei der Belagerung von Leningrad gefallen war. Tatsächlich war der Mann ihr Vetter gewesen, aber die Wirren bei Kriegsende hatten es ihr leichtgemacht, die Verwandtschaftsverhältnisse in ihrem Sinne zu ändern. Sie bezog sogar eine kleine Rente.

»Hier sind die Papiere, die ich gestern abend mit nach Hause genommen habe«, sagte sie eifrig.

Der Mann begann sich zu bedanken, bekam dann aber einen Hustenanfall, der mehrere Minuten anhielt. Gerda half ihm in einen Sessel und goß ihm ein Glas Wasser ein.

»Sie sollten sich wirklich behandeln lassen, Herr Muntz«, sagte sie.

»Ja, Frau Pöhl«, erwiderte er, nach Atem ringend. Da war stets diese Barriere steifer Höflichkeit zwischen ihnen, aber nun hielt er inne und sah sie an. Gerda Pöhl wurde richtiggehend verlegen, so direkt und ungewohnt war der Blick.

»Frau Pöhl, tun Sie mir bitte einen Gefallen?«

»Ja, natürlich.«

»Sperren Sie bitte die Tür ab, damit wir ungestört sind.«

»Die Tür?«

Der Frau wurde heiß und kalt, als ihr die Spekulationen von heute morgen wieder einfielen, daß er möglicherweise mit dem Gedanken gespielt hatte, sie zu seiner Geliebten zu machen. Aber sicherlich nicht jetzt? Er war doch bestimmt zu krank, um... Sie errötete, ging jedoch zur Tür. Als sie zögernd zurückkam, telefonierte er gerade mit dem Empfang und gab Anweisung, keine Gespräche durchzustellen, da er in einer Konferenz sei. Er deutete auf einen Stuhl neben dem Schreibtisch, und sie setzte sich schüchtern, die Knie sittsam zusammen, die Hände im Schoß. Warum habe ich nicht das andere Kleid angezogen? dachte sie ärgerlich. Das braune Tweedkostüm war erst zwei Jahre alt und viel eleganter als das schwarze. Er ist sichtlich verlegen, der Ärmste, stellte sie fest.

»Frau Pöhl«, begann er, unbeholfen. »Wir kennen uns jetzt seit vielen Jahren...«

Sie nickte und lächelte ermunternd.

»Es war eine fruchtbare... eine glückliche Verbindung tiefes Gefühl... ein tiefes Gefühl des Respekts entwickelt...«

Sex würde es keinen geben, sagte sie sich realistisch. Aber das spielte keine Rolle. Sie hatte inzwischen ohnehin kaum mehr Verlangen danach. Es würde eine kameradschaftliche Beziehung sein. Diskrete Diners in verschwiegenen Restaurants. Abende im Theater oder in der Oper. Allerdings brauchte sie dann Kleider. Das würde sie ihm unmißverständlich klarmachen. Schließlich sollte er sich ihrer nicht schämen müssen. Sie würde ihn dazu bringen, einen Arzt aufzusuchen, entschied sie: Eigentlich könnte sie das sogar zur Bedingung machen.

Der Mann starrte auf die blanke Schreibunterlage und schien nach Worten zu suchen.

»Sie sind ein intelligenter Mensch, Frau Pöhl. Es muß Ihnen klargeworden sein, schon vor Jahren, daß – trotz Ihrer fraglosen Tüchtigkeit – das Gehalt, welches ich Ihnen zahle, und die jährlichen Erhöhungen höher sind, als eine Angestellte in Ihrer Position normalerweise erwarten dürfte.«

Gerda erwachte unsanft aus ihren Träumen. Das ungute Gefühl, das sie jeden Morgen verspürte, stieg plötzlich wieder in ihr auf.

»Sie müssen doch wissen, warum ich Sie, gerade Sie, herausgepickt habe, damals vor Jahren.«

Er wartete auf eine Reaktion, doch die Frau starrte ihn nur dümmlich an. Wie alt sie aussieht, dachte Muntz. Und potthäßlich. Kein Wunder, daß sie sich mit all diesen teuren Kleidern behängt hatte. Natürlich hatte er sie damals noch nicht gekannt. Aber man erzählte genügend Geschichten, machte sich sogar lustig über sie. Es hieß, für den Führer sei sie der »angemalte Clown« gewesen, und er hätte sie deswegen so häufig nach Berchtesgaden eingeladen, weil ihn der ständige Kleiderwechsel köstlich amüsierte. Nur Göhring wechselte noch öfter, wurde gesagt.

»Ich kenne Ihre wahre Identität, Frau Pöhl«, platzte er unvermittelt heraus. »Ich war ein guter Freund Ihres Gatten.«

Der Raum und der Mann verschwammen vor ihren Augen, und Gerda hielt nur mühsam die Tränen zurück.

»Keine Angst«, sagte Muntz hastig, als er ihre Bewegung sah. »Es besteht keinerlei Gefahr. Ihnen kann nichts passieren. Glauben Sie mir. Sie sind absolut sicher.«

»Aber warum ...?«

»Es war Zeit, Frau Pöhl. Es war Zeit, offen zu sagen, was wir seit Jahren voneinander wissen ...«

Ein Hustenanfall unterbrach ihn.

»Ich möchte, daß wir noch bessere Freunde werden.«

Sie starrte ihn an, alle Gedanken an eine Liaison nun unter der Angst begraben, die ihr das Gehirn vernebelte, wie ein Kinderspielzeug, bei dem, wenn man es umdrehte, künstlicher Schnee fiel und die Konturen verwischte.

Sie begann zu weinen, ganz leise. Muntz kam hinter dem Schreibtisch hervor und packte sie an der Schulter. Wie knochig sie ist, dachte er angewidert.

»Frau Pöhl, bitte!«

»Ich verstehe nicht«, schluchzte sie. »Ich habe Angst, Herr Muntz, schreckliche Angst.«

Mit beträchtlicher Überwindung legte er ihr erneut die Hand auf die Schulter, sanft diesmal.

»Dazu besteht kein Anlaß«, versicherte er. »Ich bin Ihr Freund. Das wissen Sie doch.«

Sie blickte zu ihm auf, mit geröteten Augen. Ihre Haare hatten sich aus dem Knoten gelöst und hingen ihr wirr ins Gesicht. Kein Wunder, daß Köllman solch einen schlechten Ruf unter den Frauen in den Konzentrationslagern gehabt hat, dachte Muntz.

»Warum, Herr Muntz? Warum jetzt?«

Der Mann kehrte hinter seinen Schreibtisch zurück und wappnete sich. Es würde nicht einfach sein, das war ihm klar.

»Gewisse Dinge haben sich ereignet«, begann er umständlich, war sich jedoch sicher, daß sie weder von der Schießerei am Toplitzsee, noch von der Pressekonferenz in Jerusalem gehört hatte. Er wußte, daß sie keinen Fernseher besaß und nur selten Zeitung las. »Keine bedeutenden Dinge, verstehen Sie...«

Ein Hustenanfall ergriff ihn, und er war froh darüber. Er kam sich sehr unbeholfen vor.

»... Sie kennen ja die Hexenjagd, die ab und zu stattfindet...«

»Aber davon war ich bisher nie betroffen...«

»Ich weiß«, sagte Muntz rasch. »Doch jetzt sind Sie betroffen.«

Die Angst legte sich wie ein stählernes Band um ihre Brust. Sie begann heftig zu zittern. Muntz starrte auf seinen Schreibtisch, die Hand vor die Augen gelegt. O Gott, war das scheußlich. Man hätte ihm das nicht zumuten dürfen. Er war schließlich krank. Jeder wußte das. Andere hätten das erledigen müssen.

»Frau Pöhl«, versuchte er es noch einmal, in schärferem Ton diesmal, »nehmen Sie sich doch bitte zusammen.«

Nervös trommelte er mit den Füßen. Die Frau preßte die Hände auf die Knie und versuchte das Schluchzen zu unterdrücken. Sie hatte sich vorgebeugt und sah richtig ausgehöhlt aus, als ob sie jeden Moment zerbrechen würde, dachte er.

»Ich habe Ihnen doch gesagt, ich bin Ihr Freund. Es besteht keine Gefahr. Ich werde Sie immer beschützen.«

Sie hob den Kopf, ohne jedoch wirklich zuzuhören.

»Was soll ich tun?« fragte sie, und er seufzte erleichtert.

»Sie sind eine ordentliche Frau, Frau Pöhl, eine Frau mit strikten

Lebensgewohnheiten, der Ungewöhnliches sofort auffallen würde.«

Sie sah ihn neugierig und zusehends gefaßter an.

»Ich möchte, daß Sie mir alles erzählen, was Ihnen ungewöhnlich vorkommt...«

»Ich verstehe nicht...«

»Ganz egal, wie unbedeutend es Ihnen erscheint. Wenn Ihr Bäcker sich einen neuen Helfer nimmt... wenn plötzlich ein anderer Postbote kommt...«

Wieder verengte sich der stählerne Ring. »Ich?« fragte sie mühsam, denn plötzlich schien ihr die Kehle eng geworden. »Sie meinen, sie sind hinter *mir* her...?«

Erneut drückte sie das Taschentuch an die Augen. Verdammt, dachte Muntz, verdammt, verdammt, verdammt.

»Nein, Frau Pöhl«, erwiderte er und bemühte sich um einen gelassenen Ton. »Ich kann Ihnen versichern, daß Sie keine offizielle Untersuchung zu fürchten brauchen...«

Sie weinte weiter, ohne ihn zu hören.

»Frau Pöhl!« sagte ihr Arbeitgeber streng. Sie blickte auf.

»Frau Pöhl, die Leute suchen nicht nach Ihnen. Sie suchen nach Ihrem Mann.«

Die Frau starrte ihn entgeistert an, mit offenem Mund. Sie trägt ein Gebiß, stellte er fest. Nachts würde ihr Gesicht einfallen und noch häßlicher werden. Sie schüttelte den Kopf, ein dümmliches Grinsen auf dem Gesicht, stieß unverständliche Laute aus, die sich dann zu einem einzigen Wort formten:

»Nein... nein... nein...«

Sie würde gleich hysterisch werden, begriff er. Er kam um den Schreibtisch herum, baute sich vor ihr auf und blickte sie finster an. Es war wie in den alten Tagen, dachte er. Sie hatten immer Angst vor ihm gehabt, krümmten und wanden sich, winselten angstvoll. Die Uniform hatte natürlich dazu beigetragen, aber er hatte auch die passende Statur gehabt. Er packte die knochigen Schultern und schüttelte sie roh. Ihr Kopf wackelte, als sei er abgeknickt. Er konnte sie nicht ins Gesicht schlagen, dachte er, sonst gingen die falschen Zähne noch zu Bruch.

»Frau Pöhl, hören Sie mir zu!«

Sie blickte auf, mit verschwimmenden Augen.

»Ich glaube, Ihr Mann ist noch am Leben«, platzte er heraus, denn er wollte es jetzt hinter sich bringen. »Ich glaube, er wird versuchen, Verbindung mit Ihnen aufzunehmen...«

»Nicht Heinrich«, unterbrach sie ihn, klammerte sich krampfhaft an den Gedanken wie ein Kind, das sich am Geländer entlangtastet.

»Wenn er am Leben wäre, hätte er schon längst Verbindung mit mir aufgenommen ...«

»Genau«, improvisierte Muntz. »Weil Heinrich Sie geliebt hat. Wir alle wissen, daß es eine Liebesheirat war, jeder konnte das sehen ...«

Sie lächelte und versank in Erinnerungen. Verzweifelt versuchte Muntz, sie in die Gegenwart zurückzuholen.

»... Und genau das ist der Grund, weshalb er nie versucht hat, Sie zu erreichen. Seine Liebe zu Ihnen ist so groß, daß er nichts tun wollte, was Sie in Gefahr bringen mochte ...«

»Ja ...?«

»... Aber jetzt ist *er* vielleicht in Gefahr, Frau Pöhl. Und angesichts dieser Gefahr wendet er sich vielleicht um Hilfe an den Menschen, den er am meisten liebt. An Sie.«

»Er ist hier? In Berlin?«

Die Frau blickte sich im Zimmer um, als erwartete sie, daß ihr Mann, den sie dreißig Jahre lang nicht gesehen hatte, plötzlich dastehen würde.

»Ich weiß es nicht«, sagte Muntz. Er war naßgeschwitzt, und die Lungen brannten ihm, als hätte er kochend heiße Luft eingeatmet. »Er kommt möglicherweise, und zwar bald.«

Man konnte richtiggehend den inneren Ruck sehen, den sich die Frau gab. Sie schniefte ein paarmal geräuschvoll und ordnete ihr Haar. Dann rieb sie sich die Augen mit dem feuchten Taschentuch, richtete sich in dem Stuhl auf und sah Muntz an.

»Ich bin zu allem bereit, was Sie von mir verlangen, Herr Muntz.«

Der Anwalt lächelte erleichtert. Es würde klappen, dachte er.

»Ich möchte, daß Sie Heinrich helfen«, begann er und hob die Hand, als er sah, daß sie etwas sagen wollte.

»Er braucht Hilfe, eine Menge Hilfe ...«, warf sie ein.

»... Und Sie wissen, daß ich und andere Leute bereit sind, ihm diese Hilfe zu geben«, ergänzte er.

Gerda lächelte ihn dankbar an. Solch ein *guter* Mensch, dachte sie.

»Sie müssen zweierlei tun«, fuhr der Anwalt fort. »Sie müssen mir, wie ich bereits gesagt habe, die geringste Kleinigkeit mitteilen, die Ihnen auffällt. Egal wie trivial oder unwichtig sie Ihnen erscheint. Die winzigste Kleinigkeit. Verstehen Sie?«

Sie nickte eifrig.

»Und sobald Heinrich mit Ihnen Kontakt aufnimmt, oder irgend jemand, der behauptet, in Heinrichs Auftrag zu handeln, müssen Sie mich sofort verständigen.«

Wieder nickte sie.

»Unverzüglich, Frau Pöhl. Bevor Sie sich irgendwo mit ihm oder mit irgendeinem Beauftragten treffen. Bevor Sie die Wohnungstür aufmachen. Ich muß Bescheid wissen, innerhalb von Minuten.«

Er hielt ihr ein Blatt Papier hin, das er heute morgen vorbereitet hatte, als er auf ihr Eintreffen wartete.

»Unter einer dieser Nummern bin ich immer zu erreichen. Tag und Nacht. Und ich möchte, daß Sie mich anrufen, ganz egal um welche Tageszeit. Ist das klar, Frau Pöhl?«

Sie nickte, strahlend vor Glück. Wie gut sie sich fühlte. Wieder lebendig und voller Tatendrang. Etwas zu *tun*. Wichtig zu sein. Und Heinrich war am Leben! War am Leben und kam zurück. Sie würde ihn beschützen. Gott, wie sie ihn beschützen würde. Kein Mann würde jemals solch einen Schutz finden.

»Haben Sie verstanden, Frau Pöhl?«

»O ja, Herr Muntz«, versicherte sie. Sie war atemlos, als wäre sie eine Treppe hinaufgerannt. »O ja.«

»Heinrichs Leben, Ihr Leben, wird davon abhängen, wie schnell Sie mich anrufen.«

»Ich weiß, Herr Muntz. Sie können sich auf mich verlassen. Sie wissen doch, daß Sie sich auf mich verlassen können.«

Er lächelte. Sie war doch eine einfache Seele.

»Das weiß ich, Frau Pöhl.«

Er zog seine Brieftasche und entnahm ihr fünfhundert Mark.

»Ein Geschenk, Frau Pöhl, von der Organisation. Sie wollen sich vielleicht ein neues Kleid kaufen. Und ein paar Lebensmittel, falls Heinrich ganz überraschend auftaucht.«

Erneut stiegen ihr die Tränen in die Augen, aber diesmal aus Dankbarkeit, und sie ergriff die Hand, die der Mann ihr bot, und senkte ihre Lippen darauf. Muntz stand vor ihr, mit angewiderter Miene, erlaubte ihr jedoch die Geste. Im Augenblick war sie eine sehr wichtige Person.

»Und nehmen Sie den Rest des Tages frei«, sagte er, während er verstohlen die Hand hinter dem Rücken abwischte.

»... Aber vergessen Sie nicht – bei jedem Kontakt, bei jedem ungewöhnlichen Ereignis rufen Sie mich sofort an.«

Muntz hatte bereits den ersten Schnaps ausgetrunken, als Frieden im *Hotel am Zoo* eintraf. Prompt bestellte er einen zweiten, denn den hatte er verdient, fand er.

»Nun?« fragte der Millionär. Muntz zuckte die Achseln und trank einen Schluck.

»Es war grauenhaft«, sagte er.

»Aber sie weiß, was wir wollen ... und sie ist einverstanden?« fiel Frieden ein.

»Ja, natürlich war sie einverstanden«, erklärte Muntz. Verächtlich fügte er hinzu: »Sie ist eine vorbildliche Parteigenossin. Fühlt sich wie wiedergeboren. Hat jetzt einen neuen Sinn im Leben gefunden. Sie wird meine Instruktionen aufs Wort befolgen.«

Frieden lächelte und verlangte die Speisekarte. Er runzelte etwas die Stirn, als Muntz einen weiteren Drink bestellte.

»Es war ein kluger Schachzug, ihr diesen Job anzubieten, vor all den Jahren«, sagte der Baulöwe.

Muntz grunzte nur.

»Du hast ihr gesagt, daß wir Heinrich helfen wollen?« drängte der Millionär.

Muntz kicherte, leicht betrunken. »Natürlich«, bestätigte er.

»Und wie ich ihm helfen werde«, murmelte Frieden. »Ich helfe ihm auf die Beine, wenn sie ihm die Klaviersaite um die Eier legen, und stütze ihn, während sie ihn mit dem Flaschenzug am Deckenträger hochhieven ...«

Er blickte Muntz an, und beide lachten bei der Vorstellung.

»Er hat den Tod verdient«, pflichtete der Rechtsanwalt bei.

»Was ist mit der Frau?« fragte Frieden unvermittelt.

»Eine dumme Kuh«, erklärte Muntz. »Später wird sie uns eine Last sein.«

»Also müssen wir sie auch liquidieren?«

»Ja, klar. Nachdem sie ihre Schuldigkeit getan hat.«

Frieden, der Hunger hatte, winkte den wartenden Kellner heran. Seine Diät erlaubte ihm kein Frühstück. Er würde Schweinskopfsülze essen und danach Wildschweinbraten mit Knödeln. Zum Nachtisch Harzer mit Gänseschmalz.

In der Wohnung in der Seelingstraße sah Uri Perez stirnrunzelnd die beiden Männer an, die ihm fünfzehn Minuten lang ausführlich Bericht über Gerda Pöhl erstattet hatten.

»Inwiefern war sie anders?« wollte er wissen. »Wie anders?«

»Sie hat schon nach zwei Stunden wieder das Büro verlassen«, berichtete der erste Mann. »Sie ging schnurstracks in einen Laden auf dem Kurfürstendamm und kaufte sich für 250 Mark ein Kostüm. Dann hat sie zu Mittag gegessen und eine halbe Flasche Wein dazu getrunken. Sie hat dann einen ganzen Schinken gekauft und verschiedene Wurstsorten. Und eine Flasche Kognak und ein paar Flaschen Wein.«

»Französischen«, ergänzte der zweite Mann.

»Und heute morgen noch hat Gerda Pöhl, geborene Köllman, als Witwe in beengten finanziellen Verhältnissen gelebt«, sinnierte Uri. Er schwieg einen Moment und fügte dann hinzu: »Interessant.«

Am nächsten Tag standen Berichte in der *Jerusalem Post*, im *Ma'ariv* und im *Yediot Arathnot*, in denen behauptet wurde, daß es eine Reaktion auf die Aussetzung der millionenschweren Belohnung gegeben hätte. Regierungssprecher, hart bedrängt von allen ausländischen Medien, wollten die Berichte weder dementieren noch bestätigen. Moshe Dayan heizte die Spekulationen noch an, als er in der Knesset in Beantwortung einer Anfrage des Likud, der Oppositionspartei, erklärte, daß jede öffentliche Diskussion zur Zeit noch verfrüht sei.

Drei Tage später, nachdem jede Zeitung in der westlichen Welt die Gerüchte auf der Titelseite gebracht hatte, gab es eine weitere Sitzung der Knesset, in der dem Premierminister eine schriftliche Anfrage über die bisherigen Fortschritte in der Belohnungsangelegenheit vorlag.

Er wiederholte Dayans Versicherung, daß eine öffentliche Diskussion nur schädlich sein würde, und machte dann eine Eröffnung, die das Interesse noch weiter anfachte.

Die Kontaktaufnahme sei in Berlin erfolgt, gab er zu. Ja, die westdeutschen Behörden waren informiert worden. Man sei jedoch bislang nicht im Besitz der Kiste. Am folgenden Tag flog der Außenminister nach New York, um sein Land vor den Vereinten Nationen zu verteidigen. Die israelische Maschine landete zwei Stunden, nachdem die sowjetische Iljuschin mit den russischen Wissenschaftlern an Bord nach Moskau gestartet war.

Während er eine Zigarette an der der anderen anzündete, las Wladimir Kurnow den Bericht in der *New York Times* über die zweite Knesset-Sitzung. Minister Mawetskij neben ihm zerbrach sich den Kopf, ob er es sich nur einbildete, oder ob Kurnow tatsächlich ungewöhnlich brüsk auf die Versuche anderer reagierte, ein Gespräch mit ihm anzuknüpfen.

5

Kurnow wußte, daß Mawetskij ihn absichtlich warten ließ, um seine eigene Wichtigkeit zu betonen. Mißgelaunt saß der Wissenschaftler in dem weiträumigen Vorzimmer der Ministersuite im Kreml, wo er bewußt den Aschenbecher ignorierte und die Asche auf den Boden fallen ließ. Bereits zehn Zigarettenstummel lagen um seine Füße herum. Schwein, dachte die Sekretärin, die am anderen Ende des Raums saß. Sie würde dafür sorgen, daß der Minister davon erfuhr. Diese Wissenschaftler waren alle gleich, hielten sich für unersetzlich. Eines Tages würde er es auch noch lernen. Das war bei allen so.

Kurnow starrte blicklos auf die gegenüberliegende Wand und versuchte den Aufruhr in seinem Inneren unter Kontrolle zu bringen. Es war lächerlich, so früh schon schlechte Nerven zu zeigen. Nervöse Menschen machten Fehler. Und er konnte sich keine Fehler leisten, jetzt am allerwenigsten. Er sah sich der schlimmsten Bedrohung seit dem Zusammenbruch des Dritten Reichs gegenüber, darüber war er sich im klaren. Vielleicht einer noch größeren Bedrohung. 1945 hatte er seine Fluchtpläne sehr sorgfältig ausgearbeitet, und wenn er auch wie ein Narr den Kopf verloren hatte, so hatten sie sich doch als praktisch narrensicher erwiesen. Aber jetzt mußte er improvisieren. Als ein Mensch, dem Vorbereitung und die Einbeziehung aller Details überaus wichtig waren, ging es ihm sehr gegen den Strich, sich auf irgend etwas einzulassen, das nicht gründlich geprobt und auf alle denkbaren Schwachstellen abgeklopft worden war.

In einem Versuch, seine Angst unter Kontrolle zu bringen, versuchte er die Ereignisse rational zu bewerten und neue Fluchtwege zu planen. Natürlich hatte es auch früher schon gefährliche Situationen gegeben, auf jeden Fall nach den Nürnberger Prozessen, und viel später, als die Israelis Eichmann schnappten. Er unterbrach diese beruhigenden Gedankengänge. Die Ereignisse nach Nürnberg und Eichmann waren nie eine echte Gefahr für ihn gewesen. Dies zu unterstellen, war nichts als ein Versuch, sich selbst auf die Schulter zu klopfen, wie clever er doch gewesen war mit seinen Vorsichtsmaßnahmen vor all den Jahren. Diesmal war es anders. Der eine Fehler, den er je begangen hatte, ruhte nicht länger auf dem Grund des Toplitzsees. Nur ein Fehler ... ein dummer, kindischer Patzer –, daß er den je begangen hatte, konnte er heute überhaupt nicht mehr verstehen. Wie konnte er nur diesen verdammten deutschen Hang zu Akten und Dokumentationen übersehen? Alles war vernichtet worden, hatte er gedacht. Alles. Und dann war ihm die Akte im Dokumentationszentrum in Berlin eingefallen, und es war ihm siedend heiß zu Bewußtsein gekommen, daß dort irgendein namenloser Beamter während der ganzen Jahre hinter dem Namen Heinrich Köllman alle Forschungen und Experimente notiert haben würde, die er für das Dritte Reich durchgeführt hatte, zusammen mit den persönlichen Belobigungen des Führers, die zu all den Ehren und der Vorzugsbehandlung geführt hatten.

Was war das für eine schreckliche Fahrt gewesen durch die Reichshauptstadt, erinnerte er sich, durch den Bombenhagel der Russen, an jenem Maimorgen im Jahre 1945. Wie Ratten waren die Deutschen in alle Richtungen geflohen, statt sich dem Feind entgegenzustellen, wie der Führer befohlen hatte. Er sah darin keinen Widerspruch zu seinem eigenen Verhalten. Schließlich hatten die führenden Köpfe des Landes das Recht, Vorsorge für ihre Sicherheit zu treffen. Das Volk hätte den Befehlen gehorchen sollen, koste es, was es wolle. Zweimal hatten tatsächlich Männer versucht, seinen Wagen zu stoppen, ihn zu stehlen. Er hatte sie beide niedergeschossen. Er lächelte bei der Erinnerung, wurde dann jedoch sofort wieder ernst und durchlebte noch einmal dieses Gefühl der Hilflosigkeit, als er vor dem verlassenen Hauptquartier gestanden hatte, wo überall hastig abgestreifte SS-Uniformen herumlagen, auf die leeren Aktenschränke starrte, deren offene Schubladen wie halb ausgerissene Zähne aussahen, und begriff, daß die eine Akte, die seinen Ruin bedeuten konnte, nicht mehr da war.

Zu spät hatte er von dem Rückzug nach Bad Aussee erfahren. Und daß die Akte mit seinen Fingerabdrücken in den dunklen kalten See versenkt worden war – das einzige, was ihn eindeutig in der Sowjetunion identifizieren konnte, wenn man nämlich diese Fingerabdrücke mit jenen in seiner Personalakte verglich, die die Russen angelegt hatten, nachdem er dort so rapide Karriere gemacht hatte.

Dann war ein Fehler nach dem anderen passiert.

Die Nazis begannen nach ihm zu suchen, nachdem sie wußten, wieviel Geld er auf seinem privaten Schweizer Bankkonto deponiert hatte, um für die Gesichtsoperation zu bezahlen. Das Vermögen hatte er seinen Opfern in den Lagern abgenommen, aber sie betrachteten es als ihr Eigentum. Sie würden ihn umgebracht haben, das wußte er. Langsam und genüßlich. Und so hatte er zum erstenmal im Leben unüberlegt gehandelt. Er hätte ihnen damals leicht entgehen können. Das wußte er inzwischen. Aber noch schockiert vom Zusammenbruch Deutschlands, unter großen Schmerzen direkt nach der Operation, und voller Angst, ein Opfer jener Männer zu werden, deren Fähigkeit, andere Menschen zu quälen, er perfektioniert hatte, hatte er sich dazu beglückwünscht, daß seine neue Identität wahrscheinlich sowieso für den Osten akzeptabler war als für den Westen, und war geflohen. Hinter den Eisernen Vorhang. Er wandte den Kopf, schaute aus dem Fenster und betrachtete den Schnee auf den Dächern Moskaus. Das, fand er, mit jenem altvertrauten Gefühl des Bedauerns, war sein schlimmster Fehler gewesen. Und deshalb war es wichtig, nicht wieder in Panik zu geraten.

Gott sei Dank hatte er noch einen Rettungsanker im Westen. »Immer einen Fluchtweg offenhalten.« Wer hatte das gesagt? Kaltenbrunner? Nein, der war's nicht gewesen. Dieser Idiot hatte doch tatsächlich geglaubt, sie würden sich in Bad Aussee sammeln und weiterkämpfen. Wer dann? Bormann. Richtig, Martin Bormann, der immer klugerweise davor gewarnt hatte, sich allzu sehr ins Rampenlicht der Öffentlichkeit zu begeben, der seine Macht ausgekostet hatte, ohne das Bedürfnis nach öffentlicher Bestätigung, das bei all den anderen so stark ausgeprägt war. Ein cleverer Mann, Martin. Was für eine grausame Ironie des Schicksals, daß er so früh sterben mußte, in einem dreckigen Rangierbahnhof.

Wie sicher hielt sein Rettungsanker? fragte er sich. Es waren dreißig Jahre ins Land gegangen, ohne jeden Kontakt. Der einzige Mensch, der sein Geheimnis kannte, hatte allen Grund, ihm nach wie vor zu helfen, kalkulierte er und klammerte sich an diese Hoffnung. Dreißig Jahre lang hatte der Mann ein Vermögen von über einer Million Pfund zur Verfügung gehabt. Durch die Zinsen mußte sich dieser Betrag mindestens verdreifacht haben.

Und wenn der Mann nun gestorben war? Der Schweiß brach ihm aus bei diesem plötzlichen Gedanken. Konnte durchaus sein, sagte er sich.

Warum mußten auch diese verfluchten Juden in dem See herumstochern!

»Verfluchtes Pack«, sagte er leise.

»Genosse?«

»Nichts«, erwiderte Kurnow in fließendem Russisch. »Hab nur vor mich hingeträumt.«

Der Summer am Schreibtisch gab Laut, und die Sekretärin nickte dem Wissenschaftler zu.

Mawetskij erhob sich, als Kurnow eintrat, und lächelte breit. Zur Überlebensstrategie des Ministers gehörte es, mit jedem, der möglicherweise Macht und Einfluß hatte, demonstrativ freundschaftlichen Verkehr zu pflegen. Kurnow war solch eine Person, und er beunruhigte den Minister. Sie hätten Freunde sein sollen, die auch privaten und geselligen Umgang miteinander hatten. Doch der Wissenschaftler hatte alle Annäherungsversuche abgewiesen und stets eine Barriere zwischen ihnen errichtet. Andere hielten es für Arroganz, aber der Minister war skeptisch.

»Wladimir! Freut mich, Sie zu sehen. Tut mir ehrlich leid, daß ich Sie warten lassen mußte...«

Er hielt inne und warf sich in eine vertraute Pose.

»... Ein Minister hat nämlich kein ganz leichtes Leben, wissen Sie.«

Normalerweise wurde das mit einem verständnisvollen Lächeln quittiert, doch Kurnow verzog nicht die Miene. Ich hätte es wissen müssen, sagte sich Mawetskij. Er deutete auf die mit Intarsien verzierte Zigarettenschatulle auf dem Schreibtisch, und Kurnow akzeptierte die Einladung, noch immer ohne ein Wort.

»Ich fand die Amerikareise sehr nützlich«, fuhr der Minister fort. Sich über öffentlich diskutierte und offiziell abgesegnete Ideen lobend zu äußern, war eine weitere Überlebensstrategie von ihm.

»Sehr«, pflichtete Kurnow bei. Das Gespräch würde aufgezeichnet werden. Mawetskij war ein vorsichtiger Mensch.

»Haben Sie aus den amerikanischen Streßforschungen viel lernen können?«

Kurnow schüttelte den Kopf. »Wir sind schon viel weiter als sie«, versicherte er.

Mawetskij kicherte. »Nun ja, wir haben auch, wie soll ich es ausdrücken, bessere Ressourcen für Ihre speziellen Forschungen als die Amerikaner. Unsere Experimente können umfassender sein.«

Kurnow starrte ihn wortlos an.

»Sind Sie in jüngster Zeit in den Potma-Lagern gewesen?« hakte Mawetskij nach, nachdem ihm sein Fehler bewußt geworden war und er einen Kommentar von seinem Gegenüber brauchte. Mawetskij ist ein Idiot, vermerkte Kurnow. Der Minister wußte über jeden seiner Schritte genau Bescheid, die Frage war also sinnlos. Es war ein kindischer Versuch, sich auf dem Tonband abzusichern.

»Die Amerikaner hatten ein paar interessante Theorien«, wich er aus.

Mawetskij zuckte die Achseln. Trotz Kurnows Verdacht war die Frage nach dem Arbeitslager bei Potma ursprünglich nicht bösartig gemeint. Er hatte einfach sehen wollen, wie wachsam Kurnow war, und ihm gedankenlos die Frage an den Kopf geworfen. Was dumm von ihm gewesen war. Es brachte nichts ein, als ein Mensch zu erscheinen, der leichtfertig über solche Dinge diskutierte.

»Werden Sie die Houston-Einladung annehmen, das Rendezvous von dort aus zu verfolgen?« fragte Kurnow. Er wußte, daß dies der eigentliche Grund war, weshalb ihn der Minister gerufen hatte.

»Ich weiß noch nicht. Was meinen Sie?«

»Ich würde gerne fahren«, erklärte Kurnow und versuchte, sich seinen Eifer nicht allzusehr anmerken zu lassen. »Die Kommunikationsverbindungen in Houston sind gut. Sie haben ein ausgezeichnetes elektronisches Überwachungssystem installiert. Ich kann dort sofortige Sprachanalysen des täglichen Funkverkehrs bekommen und sie auf Anzeichen von Streß untersuchen. Einer ihrer Astronauten ist vollausgebildeter Mediziner. Er wird während des Flugs EEG- und EKG-Aufnahmen machen und sie nach Houston funken...«

Kurnow brach abrupt ab. Er hatte dem Minister bereits ein umfangreiches Memorandum vorgelegt, das alle diese Punkte enthielt. Es lag eine gewisse Gefahr darin, die Vorteile zu sehr zu betonen.

»Sie scheinen richtig *scharf* darauf zu sein«, sagte der Minister.

Kurnow verspürte einen Stich. Das Gesicht blieb natürlich ausdruckslos. Oft hatte er über die Vorzüge solch einer radikalen Gesichtsoperation nachgesonnen. Einige kleinere Nerven waren unachtsamerweise zerstört worden, was ihm zuerst Sorgen bereitet hatte. Wenn er älter wurde, mochte das zu einer leichten Deformation führen, aber im Moment sah er noch viel jünger aus als seine neunundfünfzig Jahre, und es freute ihn, daß er seine Emotionen so gut verbergen konnte. Schon vor langer Zeit hatte er festgestellt, wie nervös das andere Menschen machte.

»Ich habe meine Arbeit schon immer mit Begeisterung getan«, sagte er gelassen.

Mawetskij lag viel daran, seinen früheren Patzer auszubügeln.

»Unsere Kommunikationseinrichtungen sind doch sicherlich ebensogut wie die der Amerikaner?«

»Ohne Frage«, bestätigte Kurnow, der Mawetskijs Taktik sofort durchschaute. »Um so mehr Grund für mich, nach Amerika zu gehen. Welche Daten hier anfallen werden, weiß ich ganz genau. Aber wir können nicht mit Sicherheit wissen, was alles in Houston anfällt, es sei denn, ich wäre dabei und könnte dafür sorgen, daß sie uns nichts verheimlichen. Wenn ich ihre kompletten Aufzeichnungen habe und sie mit den Aufzeichnungen in Baikonur vergleichen kann, dann ist mein Teil der Forschungsarbeiten garantierbar.«

Die Logik war absolut stichhaltig. Kurnow manipuliert mich, vermerkte Mawetskij ärgerlich.

»Aus genau dem gleichen Grund werden die Amerikaner einen Mann hier haben wollen«, warf der Minister ein.

»Zweifellos«, räumte Kurnow erneut ein. »Außerdem ist das ein Bestandteil des Abkommens. Aber ich habe jedes einzelne Teammitglied kennengelernt. Nur zwei sprechen russisch, und dann so schlecht, daß es fast lachhaft ist. Im Kontrollzentrum werden sie die meiste Zeit überhaupt nicht mitbekommen, was vorgeht.«

Kurnow *hatte* sich gut vorbereitet, mußte der Minister zugeben. Er war wirklich ein außergewöhnlicher Mann.

»Man vergißt nur zu leicht, wie viele Sprachen Sie fließend sprechen«, sagte Mawetskij beiläufig.

»Man sollte nie etwas übersehen, was von Vorteil sein kann«, erwiderte der Mann mit dem glatten Gesicht, und der Minister runzelte die Stirn. Auf dem Tonband würde sich die Bemerkung, die eigentlich ein bißchen ironisch gemeint war, eher naiv anhören.

»Dann sollten Sie wohl fahren«, sagte Mawetskij gepreßt.

Die Spitze war dumm gewesen, sah Kurnow ein. Er näherte sich dem schwierigsten Teil des Gesprächs, und nun war sein Gegenüber verärgert. Vielleicht würde es ihm eines Tages gelingen, seinen Drang, andauernd anderen seine Überlegenheit zu beweisen, unter Kontrolle zu bringen und solche psychologischen Fehler zu vermeiden.

»Ich dachte, ich könnte vielleicht mit einem Trip mehrere Dinge auf einmal erledigen«, sagte er. Ein beiläufiger Ton hätte den anderen nur alarmiert, deshalb bemühte er sich gar nicht darum.

Mawetskij hob den Kopf wie ein Tier, das Gefahr wittert.

»Was zum Beispiel?« fragte er zurückhaltend.

Ich muß ihm ein paar Konzessionen machen, entschied Kurnow. Er fragte sich, ob er das Mißtrauen des anderen zerstreuen konnte.

»Bei meinen letzten Besuchen in Potma sind mir ein paar Dinge aufgefallen, die ich als merkwürdig empfunden habe«, erklärte er.

Mawetskij unterdrückte nur mit Mühe ein befriedigtes Lächeln. Die Aufzeichnung würde ihm jetzt nicht mehr schaden.

»Merkwürdig?« fragte er forschend.

»Sonderbares, unerklärliches Verhalten von Männern, wenn sie schließlich begreifen, daß ihr Leben zu Ende ist, auch wenn ihre Körperfunktionen weiterhin intakt sind. Meiner Ansicht nach können ähnliche Effekte bei einem Kosmonauten auftreten, wenn sein Raumschiff eine technische Panne hat und er begreift, daß es keine Rettung für ihn gibt, auch wenn die Lebenserhaltungssysteme ihm noch für einige Zeit ein Weiterleben im Weltraum ermöglichen.«

Wie bin ich auf diese Idee gekommen? überlegte Kurnow. Dann fiel es ihm ein. Dieser wichtigtuerische NASA-Direktor hatte ihn gefragt, ob Russen mit solch einem Wissen überleben könnten. Das könnten sie, hatte er dem Mann versichert. Er hoffte nur, daß der Amerikaner nicht mit Mawetskij die Diskussion fortgesetzt hatte.

Hört sich plausibel an, befand der Minister, aber er spürte, daß Kurnow sich abmühte. Diese Bandaufzeichnung sollte er sich gesondert aufheben, um bei Bedarf rasch darauf zurückgreifen zu können.

»Ich verstehe nicht ganz...?« forschte Mawetskij.

»Vierzehn Tage vor dem Weltraumstart findet eine internationale Konferenz von Gefängnispsychiatern und Ärzten statt. Wir sind akkreditiert, aber die Zusammensetzung unserer Gruppe steht noch nicht endgültig fest...«

»Und Sie möchten gehen?« Warum? fragte sich Mawetskij.

»Es mag interessant sein«, erklärte Kurnow. »Die öffentlichen Sitzungen sind wahrscheinlich ziemlich langweilig. Sind sie meistens. Aber bei privaten Gesprächen und Kontakten kann man unter Umständen wertvolle Erkenntnisse gewinnen.«

Er hofft darauf, konstatierte Mawetskij. Er konzentrierte sich jetzt voll auf seinen Gast. Irgend etwas stimmte nicht. Er müßte äußerst vorsichtig sein. Schon seine Mitwisserschaft mochte Schwierigkeiten mit sich bringen.

»Sonderbar, daß Sie nie zuvor Interesse für derartige Konferenzen gezeigt haben«, sagte Mawetskij sanft. Es wäre falsch, den Mann zu früh zu verschrecken.

»Das Phänomen in Potma ist mir zuvor nie aufgefallen«, erwiderte Kurnow. »Andere Länder haben möglicherweise schon daran geforscht. In diesem Falle möchte ich gerne ihre Berichte lesen.«

Er ist mißtrauisch, dachte Kurnow sorgenvoll. Es war dumm gewesen, ihn vor den Kopf zu stoßen. Seine ausgeprägte Eitelkeit hätte er sich zunutze machen sollen. Es wäre so leicht gewesen, ihm zu schmeicheln und die Zweifel zu zerstreuen, die ihn jetzt befallen hatten.

»Ich bin überzeugt, eine Teilnahme wäre gewinnbringend«, sagte er. Es ärgerte ihn, daß er erneut hatte das Wort ergreifen müssen. Das schwächte seine Verhandlungsposition.

»Ich bezweifle *keineswegs* Ihre ernsthaften Motive«, versicherte Mawetskij. Noch nie hatte er Kurnow so offenkundig nervös gesehen. Der Minister genoß die Unterhaltung außerordentlich.

»Wo findet die Konferenz statt?« erkundigte er sich.

Kurnow antwortete nicht sofort, was ein taktischer Fehler war.

Großer Gott, dachte er, was habe ich für Fehler gemacht bei dieser Besprechung. Er zerbrach sich den Kopf, ob Mawetskijs Verdacht eine Gefahr bedeutete. Wahrscheinlich, befürchtete er. Der Mann war ein geborener Überlebenskünstler. Menschen wie er hielten sich an der Macht, weil sie fähig waren, Schwierigkeiten vorauszusehen.

»In Berlin«, erklärte er.

Mawetskij starrte ihn an, mit völlig ausdruckslosem Gesicht. Er ließ das Schweigen lastend werden, weil er wußte, daß es den anderen noch nervöser machen würde. Er reagierte genauso, wie Kurnow in einer gleichartigen Situation reagiert haben würde, fand Mawetskij. Jede weitere Diskussion wäre ein Fehler. Mawetskij wußte, daß er als Sieger daraus hervorgehen mußte.

»Schön«, schloß er, »schicken Sie mir eine entsprechende Aktennotiz...«

Er zögerte und ließ unausgesprochene Zweifel anklingen, weil er wußte, was dies für eine Wirkung auf Kurnow haben würde.

»... Sie wissen ja, wie das ist, dieser Aktenfimmel unserer Bürokratie. Wir besprechen es dann nächste Woche abschließend.«

»Ich glaube wirklich...«, versuchte es der Wissenschaftler noch einmal, eine Spur zu eifrig. Mawetskij hob wie abwehrend die Hände, konsultierte dann angelegentlich seinen Terminkalender, als hätte Kurnow bereits seine Zeit überzogen. Aus dieser abwehrenden Haltung wechselte er zu einer fast entschuldigenden Geste der Hilflosigkeit über, indem er achselzuckend beide Hände hob, die offenen Handflächen Kurnow zugewandt.

»... Wie ich schon gesagt habe... die Pflicht ruft...«

Kurnow erhob sich voller Wut. Dreckschwein, dachte er. Wie ein rammeliger Hund, der Laternenmasten auf den Geruch einer läufigen Hündin abschnuppert, so glaubte Mawetskij, eine Geruchsspur entdeckt zu haben, die es zu verfolgen galt. Dessen war sich Kurnow sicher. Der hartnäckige Angstklumpen stieg wieder in ihm auf.

»Vielen Dank, daß Sie mir die Zeit gewidmet haben, Genosse Minister«, sagte er förmlich. Er erstickte fast an der Demütigung.

»Ich bin jederzeit für Sie da, Wladimir, das wissen Sie doch.«

Nachdem Kurnow gegangen war, saß Mawetskij noch eine lange Zeit da und starrte in die Luft. Er fühlte sich wie ein Algebraschüler, der mitten im Jahr von seinem Lehrer verlassen worden war: Alle Komponenten und Vorzeichen waren vorhanden, aber er wußte nicht, wie er sie in eine lösbare Formel bringen sollte. Wenn man Kurnows Biografie zugrunde legte, mußte Berlin der Schlüssel sein, entschied er. Einer Eingebung folgend, rief er seine Sekretärin und verlangte Kurnows Personalakte. Binnen dreißig Minuten wurde sie ihm gebracht, noch staubbedeckt aus dem Schrank, wo sie so lange unberührt gelegen hatte. Er hakte den Spiraldraht auf, der die Seiten zusammenhielt, und breitete sie auf dem Schreibtisch aus wie eine Montage, in der er das fehlende oder unvollständige Stück zu finden hoffte.

Bevor Kurnow die russische Staatsbürgerschaft annahm, las Mawetskij, hatte er Klaus Reinhart geheißen. 1938 hatte er an der Berliner Universität sein Medizinstudium beendet und war 1939 ins Gefängnis gekommen, weil er unter Jungärzten Propaganda gegen einen Eintritt in die NSDAP gemacht hatte. Bei Kriegsausbruch kam er wieder frei, wurde jedoch als psychologisch untauglich für den Fronteinsatz eingestuft und tat statt dessen Dienst in vier verschiedenen Kriegsgefangenenlagern. Mehrfach wurden von ihm durchgeführte Operationen erwähnt, in denen er die Schäden repariert hatte, die durch brutale Verhörmethoden der SS entstanden waren. Auch das Rote Kreuz hatte sich des öfteren lobend über seine Arbeit geäußert, die er nicht selten unter Mißachtung offizieller Anweisungen und Befehle durchführte. Es gab sogar die Kopie einer SS-Order, in der seine Einlieferung in das KZ Buchenwald verfügt wurde, weil er russische Kriegsgefangene behandelt hatte. Glücklicherweise hatte der Krieg geendet, bevor die Order durchgeführt werden konnte.

Er war, notierte der Minister, ein geborener Berliner. Na und? Das allein bot keine Erklärung, weshalb er nach Berlin auf diese Konferenz gehen wollte. Mawetskij drehte das Blatt um und studierte Kurnows Foto. Seltsam, wie wenig der Mann gealtert war, dachte er flüchtig. Ohne sonderliches Interesse blätterte er in der erkennungsdienstlichen Akte mit den Fingerabdrücken und las dann die eindrucksvolle Liste mit Kurnows Leistungen, seit seiner Entscheidung, in der Sowjetunion zu bleiben. Der Minister schob die Akte beiseite, wandte sich zum Fenster und starrte hinaus auf die Hauptstadt. Es war schon ziemlich dunkel, aber der weiße Schnee reflektierte das wenige verbliebene Licht und verlieh den Häusern einen unwirklichen Glanz. Es gab keinerlei Hinweise in der Akte, befand er. Kurnow war fraglos ein Gegner des Nazi-Regimes gewesen, offiziell als Kriegsheld anerkannt, dessen spätere Arbeit sich als höchst wertvoll für die Sowjetunion erwiesen hatte, so daß ihm alle diese Ehrungen und Orden mit vollem Recht verliehen worden waren.

Trotzdem war irgend etwas faul an der heutigen Anfrage. Davon war er überzeugt. Erneut wandte er sich der Personalakte zu und schob die Blätter hin und her wie ein Falschspieler, der verzweifelt ein As sucht.

Das Weltraumprogramm war als streng geheim eingestuft. Deshalb mußte die Vergangenheit des Mannes peinlich genau unter die Lupe genommen worden sein, bevor man ihn zugelassen hatte. Der Minister, an dickleibige, erschöpfende Leumundsdokumentationen gewöhnt, war erstaunt über Kurnows magere Sicherheitsakte. Mehrfach wurde erwähnt, daß nähere Unterlagen zu den gemachten Angaben nicht verfügbar seien, weil alle offiziellen Aufzeichnungen bei den Kämpfen um Berlin vernichtet worden oder, wie man annahm, im Besitz der drei anderen Besatzungsmächte waren. Fast alle Informationen, stellte Mawetskij fest, hatte der Mann direkt oder indirekt selbst geliefert. Ungewöhnlich, fand der Minister. Trotz des Chaos und der Zerstörungen in Berlin in jenen letzten Kriegstagen hätte er doch ein Mindestmaß an amtlichen Nachweisen erwartet.

Es gab zehn eidesstattliche Erklärungen von ehemaligen russischen Kriegsgefangenen, die in Rehabilitationshospitälern befragt worden waren und Reinhards medizinische Behandlung, häufig in offenem Widerspruch zu offiziellen Anordnungen seiner Vorgesetzten, bestätigten. Ein tapferer Mann, dachte der Minister. Würde Kurnow sich gegen Autorität auflehnen? Natürlich, sagte sich Mawetskij prompt. Tat er schließlich andauernd. Er stutzte und ließ sich diesen Gedanken noch einmal durch den Kopf gehen. Zwar war er nicht so überzeugt wie die anderen Kritiker, doch er hatte Kurnows Unbotmäßigkeit stets für einen Ausfluß seiner Arroganz gehalten, nicht irgendwelcher Prinzipien. Er war sich nicht sicher, ob Kurnow einen Befehl allein aus Gewissensgründen mißachten würde.

Mawetskij starrte die auf seinem Schreibtisch verstreuten Papiere an. Dort waren keine Antworten zu finden, entschied er.

Die Blätter waren numeriert, und er begann sie zu sortieren, um sie wieder in die Spirale einzuheften. Dann hielt er inne und starrte auf Kurnows Bild. Ein tapferer Mann, sinnierte er, ein Mann, der eher den Tod in einem KZ riskiert hatte, als die ihm anvertrauten Patienten zu opfern. Er wandte den Blick von dem Foto und starrte vor sich hin, erinnerte sich an die Bemerkungen über Potma. Kurnows Prinzipien über menschliches Leiden hatten sich drastisch geändert in den dreißig Jahren. Was er in der extremen Kriegssituation nicht zu akzeptieren bereit gewesen war, das ließ er jetzt in Friedenszeiten nicht nur zu, sondern nahm sogar aktiv daran teil. Da war ein krasser Widerspruch in dieser Akte. Er las noch einmal die eidesstattlichen Versicherungen der Überlebenden. »Mitfühlend«, hieß es in der einen. »Human«, sagte eine andere. »Unter selbstloser Mißachtung seiner persönlichen Sicherheit«, führte eine dritte aus. Nie, dachte Mawetskij, hätte ich solche Worte gewählt, um den Mann zu charakterisieren, der vor einer Stunde hier gesessen hat. Er ordnete die Aussagen ein, versiegelte die Aktenbox erneut und lehnte sich dann nachdenklich zurück. Eine unvollkommene Akte, sicherlich. Aber unter den gegebenen Umständen nicht ungewöhnlich.

Ein Charakter, der heute nicht mehr ganz mit dem Bild übereinstimmte, das Kriegsgefangene vor über dreißig Jahren gezeichnet hatten. Zu dürftig für eine offizielle Untersuchung.

Eine entschiedene Abneigung, Menschen leiden zu sehen, die er heute anscheinend vollständig überwunden hatte. Verbunden mit den anderen Ungereimtheiten, eine unerklärliche Veränderung. Unerklärlich? Er versuchte, objektiv zu bleiben. Kurnow besaß zweifellos jenen typisch russischen Stolz auf seine geachtete Stellung und seinen Status und war sich sehr wohl bewußt, daß seine Privilegien eng verknüpft waren mit den auch weiterhin erfolgreichen sowjetischen Raumfahrtunternehmen. War es da verwunderlich, daß ein menschenfreundlicher Lagerarzt seine moralischen Ansprüche zurückgeschraubt hatte? Natürlich nicht.

Und mehr war es nicht, gestand sich Mawetskij ein. Der andere Leidtragende einer Untersuchung, egal wie diskret, würde er selbst sein. Gereizt rief er seine Vorzimmerdame und gab ihr die Personalakte.

Die Frau, der die Zigarettenkippen vor ihrem Schreibtisch einfielen, fragte hoffnungsvoll: »Was soll ich damit machen?«

Mawetskij blickte auf.

»Zurückbringen«, sagte er kurz angebunden.

»Nach unten? In die Registratur?«

»Natürlich – wohin sonst?« knurrte der Minister.

Enttäuscht verließ die Frau das Zimmer. Mawetskij blickte ihr nach. Es war lächerlich, dachte er wütend. Zwei Stunden hatte er verplempert, nur weil er sich über einen Mann geärgert und prompt hinter einer ganz normalen Anfrage ein finsteres Motiv gewittert hatte.

Das war gefährlich. Es gab genügend echte Probleme, auch ohne die, die er sich selbst schuf. Zehn Minuten später hatte er Kurnow und dessen gewünschten Berlinbesuch aus seinen Gedanken getilgt.

6

Es war ein gutes Leben gewesen, fand Dr. Helmut Bock, nicht zum erstenmal. Obwohl er sich in seiner Praxis nicht auf Psychiatrie spezialisiert hatte, erkannte er doch diese Nostalgie als einen Drang, sich permanent Mut einzuflößen. Was kaum verwunderlich war. Wenn er daran dachte, wie katastrophal es hätte für ihn ausgehen können, besonders nach den Experimenten mit plastischer Chirurgie in Buchenwald während der letzten Kriegsjahre, grenzte solch ein komplettes Entkommen schon an ein Wunder. Er lächelte versonnen im ersten Licht des frühen Morgens. Wie sehr hatte es ihn beunruhigt, erinnerte er sich, als Heinrich Köllman ihm so offensichtlich seine Gunst schenkte. Jeder auch nur einigermaßen intelligente Mensch hatte begriffen, daß der Krieg verloren war, und daß es jetzt zuerst einmal ums Überleben ging. Deshalb mochte man seine Beziehung zu Köllman, dessen Ruf fast noch schlimmer als der von Mengele war, als puren Selbstmord ansehen. Doch wenn auch unausweichlich, so war doch der Zusammenbruch des Dritten Reichs noch zu weit in der Ferne, als daß er offen die Freundschaft eines so mächtigen Mannes hätte ablehnen können, und so ließ er sich darauf ein, wobei er anfänglich nicht durchschaute, daß Köllman bereits seine Flucht plante.

Lange hatte er allerdings nicht dazu gebraucht, dachte Bock, ein eingebildeter Mann, der seine Intelligenz erheblich überschätzte. Und nachdem er erst einmal kapiert hatte, was lag dann näher, als sich der gleichen Methode zu bedienen, die Köllman seit Jahren perfektioniert hatte? Trotzdem war er ehrlich genug, sich einzugestehen, daß er *wirklich* Glück gehabt hatte.

Die Frau neben ihm drehte sich um und begann zu schnarchen. Er warf ihr einen angewiderten Blick zu und lupfte dann vorsichtig, damit sie nicht aufwachte, die Bettdecke von ihren Brüsten. Sie wölbten sich fest und stramm, zwei üppige Fleischberge im Mondlicht, das durch die offenen Gardinen fiel. Der Anblick erregte ihn nicht. Es war ein guter, professioneller Job gewesen, gratulierte er sich. Die Brüste würden mindestens fünfzehn Jahre lang die Form behalten. Und auch ihr Bauch und ihr Hintern, egal ob sie auf ihre Linie achtete oder nicht. Sie würde auch weiterhin das Sexsymbol der internationalen Filmwelt bleiben. Kein Wunder, daß sie sich so dankbar gezeigt hatte. Er lächelte bei der Erinnerung. Sie bewegte sich, und er deckte sie vorsichtig wieder zu. Wenn sie aufwachte, würde sie glauben, daß er Sex wollte, und er war noch ausgelaugt von dem, was sich zuvor abgespielt hatte.

Ja, sagte er sich und verfiel wieder in Erinnerungen, er hatte unbedingt Glück gehabt. Bis zu dem Zeitpunkt, als er zwei Zimmer weiter von dem genesenden Köllman diesen ehemaligen SS-Oberst operierte, hatte er nicht geahnt, daß die Nazis hinter seinem Gönner her waren, weil er über 1000000 Pfund aus dem Besitz von KZ-Insassen unterschlagen hatte. Zu dumm, dachte Bock kichernd, daß der Oberst die Operation nicht überlebt hatte. Und wie einfach war es gewesen, den geschwächten, übernervösen KZ-Arzt davon zu überzeugen, daß ihm die überlebenden SS-Leute dicht auf den Fersen waren.

Es wurde heller, und vorsichtig, um die Frau nicht zu wecken, stahl er sich aus dem Bett und schaute von der Verandatür seiner Penthousewohnung auf das schlafende Berlin.

Es war alles so schnell gegangen. Im Juni hatte er noch in Furcht und Schrecken gelebt vor Verhaftung und einer Anklage als Kriegsverbrecher, dem die Todesstrafe drohte, so wie es anderen in Nürnberg passiert war. Im September war er ein Mann mit einer neuen Identität, die ihm Köllmans Fälscher besorgt hatte. Er hatte ein neues Gesicht, erschaffen von dem Mann, der ihm bei Köllmans Operation assistiert hatte (und der dann wegen seines Wissens sterben mußte). Und darüber hinaus war er ein Millionär, mit einem Vermögen in der Schweiz, weil Köllman durchgedreht hatte und in den Osten geflohen war.

Köllman hatte diesen unglaublichen Fehler wieder ziemlich wettgemacht, fand Bock. Als ein Mann, der sich der durch seine Vergangenheit drohenden Gefahr stets bewußt war, hatte der Schönheitschirurg interessiert Kurnows Karriere in Rußland mitverfolgt und alle Zeitungsausschnitte mit dem Foto des Gesichts aufgehoben, das er so sorgfältig nach dem vorhandenen Vorbild modelliert hatte. Armer Reinhart. Der Idiot hatte immer noch geglaubt, Menschen helfen zu können, als er in Bocks behelfsmäßiger Klinik eingetroffen war. Bock erinnerte sich noch genau an den schockierten, plötzlich begreifenden Gesichtsausdruck, als sie ihn narkotisierten.

Was sich am Toplitzsee ereignet hatte, war außerordentlich beunruhigend. Immer wieder hatte er über die Vergangenheit nachgedacht, seit die Nachricht von den Morden und der fehlenden Kiste durch alle Medien gegangen war. Die Aussage des israelischen Premierministers, daß jemand in Berlin die Papiere angeboten hatte, verstärkte noch seine Unruhe. Er zerbrach sich den Kopf, ob irgendwelche inkriminierenden Dokumente im Toplitzsee liegen mochten. Er persönlich war nicht gefährdet, da war er ziemlich sicher. Der Registraturbeamte war heroinsüchtig gewesen, und Bock hatte ihn stets mit Stoff versorgt, wodurch er den Mann so abhängig von sich machte, daß er, als der Zusammenbruch kam, penibel alle Unterlagen, in denen Bocks Name erwähnt war, in eben den Öfen verbrannte, die so kurz zuvor noch andere Beweise vernichtet hatten. Nein, sagte er sich, er war sicher vor irgendwelchen Nachforschungen. Und die Jagd auf die Toplitzseedokumente würde ohnehin fruchtlos bleiben. Die Juden wären nie in der Lage, die Dokumente zu erwerben, wenn sie tatsächlich auf dem Markt angeboten wurden – die Nazis verfügten über unglaubliche finanzielle Mittel. Er verweilte einen Moment bei diesem beruhigenden Gedanken und dachte an den Kontoauszug von vergangener Woche. Armer Köllman, der in der kargen Sowjetunion leben mußte, ohne zu wissen, daß sein sorgfältig gescheffeltes Vermögen in den dreißig Jahren auf über drei Millionen Pfund angewachsen war.

Bock lächelte zufrieden, während er einen Blick auf die schlafende Filmschauspielerin warf. Seit fast fünfundzwanzig Jahren hatte er das Kapital nicht mehr anzurühren brauchen, seit er zu einem international bekannten Schönheitschirurgen geworden war. Zahlung in Naturalien war ein netter Bonus, aber die Patienten zahlten außerdem noch auf bankübliche Weise. Und wie sie zahlten! Die Frau regte sich. Sie würde bald erwachen, Bock ging ins Bad und stellte den Duschstrahl auf »Wassermassage«. Sie war wirklich außerordentlich erfindungsreich gewesen, fand er, während der scharfe Strahl auf seiner Haut prickelte und seinen Körper wieder zum Leben erweckte. Bis zum Wochenende müßte sie allerdings verschwunden sein. Denn da erwartete er aus Buenos Aires eine Argentinierin mit den spektakulärsten Brüsten, die er je gesehen hatte. Er konnte nicht verstehen, daß sie diese Brüste verkleinert haben wollte. Erstaunlich, was Frauen alles auf sich nahmen, nur um schön zu bleiben.

»Hallo.« Sie blickte ihm entgegen, als er zum Bett zurückkam. »Ich dachte schon, du hättest mich verlassen.«

»So ein Blödsinn«, sagte er und zog ihr die Bettdecke herunter. Vielleicht noch einen Zentimeter vom Bauch weg, kalkulierte er fachmännisch. Aber darüber konnte man sich streiten. Ihr Mann schien zufrieden, zwei Tage zuvor.

Sie interpretierte seinen forschenden Blick auf ihre Weise und lächelte.

»Bist du sicher, daß ich die einzige bin, die ein Lifting hinter sich hat?« sagte sie kokett, mit einem anzüglichen Blick auf seine Nacktheit.

Ordinäre Kuh, dachte er und setzte sich breitbeinig über sie.

»Ich möchte nicht, daß du einen steifen Hals bekommst«, erwiderte er im gleichen Tonfall.

»Nie.«

Bock fragte sich, ob er es mit ihr noch bis zum Wochenende aushalten würde. Unter ihm stöhnte sie. Ich hätte doch diesen Zentimeter noch wegnehmen sollen, dachte er.

Fünf Kilometer weiter, in der Wohnung in der Seelingstraße, erwachte Mosbacher und lag einen Moment angespannt da, in diesem Zustand höchster Alarmbereitschaft, der ihm antrainiert worden war. Nachdem er seine Umgebung identifiziert und für ungefährlich befunden hatte, entspannte er sich, drehte sich um und schaute zu dem zweiten Bett hinüber, das anderthalb Meter entfernt stand.

Perez schlief unruhig. Mehrmals ließ er ein Wimmern hören, murmelte unverständliche Worte, wälzte sich dann im Bett. Würde er durchhalten? fragte sich Mosbacher. Er stand unter einem ungeheuren Druck. Einem unmenschlichen Druck, vor allem wenn man seine Biografie berücksichtigte. Sollte er Jerusalem von seinen Zweifeln in Kenntnis setzen? Doch sofort verwarf er die Idee, ohne langes Überlegen. Es wäre sinnlos. Sie würden die Mission nicht einfach abbrechen, nur aufgrund seiner Befürchtungen. Und Perez konnte es zu gut mit ihnen, konnte besser argumentieren und andere Leute leichter überzeugen. Bei hohen Politikern und Staatsbeamten fühlte sich Mosbacher stets unsicher, häufig blieben ihm die Worte in der Kehle stecken. Solche späten Einwände würden glatt vom Tisch gewischt werden. Für sie gab es kein Zurück mehr. Und ohne Perez konnte das Unternehmen nicht zu Ende geführt werden.

Der Mann seufzte verhalten, um seinen schlafenden Freund nicht zu wecken. Ein beschissenes Metier, in dem sie arbeiteten, dachte er. War es denn wirklich notwendig, die Nazis noch zu verfolgen, nach so langer Zeit? Wieder stiegen diese Zweifel in ihm auf, die zu dem Bruch mit Perez geführt hatten. Natürlich war es notwendig, sagte er sich. Zu viele waren davongekommen und hatten erneut hohe Ämter im Nachkriegsdeutschland inne. Es waren die angewandten Methoden bei diesem Unternehmen, die ihm wider den Strich gingen.

Erneut betrachtete er die schlafende Gestalt von Perez. Aber sie hätten sorgfältiger auswählen sollen, dachte er. Für ihn, den Junggesellen, dessen Eltern in Dachau umgekommen waren, der kein wirkliches Heim, nur eine Wohnung, ein Dach über dem Kopf hatte, war es verhältnismäßig einfach. Perez war verheiratet, und vor einem Monat hatte seine Frau ein Kind bekommen, das der Mann bis jetzt noch nicht hatte sehen dürfen. Um wieviel einfacher wäre es doch gewesen, wenn man ein Kommando aus ledigen, ungebundenen Männern zusammengestellt hätte, deren Tod, bei einem Mißerfolg, von niemand beweint werden würde. Er hätte das Opfer bringen sollen, statt Perez, dachte Mosbacher. Doch dann mußte er lächeln über diese blödsinnige Idee. Er hätte die Rolle gar nicht spielen können. Perez war ideal wegen seiner Statur und wegen eben jener Vergangenheit, die gleichzeitig der Grund war für seine Unberechenbarkeit. Niemand konnte ihn ersetzen, weder Mosbacher noch sonst jemand. Er wußte, daß er jetzt nicht mehr einschlafen würde, und so stand er auf, ging ans Fenster und schaute auf die Stadt hinaus. In direkter Blickrichtung, aber nicht sichtbar, war das Penthouse, in dem Block in diesem Moment stöhnend, halb vor Lust und halb gequält, über dem Filmstar lag.

Morgen geht es wirklich los, dachte Mosbacher. Dann verbesserte er sich, nachdem er auf die Uhr geschaut hatte. Nicht morgen, heute. Was ein Glück, daß Bock mit jeder attraktiven Patientin schlief. Es war eine aufrechte, tapfere Jüdin gewesen, die von der verräterischen Narbe unter der linken Achsel berichtet hatte, wo die eintätowierte SS-Nummer entfernt worden war. Den Mossad hatte es eine Stange Geld gekostet, zwei weitere Frauen von Bock chirurgisch behandeln und verführen zu lassen, um den Verdacht der ersten, echten Patientin zu erhärten. Aber nie hatte der Mossad damit gerechnet, als sie mit Hilfe eines bestochenen Postbeamten Bocks Briefe überwachten, daß einer der berühmtesten Schönheitschirurgen sein Handwerk unter einem anderen Namen an Patienten in Buchenwald, die er bei vollem Bewußtsein operierte, gelernt hatte. Und was noch wichtiger war, sie erfuhren, daß er ganz offensichtlich Heinrich Köllmans Bankkonto in der Schweiz verwaltete, der entscheidende Hinweis, daß der Wissenschaftler noch am Leben war.

Mosbacher trat an den Tisch und blätterte die Fotokopien der Kontoauszüge durch, die vor fünf Tagen an Bock geschickt worden waren. Über drei Millionen Pfund. Wie war Bock zu der Vollmacht gekommen? Es spielte keine Rolle. Jedenfalls war es mehr als genug, um einem Erpresser belastende Papiere abzukaufen. Die Nazis hatten noch größere Mittel, wie er wußte.

Er merkte, daß Perez wach war und ihn beobachtete.

»Der Tag wird schön«, sagte er und blickte auf die Stadt hinaus.

»Heute geht's los«, meinte Perez bedrückt.

»Ja.«

»Nervös?«

»Ja.«

»Wegen eines möglichen Mißerfolgs? Oder weil mir etwas zustoßen könnte?«

Was für eine Antwort möchte der junge Mann haben, überlegte Mosbacher. Sicherlich hatte Perez keine Angst um Leib und Leben. Dafür waren sie zu gut ausgebildet worden.

»Beides, würde ich sagen«, antwortete er.

»Weißt du, worüber ich gestern nachgedacht habe?« fragte der Jüngere.

Mosbacher wandte sich vom Fenster ab. Perez hatte die Hände hinter dem Kopf verschränkt und starrte zur Decke.

»Nein.«

»Ich habe an meinen Sohn gedacht. Ich betrachtete das Foto, das mir Rachel geschickt hat, und dachte, so muß sich mein Vater gefühlt haben, als er mich zum erstenmal sah. Und als er meine Schwester sah. Und dann dachte ich an das, was sich in Buchenwald abgespielt hat.«

Laß ihn reden, sagte sich Mosbacher. Wahrscheinlich hilft es ihm.

»Kannst du dir vorstellen, wie dir zumute ist, wenn du mitansehen mußt, daß deine eigenen Kinder und die Mutter, die sie geboren hat, Tag für Tag Experimenten ausgesetzt werden, um ihre körperliche Widerstandsfähigkeit zu testen? Und deine seelische Toleranzschwelle?«

Er weinte, sah Mosbacher.

»Nein«, sagte er. »Ich glaube, niemand kann sich das vorstellen.«

»Er hat es getan«, murmelte Perez. »Köllman.«

»Ich weiß, Uri«, sagte Mosbacher sanft. »Sie alle haben Verbrechen begangen, die man kaum begreifen kann.«

»Es ist möglich, daß wir scheitern«, sagte der Mann mit unerwartetem Pessimismus. Er drehte sich auf die Seite und sah Mosbacher an. »Hast du daran gedacht?«

»Natürlich«, erwiderte Mosbacher.

Mehrere Minuten sprach keiner von beiden. Dann meinte Perez: »Wenn wir scheitern . . . wenn wir keine Reaktion bekommen, meine ich, dann sollen sie mich kennenlernen. Ich bringe jeden Nazi um, den ich finden kann . . . wirklich, Arron, das tue ich. Ich bringe sie alle um . . .«

Er meint das in vollem Ernst, sagte sich Mosbacher. Er müßte sofort handeln, wenn die Sache schiefging. Am besten eine Injektion, wenn er das schaffte, um Uri auf Eis zu legen, bis sie ihn nach Israel zurückschaffen konnten. Auf jeden Fall mußte er Perez mit allen Mitteln daran hindern, etwas zu tun, was ihn ins Gefängnis brachte.

Oder was ihn umbrachte. Uri hatte genug gelitten. Und seinen Sohn hatte er auch noch nicht gesehen.

Bei diplomatischen Empfängen konnte man zumindest die Zeit, die man darauf verschwendete, in Grenzen halten, dachte Mawetskij. Man konnte immer dringende Arbeiten vorschützen und sich nach einer Stunde empfehlen. Er sah natürlich die Notwendigkeit ein, an solchen Empfängen teilzunehmen, nachdem die Sowjetunion jetzt Entspannungspolitik betrieb, aber er fühlte sich stets ein bißchen unbehaglich unter so vielen Menschen. Kleinere Gesellschaften waren ihm lieber, wo er die Leute beobachten, sie abschätzen und einschätzen konnte. Bei diplomatischen Empfängen hatte er immer den Verdacht, daß man *ihn* beobachtete und abschätzte. Oft dachte er mit einem Gefühl des Bedauerns an die Stalin-Zeit zurück, als man sich einen Dreck um die Meinung des Westens geschert hatte. Jetzt schien das Politbüro kaum einen Schritt zu tun, ohne sich vorher Gedanken zu machen über die Reaktionen in Washington, London oder Bonn.

Er sah den amerikanischen Botschafter auf sich zukommen und setzte ein begrüßendes Lächeln auf. Seit dem Raumfahrtkooperationsprogramm ließen beide Seiten keine Gelegenheit aus, ihr gutes Verhältnis zu demonstrieren.

»Eine gute Party«, eröffnete der Amerikaner.

»Ja«, pflichtete Mawetskij bei.

»Wie ich höre, haben Sie sich nun doch entschlossen, nach Houston zu kommen.«

Mawetskij nickte. »Dachte mir, es wäre vielleicht ganz interessant, den Start einmal von der anderen Seite aus mitzuerleben.« Er nahm sich ein Glas von einem vorbeikommenden Kellner.

»Unsere Leute freuen sich schon darauf, hierher zu kommen«, versicherte der Amerikaner.

Diplomatisches Geplauder ist todlangweilig, fand Mawetskij.

»Wir haben einen großen Empfang geplant«, sagte er. »Auch wir freuen uns auf den Austausch.«

Der Amerikaner seufzte, war ebenso gelangweilt wie der andere.

»Die Deutschen sind gar nicht da«, meinte er und blickte sich in dem Raum um. Seit Brandts Ostpolitik die Voraussetzungen geschaffen hatte, eine bundesdeutsche Botschaft in Moskau zu eröffnen, hatten sich die Deutschen, erpicht darauf, Kontakte zu knüpfen, auf jedem diplomatischen Empfang sehen lassen.

»Ja«, meinte Mawetskij gelangweilt.

»Möchte nur wissen, ob es was mit dieser Berliner Sache zu tun hat.«

Mawetskij fühlte sich wie ein Reisender, dem eine ferne Glocke den sicheren Pfad weist.

»Welche Berliner Sache?« erkundigte er sich.

Der Botschafter sah den sowjetischen Minister an. Er mußte doch von der israelischen Verlautbarung gehört haben!

»Die Toplitzsee-Affäre«, erklärte der Amerikaner. »Jerusalem hat verlauten lassen, daß sich jemand gemeldet hätte, der angeblich im Besitz der verschwundenen Munitionskiste ist. Wenn sich wirklich diese Nazi-Papiere darin befinden, könnte das eine neuerliche Hexenjagd auslösen.«

»Ja?« drängte Mawetskij.

»Anscheinend war die Kontaktaufnahme in Berlin«, fuhr der Amerikaner fort. »Ist das nicht makaber?«

Der Russe nickte. Er spürte ein ganz flaues Gefühl im Magen. Auf einmal wurde ihm richtig übel und er schluckte krampfhaft. Kurnow hatte auf dem Rückflug von Amerika kaum gesprochen, erinnerte er sich, war vollauf beschäftigt gewesen mit jener Seite der *New York Times*, auf der, im Anschluß an das Kommandounternehmen in Österreich, über die israelische Pressekonferenz berichtet wurde.

»Ich wette, ein paar Leute in Berlin sind ganz schön nervös heute«, spekulierte der Amerikaner.

»Ja«, stimmte der Minister zu. »Ganz bestimmt.«

Der Kellner kam erneut vorbei und blieb erwartungsvoll stehen. Mawetskij stellte sein leeres Glas auf dem Tablett ab, nahm sich jedoch kein neues. Angelegentlich sah er auf die Uhr.

»Entschuldigen Sie«, murmelte er, »dringende Geschäfte heute nachmittag...«

Er stürmte in sein Kreml-Büro, schreckte die Sekretärin auf, die ihn erst in einer Stunde zurückerwartet hatte, und verlangte barsch im Vorbeilaufen eine Übersetzung der israelischen Verlautbarung und Kurnows Akte. Eine halbe Stunde lang studierte er die Mappe, die er sich schon eine Woche zuvor angesehen hatte, und kam zu dem gleichen Ergebnis. Da gab es nichts, absolut nichts, was eine Untersuchung rechtfertigte. Er las den Bericht über die Sitzung des israelischen Parlaments und schob ihn dann auf die Seite. Sein Verdacht verstärkte sich. Immerhin hatte er Stalin und Chruschtschow überleben müssen, um seine derzeitige Position zu erlangen. Mehrmals hatten Säuberungsaktionen gedroht, und jedesmal war er der Katastrophe entgangen, indem er sich auf seinen Instinkt verlassen und jegliche Untersuchung vorausgeahnt hatte. Wenn er damals auf harte Fakten gewartet hätte, wie er es jetzt tat, als sei er ein junger, unerfahrener Bürokrat, dann würde er schon lange in irgendeinem Arbeitslager sitzen. Die Knesset-Erklärung war das Bindeglied, sagte er sich. Er konsultierte seinen Terminkalender und vergewisserte sich zusätzlich durch einen Anruf bei der Akademie der Wissenschaften. Kurnow war vor einer Stunde nach Berlin abgeflogen.

Ungeduldig hämmerte er auf die Gabel seines Telefons. Als sich die verwirrte Sekretärin meldete, verlangte er eine sofortige Verbindung zu dem kommandierenden Offizier der russischen Besatzungsmacht in Berlin. Während er auf den Anruf wartete, sah er, daß seine Hände zitterten.

Er müßte außerordentlich vorsichtig sein, sagte er sich. Wenn er sich geirrt hatte, konnte das genau die Säuberungsaktion auslösen, um die er bisher immer herumgekommen war. Das Telefon klingelte, doch er zögerte, bevor er abnahm, und starrte auf den Knopf, der automatisch das Gespräch aufzeichnen würde. Würde er die Aufzeichnung jemals brauchen, um sie dem Politbüro vorzulegen? Niemand konnte das wissen. Entschlossen drückte er die Aufnahmetaste und nahm den Hörer ab.

7

Bock fühlte sich entsetzlich müde. Glücklicherweise war für diesen Nachmittag nur eine kleine Operation angesetzt. Anschließend würde er eine Stunde in der Sauna verbringen und danach noch mindestens eine Stunde auf der Massagecouch. Ich bin zu alt für solche sexuellen Marathonleistungen, dachte er zerknirscht. Die Tür öffnete sich, und Bock sah irritiert die Frau an, die er unmißverständlich instruiert hatte, daß er nicht gestört werden wollte. Sie war eine rundliche, matronenhafte Frau, die er gerade wegen ihrer mangelnden Attraktivität ausgewählt hatte. Sie war jedoch eine bemerkenswert tüchtige Privatsekretärin.

»Was gibt's?« fragte er barsch.

»Ein Anruf...«, begann sie, doch er unterbrach sie erbost.

»Himmeldonnerwetter«, fauchte er, »ich hab Ihnen doch gesagt, keinerlei Anrufe... keine Störungen. Sehen Sie denn nicht, daß es mir nicht gut geht?«

Sie ließ sich nicht aus der Ruhe bringen.

»Das habe ich ihm gesagt«, erwiderte sie. »Aber er ist unheimlich hartnäckig. Eine geschlagene Viertelstunde hat er die Telefonzentrale beschwatzt, bis das Mädchen zu mir durchstellte. Er behauptet steif und fest, falls er nicht mit Ihnen sprechen könne, würden wir alle gefeuert, wenn Sie dahinterkämen, was wir getan hätten.«

»Interessiert mich nicht«, beschied sie Bock. »Erledigen Sie das allein.«

Er wandte sich ab in der Erwartung, daß die Frau ginge. Der Kopf platzte ihm fast, und in der Leistengegend schmerzte es teuflisch. Er zerbrach sich den Kopf, welche Entschuldigung er heute abend vorbringen konnte.

»Ich habe ihm gesagt, daß Sie nie private Gespräche annehmen ..., daß alles über Ihre Assistenten und Mitarbeiter läuft ...«, fuhr die Frau fort, ohne sich vom Fleck zu rühren.

Mit wutverzerrtem Gesicht fuhr er zu ihr herum.

»... Ich soll den Namen Hugo Becker erwähnen, hat er mir aufgetragen«, fügte sie hastig hinzu. »Kennen wir jemand namens Hugo Becker?«

Bock starrte sie mit offenem Mund an. Ein taubes Gefühl breitete sich in seinem Körper aus, wie diese modernen Narkosemittel, die bewußtlos machen, ohne die unangenehmen Nebenwirkungen der altmodischen Äthermaske. Plötzlich ging ihm auf, wie er auf die Frau wirken mußte, und er stützte das Kinn in beide Hände und versuchte, sein Gesicht zu verdecken. Die Sekretärin warf ihm einen besorgten Blick zu. Heute morgen hatte sie ihm nicht geglaubt, als er jammerte, sich nicht wohl zu fühlen. Aber jetzt sah er tatsächlich krank aus. Kein Wunder. Er arbeitete auch wirklich zuviel.

»Es tut mir leid«, sagte sie reumütig. »Ich werde ihn abwimmeln ...«

»Nein!«

Ich habe geschrien, stellte Bock fest, peinlich berührt. Aber es war schließlich über dreißig Jahre her, seit er das letztemal den Namen gehört hatte, auf den er getauft worden war.

»Nein«, wiederholte er, ruhiger diesmal. Er atmete tief ein und rang um Beherrschung.

»Ich nehme den Anruf entgegen.«

Die Frau blickte ihn unsicher an. »Wollen Sie tatsächlich ...?«

»Geben Sie mir das Gespräch, hab ich gesagt!« Er hatte schon wieder gebrüllt.

Stirnrunzelnd ging sie. Sekunden später leuchtete die Lampe an seinem Apparat auf, und er griff mit spitzen Fingern nach dem Hörer, als hätte er Angst, sich daran zu verbrennen. Er hielt ihn ans

Ohr, sagte aber nichts. Einige Sekunden lang herrschte Schweigen, dann ertönte eine fragende Stimme: »Hallo?«

Es war ein kehliger deutscher Dialekt, stellte Bock fest. Bayerisch vermutlich.

»Ja«, sagte er. Seine Stimme klang dünn und gepreßt.

»Wer spricht?« wollte der Anrufer wissen.

»Bock. Helmut Bock.«

Ein Lachen war zu hören.

»Ach wirklich?« sagte die Stimme.

»Wer sind Sie?« Bocks Stimme war fester geworden. »Ich . . .«

»Halten Sie den Mund«, unterbrach ihn der Anrufer, und Bock schwieg.

»Sie haben diesen Anruf befürchtet, Dr. Becker, nicht wahr? Seit 1945 hatten Sie Angst, daß jemand dahinterkam, wer dieser berühmte Dr. Bock wirklich ist.«

Der Chirurg stützte sich schwer auf den Schreibtisch. Erneut fühlte er diese Taubheit.

»Und jetzt ist es passiert, Dr. Becker. Jetzt ist's passiert.«

Der Anrufer spie den Namen aus wie einen Fluch.

»Ich weiß, daß Sie Dr. Becker sind«, sagte die beharrliche Stimme. »Ich weiß Bescheid über alles, was Sie in Buchenwald gemacht haben. Und ich weiß noch etwas. Ich weiß, was für ein enges Verhältnis Sie zu Köllman hatten. Wäre doch ziemlich peinlich, wenn der Inhalt der Toplitzseekiste an die Öffentlichkeit käme, nicht?«

Der Dialekt *ist* bayerisch, dachte Bock. Er war sich fast sicher.

»Sagen Sie mir, wer Sie sind«, wiederholte der Chirurg schwach.

Erneut ertönte das Lachen.

»Ich bin derjenige, der zurückgelassen wurde, Dr. Becker. Der leiden mußte, nachdem die Ratten das sinkende Schiff verlassen hatten.«

Der Chirurg runzelte die Stirn, verstand nicht, was der Anrufer damit meinte.

»Was wollen Sie?«

»Geld, Dr. Becker. Ich will das Geld, das mir seit dreißig Jahren vorenthalten worden ist.«

Köllman? War das Köllman am Telefon? Hoffnung keimte in ihm auf. Hatte er deshalb den Namen erwähnt, als Hinweis?

»Heinrich? Bist du es, Heinrich?«

Erneut dieses verächtliche Lachen.

»O nein, Dr. Becker, hier ist nicht Köllman. Aber der wird auch aus seinem Loch kriechen, wie all die anderen. Ist es nicht so, Dr.

Becker?«

Der Chirurg preßte die Knöchel gegen die schmerzende Stirn und versuchte seine Gedanken zusammenzunehmen, die in seinem Kopf herumflatterten wie Papierschnitzel im Wind.

»Hören Sie, ich verstehe nicht...«

»Hab ich auch nicht anders erwartet«, unterbrach ihn der Anrufer. »Muß ein ganz schöner Schock für Sie sein, nicht?«

Ich werde zahlen, entschloß sich Bock. Er hatte Köllmans Geld. Dem Mann konnte er jeden geforderten Betrag zahlen.

»Sagen Sie mir, was Sie wollen«, wiederholte er, nur diesen einzigen Gedanken im Sinn.

»Haben Sie was gemerkt?« sagte der Anrufer und ignorierte die Frage. »Haben Sie gemerkt, was passiert ist, seit die Juden von dieser Toplitzseekiste sprechen? Alle sind hinter ihr her. Alle.«

Bock bewegte die Lippen, aber die Frage wollte nicht kommen. Wenn der Mann nur aufhören würde, seinen wirklichen Namen zu benutzen.

»Es wird eine Auktion geben«, fuhr die Stimme fort. »Mir ist es egal, wer die Kiste bekommt. Ich habe die israelische Botschaft informiert, und schon wimmelt es hier von Juden. Die Nazis sind scharf darauf und wollen jeden Preis zahlen. Und auch Sie werden angelaufen kommen, stimmt's?«

»Ich...«

»Halt's Maul, Becker«, sagte die bayerische Stimme, plötzlich scharf geworden. »Ich kann leicht dafür sorgen, daß sie dich umbringen. Das ist dir doch klar, oder? Es gibt nur einen Weg, wie du am Leben bleiben kannst. Indem du dafür blechst. Du solltest dich schon mal um die Kohlen kümmern. Und zwar flott...«

»Können wir uns nicht treffen?« sagte Bock rasch. »Hier am Telefon können wir nicht richtig miteinander reden. Sagen Sie mir, wo wir uns treffen können... ich komme sofort.«

Wieder erklang das verächtliche Lachen.

»Klar werden Sie kommen. Und wie schnell. Mir wird es ein Spaß sein, Sie rennen zu sehen, Dr. Becker...«

Dann war die Leitung tot. Bock begriff nicht gleich, daß der andere aufgelegt hatte, und als er es endlich merkte, heulte er beinahe vor Enttäuschung. Er legte den Hörer auf die Gabel und starrte das Telefon an. O Gott, dachte er. O Gott, so hilf mir doch.

»Wir haben den Doktor vergessen«, rief Frieden plötzlich.

Muntz, der dem Millionär in dem Bürohaus in der Ludwigsfelder

Straße gegenüber saß, schreckte aus seinem Stuhl hoch bei diesem Ausruf. Er hatte schlimme Schmerzen in der Brust. Heute morgen hatte er wieder Blut gespuckt. Das war schon lange nicht mehr der Fall gewesen. Es war ihm klar, daß er sich behandeln lassen mußte. Vielleicht würde er es tun, wenn alles vorüber war.

»Wen?«

»Becker, den Schönheitschirurgen...« Ungeduldig schnalzte der Baulöwe mit den Fingern. »Du weißt doch, Bock nennt er sich heute.«

Der Rechtsanwalt runzelte die Stirn. »Was kann denn der wissen?«

»Wahrscheinlich nichts«, räumte Frieden ein, irritiert über die Begriffsstutzigkeit des anderen. »Aber denk doch mal nach. Bock hat Köllman operiert, stimmt's? Er hat eine Menge wichtiger Leute behandelt, die mit ihren alten Gesichtern möglicherweise Schwierigkeiten bekommen hätten.«

Nachdenklich befühlte er seine eigene Wange. Es war nicht unbedingt notwendig gewesen. Aber ein kleines Risiko bestand, und so hatte er sich vorsichtshalber zu der Operation entschlossen. Frieden wurde von Erinnerung übermannt. »Mein Gott«, sagte er. »Es war Bock, der mit der Information über Köllman herausgerückt ist. Erinnerst du dich nicht? Zwar kam es um Jahre zu spät für unsere Zwecke, aber das war nicht Bocks Schuld. Er hatte nicht gewußt, daß wir nach dem Mann suchten.«

Muntz machte noch immer ein verwirrtes Gesicht.

»Denk doch mal nach«, drängte der Millionär. »Das heißt, Bock war der letzte, der mit Köllman in Berlin Verbindung hatte.«

»Und?«

Frieden warf Muntz einen besorgten Blick zu. Der Anwalt war offenbar ernstlich krank, dachte er. Sein Verstand funktionierte nicht mehr richtig.

»Überleg doch, was das bedeutet, Manfred«, redete er ihm zu. »Wenn Köllman zurückkommt, um sich die Papiere zu sichern, und das muß er, wie wir wissen, an wen wird er sich dann wenden? Bestimmt nicht an uns. Ihm ist klar, was wir mit ihm machen würden. Er weiß zwar nicht, wo seine Frau steckt, aber wenn er sie trotzdem irgendwie aufspürt, dann sind wir darauf vorbereitet...«

Muntz nickte, mit erwachendem Interesse.

»... Aber irgendwo muß er anfangen. Er hat gemeinsam mit Bock gearbeitet... war Bocks großer Gönner. Es wäre naheliegend, daß er zu Bock geht.«

Muntz zuckte skeptisch die Achseln.

»Aber er weiß, daß Bock zu der Organisation gehört..., daß er

Kontakt zu uns hat«, argumentierte er. »Wenn er sich an Bock wendet, wäre das genauso gefährlich für uns, wie wenn er mit einem anderen von der Organisation Kontakt aufnimmt.«

Frieden ließ sich den Einwand durch den Kopf gehen und schüttelte dann den Kopf.

»Bock ist keine wichtige Figur mehr in der Organisation. Köllman kann sich das unschwer ausrechnen. Damals hat man Bock gebraucht, so wie die Fälscher. Aber spätestens zwei Jahre nach dem Krieg war das vorbei, als alle ihre neuen Gesichter hatten. Und vergiß nicht ihre Freundschaft. Ich weiß, es ist lange her, aber vielleicht versucht Köllman, die alten Bande neu zu knüpfen. Dieser Mann braucht ganz dringend Freunde.«

Muntz machte eine zweifelnde Kopfbewegung.

»Um Himmels willen, Manfred«, drängte Frieden, »Köllman muß doch irgendwo anfangen.«

»Jedenfalls ist es eine Möglichkeit, gegen die wir uns absichern müssen«, räumte der Anwalt ein und hustete in sein Taschentuch. Er schaute hinein. Die Blutung hatte aufgehört. »Kannst du nicht mit Bock reden? Mir geht's ziemlich schlecht. Eigentlich sollte ich im Bett liegen.«

Es ist die Nervenanspannung, befand der Millionär. Muntz war jetzt ein schwaches Glied in der Organisation. Und Schwachstellen konnten sie sich nicht leisten, niemals. Er müßte bald eine Konferenz einberufen, um über einen Ersatzmann zu sprechen. Armer Manfred.

»Selbstverständlich«, willigte er ein.

Der Anruf, den er wenige Minuten später erhielt, vervollständigte die Panik, die der Schönheitschirurg verspürte. Seit über zwanzig Jahren hatte es keinen Kontakt mehr gegeben. So war es ausgemacht gewesen, verdammt noch mal. Jeder half dem anderen nach Kräften, aber wenn seine spezielle Aufgabe zu Ende war, wurde die Verbindung gelöst. Hatte er nicht seine Pflicht getan? In diesen ersten Jahren hatte er praktisch nonstop operiert. Und jetzt das, zwei Anrufe innerhalb von drei Stunden. Was hatte das zu bedeuten? Waren sie auf das Züricher Bankkonto gestoßen? Frieden hatte sich freundlich angehört. Aber dieser erste Kontakt würde auf jeden Fall freundlich sein, um ihn nicht zu verschrecken. Bevor sie Rache nahmen, müßten sie ihn bei Laune halten, damit er das Vermögen auf ihre Konten transferierte. Vielleicht war das alles ein unglaublicher Bluff, fiel ihm plötzlich ein. Hatten die Nazis hinter diesem ersten Anruf gesteckt, um ihn zu entnerven, und dann bei dem zweiten Kontakt auf seine Angst gebaut? Es wäre ein guter psychologischer Schachzug. Durchaus möglich, dachte er. Sie waren schon immer unglaublich raffiniert gewesen. Der Mann, der angeblich die Toplitzseekiste im Besitz hatte, war zweifellos ein Deutscher gewesen, seinem bayerischen Dialekt nach zu schließen. Er hatte sich auf Frieden eingelassen, wie ein Kind die alten Losungsworte mit ihm ausgetauscht und sich zu einem Treffen bereit erklärt. Es bedeutete, daß er eine Operation absagen mußte, hatte er betont. Aber wenn es so wichtig war, wie Frieden behauptete, dann würde er es natürlich tun.

Ziellos wanderte er in seinem Büro umher, wartete auf Frieden, überlegte sich Fluchtwege. Er mußte fliehen, sagte er sich. Offensichtlich wußten sie Bescheid. Er konnte nicht zulassen, daß sie ihn schnappten. Großer Gott, nur das nicht. Er hatte gesehen, wie sie mit anderen Leuten umgesprungen waren, für Verfehlungen, die weit weniger gravierend waren, als drei Millionen Pfund zu horten, die sie als ihr rechtmäßiges Eigentum ansahen.

Die Sekretärin kündigte ihm die Ankunft des Immobilienmillionärs an, der direkt hinter ihr ins Zimmer gewatschelt kam. Er lächelte grüßend, wartete dann, bis sie gegangen war, und vergewisserte sich, daß sie die Tür geschlossen hatte. Er trat einen Schritt vor und riß unvermittelt den Arm hoch.

»Sieg Heil!« rief er.

Bock bekam beinahe einen Lachanfall. Es waren die Nerven, sagte er sich, aber das Männchen sah so lächerlich aus, wie es da mit emporgerecktem Arm vor ihm stand. Machten die heute immer noch diesen Quatsch? Bock riß sich zusammen. Er müßte den Gruß erwidern, entschied er.

»Sieg Heil.«

Frieden lächelte breit und streckte ihm die Hand entgegen. Bock zögerte, ergriff sie dann.

»Es ist schön, Sie nach all den Jahren wiederzusehen«, sagte Frieden.

Bock nickte und nahm wieder hinter seinem Schreibtisch Platz. Er hatte ihn wegen der imposanten Größe ausgewählt und war im Moment froh darüber. Er schien eine Barriere zwischen ihnen zu bilden. Bock erinnerte sich, wie er, vor vielleicht achtundzwanzig Jahren, Frieden operiert hatte. Die Nase hatte er ihm modelliert und die durch übermäßiges Essen bereits erschlaffte Haut gestrafft. Kritisch musterte er das Gesicht. Hervorragende Arbeit, befand er stolz. Hatte sich gut gehalten. Niemand, der ein Foto des ehemaligen Standartenführers mit dem Mann verglich, der ihm gegenüber saß, würde sie für ein und dieselbe Person halten.

»Hat Sie mein Anruf überrascht?«

»Sehr«, gab der Chirurg zu.

»Hoffentlich habe ich Sie nicht erschreckt«, sagte der Baulöwe.

Bocks Magen krampfte sich zusammen. »Erschreckt?« fragte er, erfreut über seine gelassene Stimme. »Hätte ich mich erschrecken sollen?«

»Nein, natürlich nicht«, versicherte der Besucher. »Aber wir haben festgestellt, wenn wir nach so langer Zeit mit jemand Kontakt aufnehmen, daß dies manchmal zu grundlosen Ängsten führt.«

Bock lächelte. Er könnte noch an diesem Abend in der Schweiz sein. Es wäre kein Problem, am nächsten Tag das Geld abzuheben und binnen vierundzwanzig Stunden aus Europa verschwunden zu sein. Wohin sollte er gehen? Auf keinen Fall nach Südamerika. Dort waren sie viel zu gut organisiert. Uruguay war fest in deutscher Hand. Mit Argentinien und Paraguay sah es nicht viel besser aus. Die Vereinigten Staaten waren ideal. Dort konnte man mit plastischer Chirurgie ein Vermögen verdienen. Obwohl, das Vermögen brauchte er ja gar nicht. Was er brauchte, war Sicherheit. Also Amerika.

»Sie sagten, es wäre dringend«, erinnerte er, mit einer Spur von Ungeduld in der Stimme. Es war sehr wichtig, einem Mann wie Frieden gegenüber keine Furcht zu zeigen. Er würde auf jede Nuance achten, vermutete Bock.

Frieden berichtete ihm rasch von dem Massaker am Toplitzsee, von der Jerusalemer Pressekonferenz und von der israelischen Erklärung, wonach sich die Kiste angeblich in Berlin befand. Dann wiederholte er praktisch das Gespräch, das er kurz zuvor mit Muntz geführt hatte, und legte seine Vermutung dar, daß Köllman möglicherweise Kontakt mit dem Chirurgen aufnehmen würde. Bock starrte ihn an und fragte sich, ob seine geheuchelte Überraschung den anderen überzeugte.

»Aber ich verstehe nicht ganz«, sagte er mit gespielter Verwirrung. »Ich meine, warum sollte Köllman wegen der Papiere zurückkommen?«

Frieden runzelte die Stirn, und Bock befürchtete schon, es ein bißchen übertrieben zu haben.

»Kommen Sie, Doktor. Sie waren doch dabei. Sie wissen so gut wie ich, was er getan hat. Er *muß* zurückkommen.«

»Natürlich«, sagte Bock rasch und hoffte, Frieden würde es dem Schock zuschreiben, an unangenehme Dinge, die dreißig Jahre zurücklagen, erinnert worden zu sein.

»Aber trotzdem verstehe ich nicht, warum sich Köllman ausgerechnet an mich wenden sollte«, fuhr er hastig fort.

Waren die denn alle bescheuert? fragte sich Frieden. Er schluckte seinen Ärger hinunter und wiederholte die Überlegungen, die er Muntz vorgetragen hatte. Bock hatte das Kinn in die Hand gestützt und verbarg dahinter teilweise sein Gesicht. Es ist alles in Ordnung, dachte er aufgeregt. Sie *wissen* nichts von Köllmans Konto. Sie wollen lediglich Köllman. Offenbar glauben sie, Köllman hätte nach wie vor die Verfügungsgewalt über das Geld. Im Augenblick war er sicher, kalkulierte er. Doch dann verflog seine Erleichterung. Es blieb immer noch der Anruf des Bayern.

»Also wenn Köllman sich an mich wendet..., und im Gegensatz zu Ihnen glaube ich nicht, daß er es tut..., dann soll ich Sie sofort verständigen?«

Frieden nickte. Wie hatten solche Schwachköpfe nur in derartige Positionen aufsteigen können? Er gab Bock die Telefonnummern.

»Das ist alles«, bestätigte er. »Erklären Sie sich mit einem Treffen einverstanden, vereinbaren Sie irgendein Erkennungszeichen und rufen Sie mich dann an. Sonst brauchen Sie sich um nichts zu kümmern. Alles weitere können Sie uns überlassen.«

Er lächelte, und Bock lief ein Schauder über den Rücken.

Würde Köllman mit ihm Kontakt aufnehmen? Zuerst der Bayer. Jetzt Frieden, und beide schienen überzeugt, daß Köllman sich aus seinem Versteck hervorwagen würde. Und natürlich hatten sie recht. Er ärgerte sich, daß er nicht selbst darauf gekommen war. Selbstverständlich könnte er Köllman nicht den Nazis ausliefern. Ein paar Minuten Verhör, und schon würde er die Sache mit dem Schweizer Konto ausplaudern, und dann wären sie genauso unbarmherzig hinter Bock her.

»Gut«, sagte er und erhob sich abrupt. Frieden akzeptierte diese brüske Beendigung und stand ebenfalls auf.

»Es scheint sehr einfach«, fuhr der Arzt fort. »Ich rufe Sie sofort an, wenn jemand Kontakt mit mir aufnimmt.«

»Vielen Dank«, sagte der Nazi. »Ich gebe zu, es ist unwahrscheinlich. Aber wenn er sich an Sie wendet, möchte ich den Verräter bestrafen.«

»Natürlich«, erwiderte Bock. Nach all den Jahren hatten sie noch immer diese lächerliche Nazi-Mentalität in bezug auf Verrat. Sie waren wie Kinder, fand er, und dachte an den blöden Austausch von Losungsworten am Telefon. Sie spielten dumme Spielchen, bei denen Menschen ihr Leben verloren.

»Was ist mit der Kiste?« erkundigte sich Bock, als sie zur Tür gingen. »Wäre das nicht, äh, peinlich, wenn die Juden sie in die Finger bekämen?«

Frieden blieb stehen und nickte. »Wir sind ziemlich beunruhigt«, gab er zu.

»Was können Sie tun?«

Frieden zuckte die Achseln. »Wenig. Wir können nur darauf hoffen, daß der Erpresser Kontakt mit uns aufnimmt.«

Bock starrte ihn an. »Wie das? Alle sind untergetaucht und leben unter anderen Namen. Wie soll denn jemand wissen, mit wem er Kontakt aufnehmen kann?«

»Das ist das Problem«, räumte Frieden ein. Er blickte den Arzt an. Warum nicht, dachte er. Der Mann steckt mit drin. Er konnte es ihm ruhig sagen.

»Wenn jemand mit den Juden Kontakt aufgenommen hat, dann muß es über ihre Botschaft gelaufen sein«, sagte er.

Bock sah ihn gespannt an.

»Wir haben das Telefon angezapft«, erklärte Frieden. »Wir hören alle Gespräche ab, aus ganz Europa. Wenn die Juden sich bereits geeinigt hätten mit dem Erpresser, dann wäre viel mehr los in der Botschaft . . ., vielleicht hätte es schon eine Presseerklärung gegeben. Aus der ersten Pressekonferenz haben wir geschlossen, daß sie lediglich die Details an die Öffentlichkeit bringen wollten, damit die entsprechenden Behörden reagieren mußten. Bis jetzt haben wir noch nichts gehört. Deshalb glauben wir nicht, daß bereits ein Handel abgeschlossen worden ist.«

Bock nickte bedächtig. Sie waren bemerkenswert entschlossen. Aber dazu hatten sie ja auch allen Grund.

»Wir haben sichergestellt, daß wir davon erfahren, wenn es weitere Kontakte gibt. Das einzige, was wir nicht abhören können, ist der diplomatische Funkverkehr und die Telexverbindung nach Jerusalem. Aber das ist nicht weiter tragisch. Der Anruf muß über eine Postleitung kommen, und da haben wir vorgesorgt.«

»Was ist, wenn die Polizei auf etwas stößt?«

Frieden grinste über die Naivität des anderen.

»Ich glaube nicht, daß es irgend etwas bei der Polizei gibt, wovon wir nicht erfahren würden«, sagte er.

Bock lächelte ebenfalls. Ihre unerbittliche Entschlossenheit machte seine eigene Situation außerordentlich heikel. Er müßte extrem vorsichtig sein.

Von einer Parkbank gegenüber der Klinik sah Mosbacher Frieden das Haus verlassen und notierte die Uhrzeit. Ein weiterer Mann, der näher an dem Gebäude postiert war, würde ein Foto geknipst haben, zum späteren Vergleich mit der Bildsammlung aller ihnen bekannten

Nazis. Sie laufen zusammen wie Tiere, die sich angesichts einer unsichtbaren Gefahr furchtsam aneinanderdrängen, dachte er, als er nach einem Taxi Ausschau hielt, das ihn zur Seelingstraße zurückbringen sollte. Sie mußten ziemlich nervös sein. Es war ein beruhigender Gedanke.

Als Mosbachers Taxi den Mariendorfer Damm hinunterfuhr, stieg Wladimir Kurnow auf dem Flughafen Tempelhof aus einer Maschine, die ihn von Moskau gebracht hatte.

Was für ein schäbiger Flughafen, dachte er. Er kannte Bahnhöfe, die eindrucksvoller waren. Weit eindrucksvoller. Beinahe wütend sah er sich um. Hätte der Führer seine ehrgeizigen Pläne verwirklicht, dann würde es hier anders aussehen. Speer hätte vermutlich den Entwurf gemacht. Dann wäre es eine herrliche Anlage geworden, mit Kolonnaden und Paradeplätzen.

Er hielt sich abseits von der sowjetischen Gruppe, da er sich nichts aus der Begrüßungszeremonie machte, und starrte durch die Fenster auf die Stadt.

Hier draußen, in dem Berlin, aus dem er vor dreißig Jahren geflohen war, saßen der israelische Geheimdienst, die westdeutsche Polizei und die Nazis. Sie alle würden, aus unterschiedlichen Gründen, die Information, daß er sich in der Stadt befand, mit purem Gold aufwiegen.

Er wußte natürlich nichts von Mawetskijs Telefongespräch, das dazu geführt hatte, daß sich in diesem Moment ein russischer Oberst um eine Einladung zu der offiziellen Konferenzeröffnung am selben Abend bemühte.

Kurnow schüttelte sich, als er den aufgetürmten Schnee rings um die Ankunftshalle betrachtete. Es war verdammt kalt, dachte er.

8

Es war ein tolles Gefühl, wieder in Berlin zu sein, fand Kurnow. Er stand in seinem Hotelzimmer, schaute auf die Bismarckstraße hinaus und versuchte altvertraute Wahrzeichen auszumachen. Die meisten lagen natürlich hinter der Mauer. Das Brandenburger Tor ... das Zeughaus ..., sogar der Führerbunker. Er hatte gehört, daß die Mitteldeutschen, die kein Märtyrerdenkmal wollten, dem Bunker mit Hunderten von Tonnen Sprengstoff zu Leibe gegangen waren. Und es nicht geschafft hatten, den Boden, unter dem er erbaut worden war, einzuebnen. Er lächelte. Dumm von ihnen, es überhaupt versucht zu haben.

Wie schön es wäre, nach Ostberlin hinüber zu gehen und alles wiederzusehen. Er war beinahe krank vor Erregung, wie ein Kind kurz vor der Geburtstagsfeier. Es wäre wundervoll, wieder durch die Straßen zu gehen, sich zu erinnern, wie es einmal ausgesehen hatte. Seufzend starrte er auf die Stadt. Alles war so unerwartet, dachte er. So schlimm. Die Hochhäuser, kahl und funktional, beleidigten sein Auge, wie verfaulte Zähne im Gesicht eines alten Mannes. Überall grelle Neonreklame wie das Halsband einer Hure.

Wie bedrückend es war. Er trat vom Fenster weg, wollte es nicht mehr sehen. Es war billig und schäbig. So ganz anders, sinnierte er, als das, was der Führer geplant hatte. Er erinnerte sich an die Diners, hier in Berlin und dann in Berchtesgaden, mit dem Pappmodell der Stadt, wie sie gebaut werden sollte als Denkmal für das Genie des Führers. Der Führer war so aufgeregt gewesen, so ausgelassen, während er von Plan zu Plan eilte, mit einem Zeigestock auf jedes Gebäude deutete, und bei allen wußte er auswendig, welchem Zweck sie einmal dienen sollten.

Er sah noch einmal zum Fenster hinaus. Der Führer wäre entsetzt gewesen, das wußte er. Doch dann zuckte er die Achseln und schob die Erinnerungen beiseite. Er war nicht hierhergekommen, um in Nostalgie zu schwelgen. Weil er weiterleben wollte, hatte er sich exponiert, vielleicht leichtsinnigerweise.

Wo sollte er beginnen? Eine dumme Frage. Es gab nur eine einzige Möglichkeit. Die Risiken waren ungeheuerlich, dachte er, nicht zum erstenmal. Aber es blieb ihm keine Wahl. Dies konnte man nicht als Panikreaktion kritisieren, wie 1945 jene überstürzte Flucht aus Berlin.

Als arroganten Mann, der stets Herr der Lage zu sein trachtete, erbitterte es ihn maßlos, einer Situation ausgesetzt zu sein, in der er vermutlich auf Forderungen eingehen mußte, statt sie selbst stellen zu können.

Jeden einzelnen Schritt müßte er sich genauestens überlegen. Er war ziemlich bekannt, so daß jede längere Abwesenheit vom Konferenzsaal oder von offiziellen Feierlichkeiten unweigerlich auffallen würde. Er hatte sich bereits eine Möglichkeit ausgedacht, wie er verschwinden konnte, aber es war keine sonderlich gute Entschuldigung, und er mußte sie sparsam anwenden.

In der Stadt würde es von Nazis und Juden wimmeln, die hinter den Toplitzseepapieren her waren. Das gleiche galt vermutlich für die Polizei, die sicherlich nicht untätig geblieben war nach der Jerusalemer Pressekonferenz. Er wußte nicht, wie die Leute aussahen, noch kannte er ihre Namen. Andererseits konnten sie auch ihn nicht identifizieren. Es gab keine Fotos, die eine Verbindung zwischen Heinrich Köllman und dem neuen Gesicht hergestellt hätten. Gott sei Dank. Es war nur ein dürftiger Trumpf, aber er war auf jede, auch die geringste Kleinigkeit angewiesen, die seine Chance verbesserte. Er mußte sich mit der Behutsamkeit eines Mannes bewegen, der einen frisch zugefrorenen Fluß überqueren wollte. Wenn das Eis plötzlich brach, ertrank er unweigerlich. Er schnitt sich eine Grimasse im Spiegel. Verglichen mit dem, was ihm bevorstand, wenn ihn die Nazis oder die Juden schnappten, wäre Ertrinken noch ein angenehmer Tod.

Wie ging es Bock, nach all den Jahren? Ganz offensichtlich war er ein erfolgreicher Arzt. Der Eintrag im Telefonbuch, wo Kurnow sofort nachgeschaut hatte und schrecklich erleichtert gewesen war, daß Bock noch lebte, sah auf jeden Fall beeindruckend aus – eine Klinik in bester Lage, eine Privatadresse im teuersten Wohnviertel. Bock war ein typischer Überlebenskünstler, befand Kurnow. Nicht daß ihm das allzu schwer gemacht worden wäre. Immerhin hatte er eine Million Pfund, steuerfrei und jederzeit abrufbar, zur Verfügung gehabt.

Kurnow hatte oft über seine damalige Entscheidung nachgedacht, Bock Kontovollmacht zu geben, nachdem ihm der Chirurg eingeredet hatte, daß er unbedingt jemand in dem unsicher gewordenen Berlin brauchte, der sich um das Geld kümmerte und es gegebenenfalls für eine Flucht in ein anderes Land bereitstellte, falls es mit dem Asyl im Osten nicht klappte. Von Rußland aus besehen, war diese 1945er Entscheidung Wahnsinn gewesen. Doch jetzt mochte sie ihm das Leben retten.

Natürlich konnten die Nazis oder Juden ihn leicht überbieten. Das war ihm sofort klargewesen nach der Fernsehübertragung in seinem Houstoner Motelzimmer, als er sich entschloß, auf jeden Fall den Versuch zu machen, sein Dossier zurückzukaufen. Ihre unerschöpflichen Mittel ließen das, was er anzubieten hatte, wie ein schäbiges Taschengeld erscheinen. Aber er wollte ja nicht die ganze Kiste – nur einen winzigen Teil des Inhalts.

Die Schwierigkeit lag darin: Wie sollte er sein Angebot übermitteln? Er lächelte. Bock würde am Anfang sehr nützlich sein. Der Chirurg hatte bestimmt noch Verbindungen zur Organisation, auch wenn seine Nützlichkeit lange vorbei war. Die Nazis hatten schon immer über ein ausgezeichnetes Informationsnetz verfügt. Über sie könnte Bock erfahren, ob es bereits einen Kontakt mit dem Erpresser gegeben hatte. Möglicherweise war Bock nicht sonderlich geneigt, ihm zu helfen, dachte Kurnow. Aber letztlich konnte Bock nichts machen. Er hatte ihn völlig in der Hand. Langsam erlosch das Lächeln auf seinem Gesicht. Bocks Nützlichkeit war eng begrenzt. Die Verhandlungen über die Rückgabe der Papiere konnte er an niemanden delegieren. Eine Gänsehaut überlief ihn bei dem Gedanken, sich so direkt exponieren zu müssen. Aber es gab keinen anderen Weg, dachte er, und seine alte Arroganz brach wieder durch. Er allein hatte die nötige Intelligenz und Raffinesse für derartige Verhandlungen. Auf jeden Fall konnte man das nicht Bock überlassen.

Die Konsequenz war jedoch, daß er sich in einer verzweifelten Lage befand. Realistisch gesehen, waren seine Chancen, die Personalakte zurückzubekommen, verschwindend klein. Lächerlich klein, im Grunde. Wut stieg in ihm auf, und er ballte die Fäuste, bis die Knöchel weh taten. Er rannte wie ein Hund, der ein gelerntes Kunststückchen vorführt. Aber ein Hund konnte sich wenigstens weigern, wenn er keine Lust hatte. Kurnow wußte, daß er Männchen machen mußte.

Ein weiterer Zweifel legte sich ihm aufs Gemüt, schwer wie dicker Nebel. Wenn das Geld weg war, rettete ihn nichts mehr vor einer Entlarvung. Und fliehen konnte er auch nicht mehr.

Aber schnappen lassen würde er sich auf keinen Fall, entschied er. Von niemandem. Im Gefängnis würde er wahnsinnig werden, das wußte er. Und die Behandlung, die ihm die Nazis angedeihen lassen würden, könnte er noch viel weniger überstehen. Kurnow war sich völlig im klaren über das Ausmaß seiner persönlichen Feigheit. Unnötigerweise betastete er seinen linken Backenzahn. Das Zyankali war noch da, ursprünglich implantiert vor dreißig Jahren und danach alle drei Jahre heimlich erneuert in seinem Moskauer Laboratorium. Lieber ein kurzer Todeskampf als endlose Qualen.

Es überlief ihn kalt in dem gutgeheizten Hotelzimmer. Es würde ihm nicht sonderlich schwerfallen, die Leute davon zu überzeugen, daß er sich nicht wohl fühlte. Bock würde es bedauern, wenn er das Geld verbraten hatte, schwor sich Kurnow. Bevor er selber starb, würde er den Arzt umbringen. Schön langsam. Nein, verbesserte er sich. Nein, er würde ihn *nicht* töten. Er würde seinen eigenen Tod dazu benutzen, Bocks Rolle bei dem geheimen Schweizer Konto offenzulegen, und es den Nazis überlassen, ihn umzubringen. Die waren Experten darin. Er ließ sich das durch den Kopf gehen. Vielleicht auch nicht. Nur verfügten sie hier in Berlin über die besseren Möglichkeiten.

Erneut griff er nach dem Telefonbuch. Wie leicht es wäre, einfach anzurufen. Er langte schon nach dem Apparat, voller Ungeduld, möglichst bald etwas zu unternehmen. Nur mit Mühe hielt er sich zurück.

Statt dessen schrieb er sorgfältig die Adresse auf einen Umschlag, den er auf ein Taschentuch gelegt hatte, damit sie sich nicht auf die Schreibunterlage durchdrückte – falls sich unerwartet jemand für sein Zimmer interessierte. Zwar gab es keinen konkreten Grund dafür, aber auf mehreren Auslandsreisen hatte er den Eindruck gehabt, daß andere Mitglieder seiner Delegation im Zimmer gewesen waren.

Mit demselben Taschentuch als Unterlage schrieb er auf einen Zettel die Nummer des Schweizer Kontos und die Initialen »H. K. V. K.«. Der Empfänger mochte anfänglich verwirrt sein, nach so langer Zeit. Aber die Überraschung würde sich bald legen. Bock wußte bestimmt, was sich am Toplitzsee ereignet hatte, und würde die Bedeutung der Notiz verstehen. Vermutlich wartete er sogar auf irgendeine Kontaktaufnahme, sagte sich Kurnow.

Der Wissenschaftler entschied sich gegen eine Beförderung durch die Post. Er konnte den Brief selbst abliefern, vorausgesetzt, er achtete auf eine mögliche Observierung. Allerdings gab es keinen Grund, hatte er sich eingeredet, warum ihn die Russen allzu scharf im Auge behalten sollten.

Erneut lächelte er, belustigt über einen weiteren Zweifel, der ihm gekommen war. Kannte er sich eigentlich noch gut genug in Berlin aus, um mögliche Verfolger abhängen zu können? Es wäre ein interessanter Test. Doch dann verflog sein Lächeln. Die Wahrscheinlichkeit war groß, daß im Verlauf der Affäre genau solch ein Fall eintrat.

Er hatte sich auf dem Bett ausgestreckt, wollte die Sicherheit des verschlossenen Zimmers nicht verlassen und ließ seine Gedanken wandern. Er hatte Glück gehabt, sinnierte er, auf der Suche nach günstigen Vorzeichen, daß Bock noch am Leben war. Seine gesamte Zukunft hing von dem Mann ab, und er lebte und war leicht erreichbar. Vielleicht hielt sein Glück an.

War Gerda noch hier? Seltsamer Gedanke, fand er, als er nach einem psychologischen Grund suchte, wie er darauf gekommen war. Nicht ein einziges Mal in den dreißig Jahren hatte er an seine Frau gedacht. Es muß die Assoziation mit Berlin sein, überlegte er. Wie würde sie jetzt aussehen? Sie war nie besonders attraktiv gewesen, mit ihren vorstehenden Zähnen und ihrem bellenden Gelächter und mit ihrer Veranlagung, um die Nase herum häßliche gelbe Flecken zu bekommen. Aber der Führer hatte es nicht gern gesehen, wenn seine

Günstlinge ihre Mätressen ausführten statt ihre Ehefrauen, und so hatte er nach außen hin die Ehe mit Gerda aufrechterhalten, hatte ihre aufgeblasene Art und ihre Dummheit toleriert. Und ihren unglaublichen Tick mit Kleidern.

Er erinnerte sich, wie schlecht sie im Bett gewesen war, nur schlaff dagelegen und vermutlich an ein neues Kleid gedacht hatte. Die Lagermädchen waren da weit besser gewesen. Aber die hatten auch gewußt, daß ihnen der Tod drohte, wenn sie sich nicht anstrengten. Vielleicht war es unfair, Gerda mit ihnen zu vergleichen. Gerda hätte keinen Tag im Lager überlebt, sagte er sich mit einem höhnischen Kichern. Wahrscheinlich wäre sie von allen Männern verschmäht worden.

Er runzelte die Stirn. Diese Neigung zur Hysterie war beunruhigend. Die Nervenanspannung, sagte er sich. Und es würde noch schlimmer kommen. Er mußte sich wirklich am Riemen reißen. Glücklicherweise hatte er ausreichend Medikamente mitgebracht. So wie das hysterische Gekichere war auch die Tatsache, daß er untätig auf dem Bett lag, ein Zeichen seiner Angst. Die Sicherheit, die er empfand, innerhalb seiner vier Wände und hinter verschlossenen Türen, war eine Regression, der Wunsch, in den Mutterleib zurückzukriechen. Psychologisch war das vorherzusehen gewesen.

Er zwang sich zum Aufstehen. Im Bad duschte er und zog dann den unzerknitterten Anzug an. Der Empfang begann in fünfzehn Minuten, stellte er mit einem Blick auf die Uhr fest. Er hatte fast zu lange getrödelt. Hastig steckte er den Brief an Bock ein, trat leise aus dem Zimmer und spähte nach rechts und links. Niemand auf dem Korridor. Rasch lief er zum Fenster am Kopfende des Flurs, dicht an der Wand entlang, damit der dicke Teppich seine Schritte dämpfte. Nervös probierte er die Tür neben dem Fenster. Sie ließ sich leicht öffnen, und er seufzte erleichtert. Hinter der Tür führte eine Treppe in den Zwischenstock, der sowohl seiner als auch der darunterliegenden Etage als Notausgang diente. Aus der Schachtel im Bad hatte er sich Papiertaschentücher mitgebracht. Damit schützte er sich jetzt die Hände, packte die Fenstergriffe und drückte kräftig. Das Fenster bewegte sich nicht. Panik stieg in ihm auf. Er tastete über den Rahmen, suchte nach einem Riegel. Es mußte sich manuell öffnen lassen. Ein Schloß an einem Fenster, das als Notausgang diente, wäre unsinnig. Seine Kehle war trocken, als sei er eine lange Strecke gerannt. In der Schule war er ein guter Sportler gewesen, und er erinnerte sich noch genau an dieses Gefühl. Er hatte immer gewonnen. Der Sieg war wichtig, immer. Wegen der Dunkelheit konnte er nicht sehen, wie der Schließmechanismus funktionierte, und so tastete er blind. Es war ein Drehfenster, begriff er plötzlich. In den oberen Ecken fand er die Riegel. Sie ließen sich nicht bewegen. Er versuchte es mit Gewalt, und plötzlich gab einer nach. Er spürte, wie sein Fingernagel einriß. Schweiß lief ihm über den Rücken, und keuchend hielt er inne. Er hatte zu lange gewartet, schalt er sich. Verdammter Mutterleibskomplex.

Nachdem die Riegel zurückgeschoben waren, ließ sich das Fenster knarrend öffnen. Er zögerte, lauschte zum Korridor hinauf, lauschte auf Schritte, ob jemand vielleicht das Geräusch gehört hatte. Dann klappte er das Fenster weiter auf und starrte hinaus in die Kälte, die ihm den Atem verschlug. Die Feuertreppe verlief im Zickzack an der Hausmauer, wie nachträglich angeheftet. Schnee und Eis glitzerten im Widerschein der Straßenlaternen. Es wäre gefährlich: zu riskant, in Anbetracht seines Alters. Er schüttelte sich; der Schweiß auf seiner Haut war eiskalt. Rasch schloß er das Fenster wieder bis auf einen Spalt, blieb reglos auf dem Treppenabsatz stehen und versuchte seine Angst niederzukämpfen. Sie kam in Wellen, wie Übelkeit. Er schluckte, verkrampfte die Hände um die mitgebrachten Papiertaschentücher. Zu gefährlich. Zu riskant. Aber unvermeidlich.

Er ließ das Fenster einen Spalt offen und ging wieder die Treppe hinauf, wo er einen Moment an der Tür zum Korridor lauschte. Immer noch ausgestorben. Er lächelte. Ein weiteres gutes Omen, dachte er, wie ein Kind, das glaubt, irgendwelches Unheil abwenden zu können, wenn es nur darauf achtet, nicht auf die Ritzen zwischen den Pflastersteinen zu treten. Er rannte fast zu seinem Zimmer zurück. Drinnen lehnte er sich schweratmend gegen die Tür. Wie schön es wäre, wenn er den Rest des Abends hierbleiben könnte. Ein Buch lesen. Oder fernsehen. Er schüttelte sich wie ein Hund, der aus dem Wasser kommt, und betrachtete seinen Anzug. Er war verdreckt, Staub und Spinnweben an den Knien und vorne am Jackett. Als er sich abbürstete, stellte er fest, daß auch die Manschetten seines Hemds schmutzig waren. Keine Zeit mehr, es zu wechseln, entschied er. Rasch ließ er Wasser über den eingerissenen Nagel laufen, aber es wollte nicht aufhören zu bluten. Er wickelte ein frisches Papiertaschentuch darum und betrachtete sich im Spiegel. So sieht ein verängstigter Mann aus, dachte er. Er kämmte sich das militärisch kurze Haar und trocknete das Gesicht, doch sofort trat ihm wieder der Schweiß auf die Stirn. Unvermittelt, ohne jede Vorwarnung, begann er zu wimmern. Peinlich berührt biß er die Zähne zusammen und schaute sich in dem leeren Zimmer um. Vorsicht. So leicht durfte er sich nicht unterkriegen lassen. Er starrte die Medikamentenschachtel an, die er mitgebracht hatte. Er mußte die Schau abziehen, aber die Vorstellung gefiel ihm ganz und gar nicht. Er müßte sich zum Narren machen, obwohl es ihm zur zweiten Natur geworden war, möglichst wenig aufzufallen. Aber es ließ sich nicht umgehen. Seufzend entnahm er der Kiste eine Spritze und eine Ampulle.

Die Eröffnungsfeier war überfüllt, rauchig und lärmend. Kurnow verzog das Gesicht und eilte dann in den Saal. Gott sei Dank stand ein Kellner in der Nähe. Er nahm sich einen Whisky und stürzte ihn gierig hinunter. Seine Kehle war so trocken, daß der Alkohol wie Feuer brannte. Vielleicht hätte er doch bei Wodka bleiben sollen.

Alle Delegierten hatten Namensschilder am Revers, doch Kurnows Schild war fast nicht nötig. Im Nu hatte sich eine angeregt plaudernde Gruppe um ihn gebildet. Er zwang sich zu mehr als den üblichen einsilbigen Antworten, damit man noch mehr Notiz von ihm nahm. Die Anstrengung trieb ihm den Schweiß auf die Stirn. Der Konferenzleiter, Dr. Konrad Bahr, eilte mit ausgestreckten Händen auf ihn zu und begrüßte ihn überschwenglich.

»Freut mich, freut mich«, sprudelte der Deutsche hervor und pumpte heftig Kurnows Arm. »Wir fühlen uns sehr geehrt, daß Sie gekommen sind.«

Kurnow nickte. »Ich hätte mir so gern die Zeit genommen, einen Vortrag auszuarbeiten«, sagte er. Er hielt inne und fügte dann hinzu: »Obwohl es nicht so aussieht, als ob ich ihn hätte halten können.«

Der Vorsitzende runzelte die Stirn und schluckte den Köder.

»Wieso nicht?«

Kurnow legte die Hand auf den Magen. »Mir war es entsetzlich übel.«

Der Konferenzleiter lächelte verständnisvoll. »Sicherlich nur eine kleine Unpäßlichkeit«, meinte er. »Wird sich in ein paar Stunden bestimmt legen, wenn Sie sich erst einmal an die deutsche Gastfreundschaft gewöhnt haben.«

Kurnow zog ein zweifelndes Gesicht.

»Bitte«, fuhr der Konferenzleiter fort, »da sind einige Delegierte, die Sie unbedingt kennenlernen wollen ...«

Er legte Kurnow den Arm um die Schultern, doch der Russe wich zurück. Der Gedanke an das, was gleich passieren würde, trieb ihm erneut den Schweiß ins Gesicht.

»Einen Moment«, sagte er entschuldigend. »Ich muß zuerst auf die Toilette. Nur eine Minute, bitte.«

Im Foyer gab es eine Toilette. Kurnow ging hinein und schloß sich in einer Kabine ein. Er nahm das Apomorphin aus der Tasche und dachte mit Schaudern an die Wirkung dieser Droge: Übelkeit und heftiges Erbrechen. Rasch zog er das Jackett aus. Es mußte echt aussehen, sagte er sich. Schnell gab er sich die Injektion, spülte die leere Ampulle und die Einwegspritze die Toilette hinunter und eilte wieder zurück, weil er wußte, wie schnell das Medikament wirken würde. Schon als er den Saal betrat, spürte er heftige Übelkeit in sich aufsteigen. Dr. Bahr wandte sich ihm wieder zu und winkte einer Gruppe von italienischen Delegierten, aber Kurnow begann heftig zu würgen. Er drehte sich um und erreichte fast die Tür, bevor ihn die erste Welle von Übelkeit übermannte. An die Wand gelehnt, erbrach er sich heftig und sah aus den Augenwinkeln, wie die Leute hastig zurückwichen.

Bahr tauchte neben ihm auf, das Gesicht angewidert verzogen.

»Sie Ärmster«, sagte er gezwungen. Kurnow, eine Kellnerserviette an den Mund gepreßt, ließ sich von ihm aus dem Saal führen. Er wurde von Krämpfen geschüttelt, und der Schweiß lief ihm aus allen Poren. Seine Augen tränten, er konnte kaum etwas sehen. Hotelpersonal kümmerte sich in der Halle um ihn und brachte ihn auf sein Zimmer. Minuten später kam der Hotelarzt, wieselte aufgeregt um ihn herum und bestand dann darauf, daß er eine konzentrierte Dosis Streptomyzin, Sulphadiazin und Sulphadiamin nahm. Eine halbe Stunde später war Kurnow allein, mit dem Versprechen, daß man ihn den Rest des Abends nicht mehr stören würde. Fünfzehn Minuten lang lag er auf dem Bett ausgestreckt. Sein ganzer Körper schmerzte von den Krämpfen, doch er erholte sich rasch.

Es hat geklappt, dachte er. Zwar war es eine häßliche und unangenehme Szene gewesen, aber niemandem käme jetzt irgendein Verdacht, wenn er sich die nächsten Tage nicht auf der Konferenz sehen ließ.

Er stand auf und zog sich langsam an. Am liebsten wäre er auf seinem Zimmer geblieben. Es war pure Feigheit, und mit aller Macht unterdrückte er diese Gedanken. Er *mußte* sich einfach auf die vor ihm liegende Aufgabe konzentrieren. Widerstrebend, schweratmend, holte er seinen Mantel aus dem Schrank, wechselte das Schuhwerk und zog die schweren russischen Stiefel an, die ihm besser geeignet schienen für die draußen herrschenden Witterungsbedingungen, öffnete dann leise die Tür und spähte in den Korridor. Das leise Murmeln einer Unterhaltung war zu hören, und es dauerte einige Minuten, bis er einsah, daß es ein Radio hinter einer der geschlossenen Türen war. Er schlich hinaus, bereit, bei der geringsten Bewegung ins Zimmer zurückzuhuschen. Aber kein Mensch ließ sich blicken. Kurnow hastete zum Notausgang, lief die Treppe hinunter und kletterte durch das Fenster auf die eisglatte Feuerleiter hinaus. Keuchend verharrte er dort. Es war bitter kalt, klagend pfiff der Wind durch die schmale Gasse. Bald würde es wieder schneien. Er packte den eisernen Handlauf und spürte durch seine Handschuhe hindurch das eiskalte Metall. Tief unter ihm pulsierte die Stadt voller Leben, Autoscheinwerfer krochen winzig erscheinende Straßenschluchten entlang, Neonlichter flackerten und blinkten. Es war Blödsinn, so lange hier oben herumzustehen, sagte er sich. Er packte das Geländer und stieg langsam die schmale Treppe hinunter. Eis und Schnee hatten sich auf den Stufen festgesetzt, und mehrmals rutschte er ab und schrammte sich das Schienbein. Er spürte, wie ihm das Blut in den Stiefel rann. Die Anstrengung führte bald in Schultern und Beinen zu dumpfen Schmerzen, die immer schlimmer wurden, je weiter er hinunterstieg, und sein linkes Bein, das am Oberschenkel die Narben eines schweren Unfalls trug, den er mit achtzehn in Hamburg erlitten hatte, machte ihm sehr zu schaffen. Auf dem ersten Absatz mußte er keuchend innehalten. Er war schweißgebadet, hatte jedoch keinerlei Gefühl mehr in den eiskalten Händen und Füßen. Die überanstrengten Muskeln in seinen Armen und Beinen zuckten unkontrolliert. Die Unfallverletzung hatte ihm seit Jahren nicht mehr so zu schaffen gemacht. Er verschränkte die Arme vor der Brust. Allmählich ließen die Schmerzen nach. Er zwang sich zum Weitergehen. Sein Atem kam in kleinen weißen Wölkchen, und er keuchte vor Anstrengung. Auf dem letzten Treppenabsatz hielt er, nach Atem ringend, erneut inne. Mehrere Minuten blieb er reglos stehen und versuchte in der stockdunklen Gasse unter ihm etwas zu erkennen. Niemand konnte so lange auf der Lauer liegen, ohne sich zu bewegen, vor allem nicht bei dieser Kälte, befand er schließlich. Zufriedengestellt stieg er ganz hinunter, wartete einen Moment, bis sich seine Augen an die Finsternis gewöhnt hatten, damit er nicht über die Abfalltonnen und den Müll stolperte, und ging dann Richtung Eckerndorfer Platz. Er bewegte sich ungelenk, die Beine steif vor Kälte und Anstrengung.

Zweimal mußte er stehenbleiben, um das aufsteigende wehleidige Schluchzen zu unterdrücken.

In dem Hotel stand Oberst Pjotr Suwloff, dem es gelungen war, sich eine Einladung zu dem Empfang zu beschaffen, von der Tafel auf und erklärte Bahr, er müsse frühzeitig in den russischen Sektor zurückkehren. Unentschlossen stand er einige Minuten im Foyer, dann eilte er hinaus und fuhr direkt nach Ostberlin.

Frieden hatte sofort die Erregung gespürt, als der schwindsüchtige Rechtsanwalt anrief, und sich zu dem gewünschten Treffen bereit erklärt. Jetzt saß er in seiner luxuriösen Penthousewohnung auf dem Dach des Bürohochhauses in der Ludwigsfelder Straße und starrte auf den Park hinaus. Es war schade, um Muntz, dachte er mit ehrlichem Bedauern. Er war ein loyaler Mann gewesen, ein treuer Parteigenosse. Aber ich habe keine Wahl, sagte sich Frieden. Für das Weiterbestehen und die Sicherheit der Organisation war es unverzichtbar, daß jeder fit war, geistig und körperlich. Muntz mußte beseitigt werden, weil seine Gesundheit zerrüttet war. Es war so ähnlich, als würde man das Leiden eines treuen, aber zu alt gewordenen Hundes beenden. Im umgekehrten Fall hätte er genau das gleiche von Muntz erwartet. Muntz würde es verstehen. Es war eine der Spielregeln, die ihnen bisher das Überleben ermöglicht hatten.

Der alte Anwalt trat atemlos ins Zimmer. Das Sprechen fiel ihm schwer, und Frieden wartete geduldig, bis sein Freund sich erholt hatte, schenkte ihm einen Kognak ein. Muntz trank dankbar einen Schluck und verzog das Gesicht, als der Alkohol in seiner wunden Kehle brannte.

»Glück«, brachte er schließlich hervor. »Wir haben Glück gehabt.«

Seiner Aktentasche entnahm er eine Kassette, die sich bereits in einem kleinen Batteriegerät befand. Er stellte es auf den Tisch, drehte am Lautstärkeregler und drückte dann auf die Wiedergabetaste. Ein lautes Rauschen war zu hören.

»Die Aufnahmequalität ist nicht besonders gut«, sagte er entschuldigend. Die Worte kamen pfeifend, wie durch eine enge Öffnung gepreßt. Er begann noch einmal. »Es war schwierig für unseren Mann, die Gespräche aufzunehmen, ohne daß sein Chef etwas merkte.«

Frieden nickte und machte eine ungeduldige Handbewegung. Er wollte kein Wort von der Aufnahme verpassen. Es knackte und rauschte, und dann war übergangslos der Ton da.

»Israelische Botschaft, Schalom«, sagte die Stimme einer jungen Frau, präzise moduliert und fast ohne jeden Akzent. Es gab eine Pause. »Schalom?« grüßt das Mädchen noch einmal, mit einem Anflug von Ungeduld.

»Hallo...«, ertönte eine zögernde Männerstimme, »...ich hab schon mal angerufen... habe mit jemand von Ihrer Sicherheitsabteilung gesprochen...«

»Wer spricht, bitte?« erkundigte sich das jüdische Mädchen.

»Keine Namen«, erklärte der Anrufer mit festerer Stimme. »Sagen Sie nur, es ginge um die Kiste..., um die Toplitzseesache...«

Frieden blickte den Anwalt an und lächelte triumphierend. Das Mädchen reagierte prompt, als hätte es genaue Instruktionen für einen derartigen Anruf erhalten.

»Einen Moment bitte«, sagte es rasch. Sekunden später ertönte die Stimme eines Mannes. Wieder war es das perfekte Deutsch eines gut ausgebildeten Ausländers.

»Hallo«, sagte der Israeli. »Wer spricht?«

»Ich hab schon mal angerufen«, wiederholte der Mann.

»Wir haben schon ungeduldig auf Ihren Anruf gewartet«, erklärte der Sicherheitsbeamte.

»Hab doch gesagt, daß ich wieder anrufen würde«, murmelte der Mann mit einer Spur von Trotz. »Ihr müßt eben warten. Alle müssen jetzt auf mich warten.«

»Selbstverständlich«, begütigte der Israeli rasch. »Wir haben uns nur... Sorgen gemacht. Immerhin sind mittlerweile einige Wochen ins Land gegangen. Jerusalem hat in Erwartung Ihres Anrufs Leute hierhergeschickt.«

»Haben sie das Geld mitgebracht?«

»Ich habe Ihnen beim ersten Anruf gesagt, daß es mit dem Geld keinerlei Probleme gibt«, antwortete der Israeli zurückhaltend. »Aber wenn ich kaufe, muß ich vorher einen Beweis haben, daß das Material echt ist. Können wir uns treffen?«

Ein höhnisches Lachen.

»O nein. Die sind hinter mir her. Das weiß ich. Vielleicht kommen sie sogar zum Zug, wer weiß. Möglicherweise bieten sie mir mehr als Sie. Das ist wie eine Auktion..., das höchste Gebot bekommt den Zuschlag.«

»Die Nazis würden Sie umbringen, das wissen Sie genau«, sagte der Israeli drängend.

»Nicht, wenn ich ihnen nicht alles abliefere. Wenn ich mir Kopien mache und sie in einen Banksafe lege, mit der Anweisung, sie zu veröffentlichen, falls mir etwas zustößt, dann können sie mir nichts tun, richtig?«

Frieden, der über den Recorder gebeugt saß und sich ganz auf die Stimme konzentrierte, runzelte die Stirn.

»Die tricksen Sie aus«, beharrte der Israeli. »Sie wissen nicht, wozu die fähig sind...«

Wieder unterbrach ihn dieses höhnische Lachen. »Erzählen Sie mir nicht, wozu Nazis fähig sind«, sagte er. »Da bin ich Fachmann.«

»Die bringen Sie um«, versicherte der Botschaftsbeamte. »Wir sind die einzigen, denen Sie trauen können.«

»Ich traue keinem Menschen«, sagte der Mann in abfälligem Ton.

»Treffen wir uns doch, dann können Sie mir in Ruhe erzählen, was Sie alles haben«, versuchte es der Israeli noch einmal.

Es gab eine Pause. Das Band hatte nur die schweren Atemzüge des Anrufers aufgezeichnet.

»Hab alles da...«, murmelte er dann wie ein Mann, der in Erinnerungen schwelgt. »Das Schweizer Konto von Mengele... von Heinrich Müller. Die gesamten Unterlagen über Richard Glücks... Heinrich Willermanns Sterilisationsversuche... die Wahrheit über Oscar Dulwanger, der von seinem Schweizer Vermögen lebt und sich in Assuan versteckt hält... Hans Eisele, der Lagerarzt von Buchenwald...«

Die Reaktion des Israeli auf das in Aussicht gestellte Beweismaterial war durch einen scharfen Atemzug auf der Kassette dokumentiert.

»... und alles über die Partnerschaft von Otto Grüber und Heinrich Köllman. Ich habe alles da... jeden einzelnen kann ich vernichten...«

Der Israeli, dessen Stimme man seine Erregung deutlich anmerkte, unterbrach ihn.

»Hören Sie«, sagte er. »Hören Sie mich bitte an. Wir haben das versprochene Geld. Wir zahlen es Ihnen, wo Sie wollen... in jeder beliebigen Währung. Wir würden sogar Leute zu Ihrem Schutz abstellen. Aber wir *müssen* den Inhalt dieser Kiste haben. Treffen wir uns... nur wir beide. Ein Treff irgendwo in Berlin... oder außerhalb... oder sonstwo, wo immer Sie wollen... Ich komme sofort, zu jeder gewünschten Zeit. Bringen Sie wenigstens ein Dokument mit, irgend etwas aus der Kiste als Beweis...«

»Sie wollen mich vielleicht reinlegen...«

»Es gibt keine Tricks...«, fiel ihm der Sicherheitsbeamte ins Wort. »Sie *wissen*, daß wir die einzigen sind, mit denen Sie gefahrlos verhandeln können. Wir gehen auf alle Bedingungen ein...«

»Wir werden sehen...«, sagte der Anrufer abschließend.

»Halt, legen Sie noch nicht auf!« rief der Israeli. »Wir müssen erst noch vereinbaren, wie wir in Zukunft Kontakt halten.«

»Das muß ich mir erst überlegen«, murmelte der Anrufer. Er sprach verwirrt, wie ein alter Mann. »Ich ruf wieder an...«

»Wann? Machen wir doch einen Termin aus.«

»Eine Woche. Vielleicht rufe ich in einer Woche noch mal an. Ich stehe noch mit jemand in Kontakt. Der macht mir vielleicht ein besseres Angebot.«

Die Verbindung brach genauso abrupt ab, wie sie begonnen hatte. Mehrere Sekunden starrten Muntz und Frieden auf das sich langsam weiterspulende Band, dann drückte der Millionär auf die Stoptaste.

»Wann wurde dieser Anruf gemacht?«

Muntz sah auf die Uhr.

»Vor fünf Stunden«, sagte er. Er lächelte wie ein Kind, das ein gutes Zeugnis nach Hause gebracht hat.

»Es geht voran, Max«, sagte der Anwalt optimistisch. »Das ist eine Spur.«

Seine Begeisterung verflog, als er Friedens Gesicht sah.

»Ist es nicht gut, Max?« fragte er besorgt. Er begann zu husten.

Der Dicke zuckte die Achseln. »Möglich«, räumte er ein.

»Aber wir wissen, daß der Mann hier ist. Und wir wissen, was für Material er hat...«

Der Gedanke daran ließ Muntz innehalten.

»Großer Gott, Max, wenn ich mir überlege, was da alles in der verdammten Kiste ist! Das kann jedem von uns das Genick brechen.«

Frieden nickte bedächtig. »Jedem«, bestätigte er. Dann änderte sich sein Ton, wurde schneidend. »Zahl dem Telefonisten das Doppelte... das Dreifache, wenn's sein muß. Wir müssen unbedingt die anderen Gespräche abhören. Die werden bald einen Treff ausmachen. Sag ihm, daß er für jede Aufzeichnung einen Bonus bekommt. Wir dürfen nicht das geringste verpassen.«

Muntz nickte.

»Wer ist die andere Person, mit der er verhandelt?« überlegte der Millionär.

Muntz winkte ab. »Ich nehme es ihm nicht ab«, sagte er. »Ein alter Trick, um den Preis in die Höhe zu schrauben.«

»Er *weiß* schließlich, was er da verkauft«, argumentierte Frieden. »Da braucht er nicht lange zu feilschen.«

»Also wer?«

Frieden antwortete nicht gleich.

»Bock?« sagte er unvermittelt.

Muntz lachte abwehrend.

»Du hast doch selbst gesagt, daß er uns sofort anrufen wird, wenn sich irgend jemand bei ihm meldet«, erinnerte der Rechtsanwalt. »Bock ist vermögend, gewiß. Aber er ist nicht so reich wie du. Wie sollte er zu den Beträgen kommen, um die es hier geht? Und *warum* sollte er? Er hat allen Grund, zu uns zu kommen, wenn er einen Anruf kriegt.«

Frieden nickte. Er startete erneut das Gerät und ließ die Kassette zurücklaufen. Dann spielte er das Telefongespräch noch einmal ab, stoppte jedoch nach einigen Minuten.

»Ist dir was aufgefallen?« sagte er zu dem Anwalt.

Muntz runzelte die Stirn.

»Der Mann ist ein Deutscher«, erklärte Frieden. Er ließ noch ein Stück abspielen, und Muntz nickte.

»Ein Bayer«, stellte er fest. »Der Mann hat einen typisch bayerischen Dialekt.«

Kurnow lag auf dem Bett und zitterte am ganzen Leib. Das ist die Reaktion auf verschiedene Dinge, sagte er sich. Die betäubende Kälte der Feuerleiter; die Angst; die Erleichterung, unentdeckt wieder in sein Zimmer gelangt zu sein. Aber er hatte auch Erregung verspürt, erinnerte er sich, als er durch die Straßen gelaufen war, die er einmal so gut gekannt hatte. Die verdammten Westdeutschen hatten die meisten umbenannt, aber es war ihm immer sehr schnell aufgefallen, wenn er die falsche Richtung genommen hatte, und er war einfach weitergegangen, hatte die neuen Straßenschilder ignoriert, sich der alten Namen entsonnen und der Erinnerungen, die mit ihnen verbunden waren, hatte sogar gelegentlich, in seiner Nostalgie, die Gefahr vergessen, in der er schwebte. Bock hatte sich ganz schön gemausert, fand er, als er an die moderne Klinik dachte mit den beiden hohen Gebäuden, die in die Nacht ragten, und die geschäftigten weißgekleideten Gestalten, die man durch die Fenster sehen konnte.

Mein Geld hat das erbaut, dachte Kurnow unvermittelt. Das gehört mir, gehört alles mir. Bock war ein Dieb. Dafür mußte er büßen. Kurnow lächelte. Bock würde ganz schön büßen, sagte er sich, wenn er den Brief mit der Aufschrift »persönlich« öffnete.

Und noch mehr, wenn nicht genügend Geld vorhanden war für das, was Kurnow kaufen wollte.

Das Gliederzittern ließ nach, und er stand auf und betrachtete sich in dem großen Garderobespiegel. Er sah fix und fertig aus, hatte dunkle Ränder um die blutunterlaufenen Augen. Der Anzug, vor sechs Stunden noch sauber und frisch gebügelt, war bis über die Knie durchnäßt, die Hosenbeine hatten Ziehharmonikafalten, das Jackett war verschmutzt. Aber er hatte es geschafft. Dieser Gedanke wirkte wie eine aufputschende Droge, vertrieb seine Müdigkeit. Es würde nicht einfach sein. Aber er war fähig dazu. Rasch streifte er die Kleider ab und warf sie auf einen Haufen, um sie am nächsten Morgen in die Schnellreinigung zu geben, dann duschte er zum zweitenmal an diesem Abend und vertrieb die Kälte aus seinem Körper, indem er langsam die Wassertemperatur steigerte. Von seinen Menschenversuchen wußte er, daß es zwar anfänglich schmerzte, dann jedoch rasch vorbeiging. Sie hatten geschrien und sich gewunden, erinnerte er sich. Aber schließlich hatte er ihre Reaktion mit Wasser getestet, das kochend heiß gewesen war.

Er schlüpfte ins Bett, wickelte sich in die Bettdecke ein und verspürte fast so etwas wie sexuelle Lustgefühle. Wieder dieser Mutterleibskomplex, sagte sich sein psychologisch geschulter Verstand. Plötzlich begann er zu kichern, konnte gar nicht mehr aufhören. Minutenlang lachte er, dann wälzte er sich auf den Rücken und starrte grinsend zur Decke hoch. Wie dumm er gewesen war, dachte er. Wie unglaublich dumm.

Ihm war gerade das ideale Versteck eingefallen, falls man ihm auf die Spur kam. Er begriff nicht, warum er nicht früher darauf gekommen war, sich Gerdas Adresse zu beschaffen.

9

Am folgenden Morgen sagte Bock für die nächste Zeit alle eigenhändigen Operationen ab und gab dem medizinischen wie auch dem Verwaltungspersonal Anweisung, daß er zur Zeit nicht zu sprechen war. Natürlich gäbe das Gerede. Aber das war unwichtig. Wichtig war das Überleben, sonst nichts. Er saß in seinem Büro, hatte die Tür versperrt und starrte auf den Brief, der ihn erwartet hatte, als er vor zwei Stunden in die Klinik gekommen war. Nur die Nummer ... und die Initialen.

Angst lag ihm im Magen wie ein unverdauliches Mahl. War es echt? Stammte es wirklich von Kurnow? Er drehte den Umschlag um. Kein Stempel, keine Briefmarke. Wenn der Brief echt war, bedeutete dies, daß er sich hier befand, hier in Berlin. Was war mit Frieden? Hatte ihm der dicke, mißtrauische Nazi eine Falle gestellt? Er verwarf den Gedanken wieder. Nein, von Frieden stammt der Brief bestimmt nicht. Der wußte weder die Nummer des Schweizer Kontos noch Köllmans jetzigen Namen.

Was war mit dem anonymen Anrufer mit dem bayerischen Dialekt? Nein, der konnte es auch nicht sein. Die Schweizer Kontonummer erschien in keinem Nazidokument. Und »Wladimir Kurnow« war der

Name, den Köllman gewählt hatte, *nachdem* die Kisten in den Toplitzsee versenkt worden waren und er nach Rußland geflohen war. Also konnte es nicht von dem Bayern stammen.

Bock überlief ein kalter Schauder. Köllman war zurück.

Der Chirurg blickte auf die Stadt hinaus und dachte an den Mann zurück. Fast alle hatten Angst vor ihm gehabt, erinnerte er sich. Es hieß, sogar dem Führer sei es unangenehm gewesen, Köllman allzu lange um sich zu haben, aber Bock hatte das immer für eine Übertreibung gehalten. Er hatte nie zu diesem inneren Kreis gehört und wußte daher auch nicht genau, welcher Art die Beziehung gewesen war. Auf jeden Fall war Köllman sowohl nach Berlin, als auch nach Berchtesgaden eingeladen worden. Aber stets inmitten einer ganzen Gruppe, entsann er sich, wie um das Gerücht zu erhärten. Köllman hatte keine Freunde gehabt. Und offenbar auch keine gebraucht. Bock hielt inne. Stimmt nicht ganz, stellte er fest. *Er* war mit ihm befreundet gewesen. Obwohl das auch nicht ganz stimmte. Bock hatte damals geglaubt, daß der andere seine Freundschaft suchte, was jedoch ein Irrtum war. Köllmans Freundschaft spekulierte einzig und allein auf den Nutzen, den sie ihm nach dem Zusammenbruch des Dritten Reiches bringen würde. Bock lachte laut auf, eine Spur von Hysterie in der Stimme. Den Nutzen davon hatte nämlich *er* gehabt! Er hatte das Vermögen in der Schweiz und ein Leben in Luxus gehabt, Köllman dagegen dreißig Jahre Exil in Rußland – und das ganz unnötigerweise. Die nie überwundene Angst hüllte ihn ein wie ein klammes, feuchtes Tuch. Konnte Köllman irgendwie herausbekommen haben, daß er hereingelegt worden war? Unwahrscheinlich, sagte sich Bock. Aber sicher konnte er sich nicht sein. Er war sich überhaupt nichts mehr sicher. Neben seinem Büro gab es ein Untersuchungszimmer, dessen eine Wand fast völlig von einem Medikamentenschrank eingenommen wurde. Bock eilte hinüber, wobei er entschuldigend den Kopf schüttelte. Es half nichts. Ohne medikamentöse Hilfe hielt er das nicht durch. Die Spritze klapperte gegen die Nierenschüssel, als er die Injektion vorbereitete, dann desinfizierte er sich den Arm. Er verzog das Gesicht, als die Nadel eindrang, doch dann atmete er erwartungsvoll tief durch, als die 25 ml Librium in seinen Blutkreislauf strömten. Es war ungefährlich, beruhigte er sich fachmännisch, völlig ungefährlich. Er blieb vor dem Giftschrank stehen und betrachtete die Medikamente. Die Heroin- und Kokainfläschchen, abgepackt in Faltschachteln, waren säuberlich zu Miniaturmauern aufgestapelt. Wie Wände, dachte er und malte das Bild weiter aus, wie Mauern, hinter denen die Menschen sich verstecken konnten, sicher vor jedermann. Die Nervenanspannung ließ nach, als das Librium zu wirken begann, und er wandte den Blick von Heroin und Kokain ab. Nein, entschied er. Nicht mehr. Nie mehr. An seinen Schreibtisch zurückgekehrt, starrte er auf das einzelne Blatt Papier, drehte es um, suchte nach Hinweisen. Nichts, stellte er fest. Köllman – oder Kurnow, dachte Bock, der es vorzog, den angenommenen russischen Namen zu benutzen – würde ihm keinen Fingerzeig gegeben haben. Oder vielleicht doch, unabsichtlich? Kurnow war in Berlin. Für einen Russen war es nicht ganz einfach, in den Westen zu reisen. Man brauchte eine Genehmigung und Reisedokumente. Für jemand, der so bekannt war wie Kurnow, war es noch schwieriger, sich frei zu bewegen. Er konnte in Ostberlin sein. Nein, das war falsch. Hinter der Mauer ging es genauso restriktiv zu wie in Moskau. Um den Brief eigenhändig abzugeben – und Bock war überzeugt, daß Kurnow dies keinem anderen überlassen hatte –, müßte er durch einen Checkpoint. Für Kurnow mit seinem bekannten Gesicht wäre dies unmöglich. Und bei einem offiziellen Antrag hätten die Russen sofort Fluchtabsichten gewittert.

Ostberlin konnte es also nicht sein.

Dann war er hier, in der Stadt. Aber wie? Es gab natürlich Russen bei der Kontrollkommission. Aber welchen Vorwand hatte Kurnow, ein auf Streßforschung spezialisierter Wissenschaftler, sich bei der Kontrollkommission aufzuhalten?

Keinen.

Bock lehnte sich zurück. Er konnte noch klar denken, stellte er erleichtert fest. Die verschiedenen Möglichkeiten kamen ihm nacheinander in den Sinn, wurden logisch analysiert und dann verworfen, wenn er Schwachstellen fand. Er brauchte nichts Stärkeres. Librium würde genügen.

Kurnow mußte offiziell in der Stadt sein, unter Bedingungen, die ihm eine gewisse Bewegungsfreiheit erlaubten. Der Chirurg nahm den medizinischen Veranstaltungskalender zur Hand und schlug die Vorwoche auf. Die Konferenz der Gefängnispsychiater war der einzige Eintrag. Der Vorwand *mußte* etwas mit Medizin zu tun haben. Und die Psychiaterkonferenz war in seinem Zeitraum von drei Wochen die einzige international besuchte Veranstaltung. Bock runzelte die Stirn. Vor dreißig Jahren hätte Kurnow den Hauptredner bei solch einem Treffen abgeben können. Aber heute...? Er schaute noch einmal in den Kalender. Foster-Dulles-Allee. Keine fünf Kilometer von hier. Er stürzte aus dem Büro.

Die Privatsekretärin blickte erwartungsvoll auf, denn Bock ging tagsüber nie weg, ohne zu sagen, wo er zu erreichen war. Doch heute tat er es.

Weshalb die Frau auch nicht in der Lage war, dem beharrlichen Drängen von Frieden abzuhelfen, der fünfzehn Minuten später anrief und wissen wollte, wo Bock steckte.

Zweitausend Meilen weiter östlich saß Mawetskij in seinem Kreml-Büro und las zum drittenmal Suwloffs Bericht, der über Nacht eingegangen war. Er warf ihn auf Kurnows Personalakte, die jetzt einen Dauerplatz in seiner Schreibtischschublade gefunden hatte.

»... Ungepflegt ... schweißgebadet ... übertrieben redselig ...«

Ganz bestimmt kein typisches Verhalten für Kurnow, dachte der russische Minister. Allerdings war er auch, dem Bericht zufolge, ziemlich krank gewesen. Aber offensichtlich nicht zu krank, um eine vereiste Feuertreppe hinunterzukraxeln und zu einer berühmten Klinik für plastische Chirurgie zu laufen. Sein Verdacht war also berechtigt gewesen.

Mawetskij nahm die Personalakte zur Hand. Wenn Wladimir Kurnow nicht Klaus Reinhart war, der tapfere Nazi-Gegner, der sein Leben riskiert hatte, um russischen Kriegsgefangenen zu helfen, wer war er dann? Erneut fiel ihm ein, wie auffällig sich Kurnow für die Berichte über das israelische Kommandounternehmen in Österreich interessiert hatte. Kein Kriegsheld, sondern ein Nazi-Kriegsverbrecher. Das war die einzige Erklärung, folgerte der Minister. Ein Mann, unsäglichen Leidens schuldig, hatte es fertiggebracht, sich in die höchsten Spitzen des sowjetischen Raumfahrtprogramms einzuschleichen. Und er, Mawetskij, arbeitete eng mit ihm zusammen. Er betrachtete seine Hände, die vor ihm auf der Schreibtischplatte lagen. Sie bebten. Es würde Sündenböcke geben. Das Blutbad würde an Stalins Zeiten erinnern, wenn die Schuldigen an dieser bodenlosen Schlamperei zusammengetrieben wurden.

Er suchte in der Schublade und fand das Tonband, das er aufgenommen hatte, kurz bevor der Mann nach Deutschland geflogen war. Nutzt mir jetzt wenig, dachte er. Er stand auf und lief in seinem Büro auf und ab, den Kopf auf die Brust gesenkt. Er würde das erste Opfer sein, fürchtete Mawetskij. Er mußte es sein. Er war zu oft in Kurnows Nähe gesehen worden, hatte sogar das Ausreisevisum nach Berlin befürwortet, vor dem Besuch in Houston. Mawetskij war sich seiner Feinde bewußt. Wie leicht würde es ihnen fallen, Kurnow als Protegé des Ministers hinzustellen.

Die Entscheidung, Kurnow in Berlin überwachen zu lassen, war klug gewesen, sagte er sich. Da gab es auch die Aufzeichnung des ersten Gesprächs mit Pjotr Suwloff. Es wäre ein unwiderlegbarer Beweis für seinen frühen Verdacht, eine nützliche Verteidigung. Er lächelte, als ihm ein plötzlicher Einfall kam. Wieso Verteidigung? Es gab eine Chance, eine dünne Chance, zugegeben, aus diesem ganzen Schlamassel nicht nur unbeschadet, sondern sogar mit gestärkter Position hervorzugehen. Er ging an den Schreibtisch zurück und betrachtete das erste Tonband. Und das war auch nicht wertlos. Alles andere als wertlos. Wenn er es auf die richtige Art präsentierte, konnte es vernichtendes Beweismaterial gegen den Wissenschaftler sein. Er fuhr mit der Hand über den Suwloff-Bericht. Gut genug, entschied er.

Rasch meldete er ein Gespräch mit Suwloff an und rief dann seine Sekretärin.

»Ein Memorandum«, befahl er. »An alle Mitglieder des Politbüros ...«

Er hielt inne und nahm seine Gedanken zusammen.

»... Ich beantrage hiermit wegen einer Angelegenheit, die in höchstem Maße die Sicherheit der Sowjetunion tangiert, eine Dringlichkeitssitzung des Politbüros ...«

Das Telefon klingelte mit dem Berlin-Gespräch, und die Sekretärin lehnte sich zurück und sah neugierig den Minister an.

10

Es war ein beklemmendes Gefühl, ihn nach so langer Zeit wiederzusehen. Bock verspürte erneut diese unwirkliche Taubheit, wie sie nach einer Betäubungsspritze auftritt, Sekunden bevor das Narkosemittel voll wirkt, wenn der Körper zu schweben scheint, losgelöst vom Geist. Wie wenig hatte sich der Mann verändert, den er das letztemal vor dreißig Jahren gesehen hatte, als er durch die Hintertür der Behelfsklinik verschwunden war; zum Schutz vor den Nazis, die das Haus unter Beobachtung hielten, wie er glaubte, als Wäschereiangestellter verkleidet, den Wäschekorb vors Gesicht gehalten.

Kurnows Haar war natürlich ergraut und auch erheblich weniger geworden, aber sein Gesicht war bemerkenswert. Es hatte zwar Falten, auf der Stirn und um die Augen, die ausgeprägtere Tränensäcke aufwiesen, als er in Erinnerung hatte. Auch unter den Ohren war die Haut schlaff geworden, stellte er mit fachmännischem Blick fest. Aber schließlich waren damals ein paar Nerven beschädigt oder zerstört worden. Alles in allem, fand er, sah Kurnow kaum zehn Jahre älter aus als damals an jenem Juniabend, vor drei Jahrzehnten.

Noch mehr als das fast unveränderte Gesicht verblüffte Bock Kurnows Haltung. Sie war fast identisch mit der Art, wie er sich damals in den Lagern gezeigt hatte, Rücken steif wie ein Ladestock, Kopf hocherhoben in dieser aristokratischen, einschüchternden Pose. Nur die Zigarette paßte nicht dazu, Bock hatte ihn nicht als Raucher in Erinnerung. Ganz im Gegenteil, wenn er sich recht entsann, war Kurnow ein entschiedener Nichtraucher gewesen, weil der Führer etwas dagegen hatte. Während er ihn beobachtete, fast völlig verborgen hinter einem Pfeiler in dem Vestibül vor dem Konferenzsaal, zündete sich Kurnow eine neue Zigarette am Stummel der alten an.

Bock hatte nicht versucht, in den Konferenzsaal zu gelangen. Er hatte keine Einladung, und zu diesem späten Zeitpunkt noch eine zu beantragen, auch wenn er die notwendigen medizinischen Qualifikationen vorweisen konnte, fand er lächerlich. Er hätte lediglich unnötige Aufmerksamkeit erregt. Statt dessen hatte er sich an einer Stelle postiert, wo er alle Eingänge im Auge behalten konnte und wo ihm das dauernde Kommen und Gehen zusätzliche Abschirmung bot. Zuerst war er besorgt gewesen, einen Fehler gemacht zu haben, war sich wie ein Idiot vorgekommen, als er auf das Eintreffen der Konferenzteilnehmer, die an den Namensschildern leicht zu identifizieren waren, gewartet hatte. Er wollte schon gehen, da hatte er ihn entdeckt, ein bißchen abseits von der russischen Delegation, wo er auf diese hochmütige Art, die Bock so vertraut war, seinen Blick umherschweifen ließ. Er hatte sich stets abseits von Gruppen gehalten, erinnerte sich der Chirurg, wollte mit niemandem in allzu engem Kontakt scheinen. Selbst vom Führer hatte er Abstand gehalten, wie es hieß. Bormann ebenfalls, entsann sich Bock. Er fragte sich, ob beide das gleiche Motiv gehabt hatten, eine instinktive Abneigung, zusammen mit Hitler fotografiert zu werden. Die Delegationen drängten sich auf dem engen Vorplatz, begrüßten einander und erneuerten die am Vorabend bei dem Empfang geschlossenen Bekanntschaften. Bock machte Anstalten, sich hinter den Pfeiler zurückzuziehen, zögerte dann jedoch. Warum sollte er sich verstecken? Kurnow wußte, wer er war, und hatte Kontakt aufgenommen. Ihr weiteres Schicksal war miteinander verflochten. Sie müßten sich irgendwo treffen, und Bock wollte unbedingt einen Teil seiner Bürde auf Kurnow abladen. Der Mann mit dem bayerischen Dialekt würde erneut anrufen. Und auch Frieden, schätzte er. Bock lächelte voller Optimismus. Er hatte den anderen schon einmal ausgetrickst und ihn in ein unnötiges Exil geschickt. Sehr bald würde es zu einem Treffen mit dem anonymen Anrufer kommen. Es schauderte ihm bei dem Gedanken daran. Wieviel besser wäre es doch, wenn Kurnow diesen Kontakt übernahm! Und vor allem sicherer! Entschlossen verließ er den Schutz seines Pfeilers und mischte sich unter die Menge, auf einem Kurs, der ihn dicht an dem Wahlrussen vorbeiführen würde. Als Bock näher herankam, revidierte er seinen ersten Eindruck über das erstaunlich wenig veränderte Gesicht des anderen. Er *war* mehr als zehn Jahre gealtert, stellte er fest. Vor allem um die Augen. Aber das mochte auch Mangel an Schlaf sein. In den vergangenen Wochen hatte er mit Sicherheit einige schlaflose Nächte verbracht. Kurnow ließ immer noch seinen Blick über die Menge schweifen, anscheinend jedoch ohne jemand wirklich wahrzunehmen. Bock verlangsamte seinen Vormarsch, schob sich noch näher heran, sah dem Mann direkt ins Gesicht.

Wie würde Kurnow reagieren? Er selbst war sicher, daß man ihm nichts anmerkte, nachdem jetzt der erste Schock des Wiedererkennens überwunden war. Noch drei Schritte, und er wäre an ihm vorbei. Bock wußte, daß es auffallen würde, wenn er ganz stehenblieb. Einige Leute hatten ihm schon neugierige Blicke zugeworfen, weil er kein Namensschild trug und keine Konferenzliteratur unter dem Arm hatte.

Dann sah ihn Kurnow. Sein Kopf drehte sich in dieser pendelartigen Bewegung, und plötzlich trafen sich ihre Blicke. Sekundenlang starrten sie einander an. Kurnows Gesichtsausdruck veränderte sich nicht, nichts deutete darauf hin, daß er Bock erkannt hatte. Nur ein unmerkliches Zögern, bevor er den Blick abwandte. Bock ging weiter, gegen den Strom, hinaus in den grauen Morgen.

Direkt vor der Tür blieb er stehen und atmete tief durch. Aus unerfindlichen Gründen fühlte er sich erleichtert. Seit Tagen war er sich wie eine Feder im Wind vorgekommen, die von einem schreckerregenden Ereignis zum anderen trieb. Doch jetzt legte sich seine Nervosität zusehends. Kurnow würde eine Zusammenkunft arrangieren. Er konnte mit Kurnow sprechen, die verschiedenen Kontakte und die Drohungen mit ihm durchdiskutieren. Und sich seiner bedienen, dachte er grinsend.

Er überquerte die Straße, wo sein Mercedes 450 SL parkte, und fuhr vergnügt in die Klinik zurück.

Perez blickte lächelnd auf, als Mosbacher in die Wohnung in der Seelingstraße trat. Der ältere Israeli musterte den Mann, von dem soviel abhing. Sein Zustand hatte sich in den letzten Tagen gebessert, fand er. Das Pendel zwischen Euphorie und Niedergeschlagenheit schwang nicht mehr so gefährlich weit aus.

»Bock hat Kontakt aufgenommen«, sagte er knapp.

Perez starrte ihn ausdruckslos an.

»Bist du sicher?«

Mosbacher nickte. »Ich bin ihm heute morgen in die Klinik gefolgt und habe dann gewartet. Er war ungefähr eine Stunde drinnen, kam dann rausgestürzt ...«

»Rausgestürzt?« unterbrach ihn Perez fragend.

Es geht ihm tatsächlich besser, dachte Mosbacher. Das war eine intelligente Frage gewesen.

»Ganz recht«, versicherte Mosbacher. »Er war sichtlich in Eile.«

»Du bildest dir es nicht nur ein?« bohrte Perez. »Wenn wir jetzt irgend etwas falsch interpretieren, kann die ganze Sache platzen.«

Mosbacher schüttelte entschieden den Kopf.

»Ich bin mir sicher«, beharrte er. »Bock ist wie ein kopfloses Huhn losgestürmt. Und vergiß nicht, nach unseren Beobachtungen geht er morgens *nie* weg.«

Perez zuckte die Achseln.

»Er hat den Dahlemer Weg genommen, ist dann aber bald abgebogen und im Zickzack über Nebenstraßen gefahren bis zur Foster-Dulles-Allee im Tiergarten ...«

Erwartungsvoll hielt er inne, doch Perez schwieg.

»Er ist schnurstracks zu der Medizinerkonferenz gegangen«, fügte Mosbacher hinzu.

Perez seufzte und lächelte nun endlich, wenn auch widerwillig.

»Er ist also hier«, flüsterte er. »Die Ratte ist aus ihrem Loch gekrochen.«

Er blickte auf, verspürte den Drang, dem anderen zu beweisen, daß er recht gehabt hatte. »Es funktioniert«, sagte er. »Es hat einen Kontakt gegeben.«

»Daran habe ich nie gezweifelt. Und darum ging's auch nicht bei meinen Einwänden. Das weißt du genau«, sagte Mosbacher scharf und hob die Hand wie ein Tischredner, den man vor der Pointe unterbrochen hat.

»Er hat im Vestibül der Kongreßhalle gewartet und die Ankunft der Kongreßteilnehmer beobachtet«, fuhr er fort. »Ich habe keine drei Meter von ihm gestanden. Als die Russen hereinkamen, sah er aus, als würde er jeden Moment in Ohnmacht fallen. Er hat richtig geschwankt ...«

Perez starrte mit glänzenden Augen seinen Freund an.

»Wer ist es?« fragte er heiser. »Welcher von ihnen ist Köllman?«

Mosbacher zögerte, hob dann die Schulter. »Ich weiß es nicht«, gestand er.

Die ungeheure Spannung wich allmählich von Perez, wie eine Spiralfeder, die sich langsam aufdreht.

»Die russische Delegation besteht aus fünfzehn Leuten«, verteidigte sich Mosbacher. »Ungefähr fünf Minuten nach ihrer Ankunft ist Bock näher herangegangen. Es gab keinerlei persönlichen Kontakt. Und nicht ein Wort wurde gewechselt. Fast alle schauten irgendwann einmal in seine Richtung. Aber niemand ließ sich das geringste anmerken.«

Der große Mann hielt inne, wartete auf Anerkennung. Unvermittelt stand Perez auf und ging auf ihn zu. Er breitete die Arme aus, packte Mosbacher, der ihn um mehr als Haupteslänge überragte, und umarmte ihn stürmisch.

»Wir haben ihn«, sagte er aufgeregt. »Jetzt *muß* es klappen.«

Mosbacher seufzte. Er hielt nach wie vor die Operation für falsch, auch wenn sie tatsächlich den gewünschten Erfolg haben sollte. »Warten wir's ab«, mahnte er.

»Ist jetzt vielleicht nur noch eine Sache von Tagen«, murmelte Perez. »Bis zum Wochenende kann alles gelaufen sein.«

Mosbacher lächelte. »Nicht übertreiben, Uri. Wir stehen erst am Anfang . . . ganz am Anfang. Tausenderlei Dinge können noch schiefgehen.«

»Quatsch«, sagte der andere mit einem Optimismus, den Mosbacher gar nicht mehr an ihm kannte. »Meine Pläne gehen nie schief . . .«

Beiden fiel im gleichen Moment das Toplitzsee-Disaster ein.

»Entschuldigung«, murmelte Perez. »Ich wollte nicht . . .«

»Das war nicht deine Schuld«, betonte Mosbacher. »Wenn sie sich an deine Instruktionen gehalten hätten, wäre das nicht passiert.«

Perez sah ihn an, sagte jedoch nichts.

Es war mäuschenstill in dem Komiteeraum, wo die anderen fünfzehn Mitglieder des Politbüros saßen und darauf warteten, daß Mawetskij weitersprach.

»Und das«, fuhr der Minister fort, »sind die Fakten, soweit sie mir im Moment bekannt sind. Selbstverständlich steht der Mann jetzt unter Dauerüberwachung. Ich bin der Meinung, wir müssen uns jetzt einen Weg überlegen, wie wir ihn in die Sowjetunion zurückschaffen, ohne daß der Westen auf die Sache aufmerksam wird.«

Er setzte sich, schwitzend vor Nervosität. Es war ausgezeichnet gelaufen, fand er, ohne jede Unterbrechung, die ein Hinweis darauf gewesen wäre, daß jemand eine Schwachstelle in seiner Argumentation gefunden hatte. Sie waren alle erschüttert und beklommen.

»Bevor wir die Diskussion fortsetzen«, sagte der Parteivorsitzende, Valeri Schepalin, »sollten wir offiziell festhalten, daß wir die Wachsamkeit des Genossen Mawetskij außerordentlich zu schätzen wissen...«

Es gab ein zustimmendes Murmeln, und Mawetskij neigte bescheiden das Haupt. Unhörbar stieß er den angehaltenen Atem aus. Dem Himmel sei Dank, dachte er erleichtert.

»Aber in einem Punkt bin ich etwas anderer Ansicht«, fuhr der Parteivorsitzende fort. Wachsam blickte Mawetskij auf.

»Ich bin mir nicht sicher, ob wir ihn sofort zurückholen sollten«, sagte Schepalin.

Sie warteten alle gespannt.

»Wenn die geheimnisvolle Kiste tatsächlich alle diese Nazi-Papiere enthält, dann befinden sich darunter vermutlich auch Unterlagen, mit denen wir Kurnow eindeutig entlarven können?«

Mawetskij machte eine entschuldigende Handbewegung. »Das entzieht sich meiner Kenntnis.«

»Klar«, räumte Schepalin ein. »Aber man kann doch mit einiger Sicherheit davon ausgehen?«

Mawetskij nickte.

»Deshalb würde man es, ganz egal welche diplomatischen Gründe wir uns ausdenken, um ihn von Berlin und dem Weltraumstart in Houston abzuziehen, als krasses Beispiel dafür ansehen, wie Rußland einen seiner Wissenschaftler deckt, nachdem die Fakten publik geworden sind...?«

Um den Tisch erhob sich beifälliges Gemurmel. Es war sehr scharfsinnig argumentiert, gestand sich Mawetskij ein. Geschickt nutzte der Vorsitzende die Stimmung aus und fuhr fort: »Und wir wollen doch auf gar keinen Fall, daß man uns vorwerfen kann, wir würden einen Nazi-Kriegsverbrecher schützen.«

Er ließ seinen Blick über die Konferenzrunde schweifen und schloß alle in seine Kritik ein.

»Es ist schon peinlich genug, wenn wir zugeben müssen, daß uns ein Mann so lange hinters Licht führen und in solch eine hohe Position aufsteigen konnte...«

Jeder wich seinem Blick aus. Es werden Sündenböcke gesucht, dachte Mawetskij. Nun galt es, seine günstige Ausgangsposition zu festigen.

»Was schlagen Sie vor?« fragte er. Die Frage würde zeigen, daß er keine Angst vor der kommenden Säuberung hatte. Der Vorsitzende wandte sich ihm zu, und Mawetskij hielt dem Blick stand. Schepalin lächelte schwach.

»Es besteht keinerlei Gefahr, daß er sich unserer Überwachung entzieht?«

»Keine«, erwiderte der Minister, zu rasch. Er müßte nach dem Treffen sofort Suwloff anrufen, damit der jeden verfügbaren Mann für die Observierung aufbot. Wenn nötig, würden sie zusätzliche Leute von Ostberlin her einschleusen. Er schluckte krampfhaft, nachdem er begriffen hatte, wie leicht er dem Vorsitzenden in die Falle gegangen war. Die Versicherung, daß man Kurnow permanent überwachte, würde offiziell mit seinem Namen verknüpft sein. Wenn Schepalins Plan schiefging, würde man Mawetskij die Schuld zuschieben. Mit zusammengepreßten Lippen starrte er den Parteivorsitzenden an.

»Ausgezeichnet«, lobte Schepalin. »Dann schlage ich vor, wir lassen alles so weiterlaufen, ohne uns einzumischen. Wir werden jeden Schritt Kurnows und jeden Kontakt genauestens überwachen, in Deutschland wie auch in Amerika. Wenn der Inhalt der Kiste enthüllt wird, setzen wir ihn sofort fest und übergeben ihn den westdeutschen oder den amerikanischen Behörden, zusammen mit dem von uns gesammelten Beweismaterial.«

Mawetskij machte ein skeptisches Gesicht. »Wir sollen so einfach einen russischen Staatsbürger ausliefern, damit er in einem fremden Land vor Gericht gestellt wird?« Er ließ Überraschung in seiner Stimme anklingen.

»Aber genau das ist der springende Punkt«, erwiderte der Vorsitzende triumphierend. »Er ist kein Russe. Er ist ein naturalisierter Deutscher. Es wäre eine enorme Propaganda für uns, wenn wir ihn festnehmen und ihn den zuständigen Gerichten übergeben. Auf jeden Fall würde es jegliche Kritik aufwiegen, daß wir ihm so viele Jahre Zuflucht geboten haben.«

Wieder gab es Zustimmung in der Runde.

»Die einzige Schwierigkeit ist«, argumentierte Mawetskij, der nach einer Schwachstelle für einen Gegenangriff suchte, »daß Kurnow ein unschätzbares Wissen besitzt...« Er hielt inne und überlegte, ob er die Lager erwähnen sollte. Er entschied sich für einen Kompromiß. »...Und nicht nur in Dingen, die direkt mit unserem Raumfahrtprogramm im Zusammenhang stehen.«

Sofort schlug die Stimmung im Raum zugunsten Mawetskijs um.

Schepalin spürte es und sah den Minister prüfend an. Eine Herausforderung? Vielleicht sollte er vorsichtiger sein.

»Selbstverständlich«, erwiderte er lässig. »Ich habe lediglich gesagt, daß wir ihn den Behörden übergeben wollen, nicht daß er es überlebt . . .«

Mawetskij runzelte die Stirn. Ihm dämmerte, daß er verloren hatte.

»Ich bin der Meinung, Kurnow sollte spätestens nach vierundzwanzig Stunden Gefangenschaft sterben. Es gibt zahlreiche geeignete Gifte, die erst nach einer bestimmten Zeit wirken . . . die Abteilung V des KGB kann sie jederzeit zur Verfügung stellen.«

Er hielt inne und genoß die Entwicklung, die die Besprechung genommen hatte.

»Und stellen Sie sich die Propaganda vor! Ein Kriegsverbrecher, dem es gelingt, Selbstmord zu begehen, höchstwahrscheinlich in einem deutschen Gefängnis, um sich dem Gerichtsverfahren zu entziehen, zu dem ihn die Sowjetunion ausgeliefert hat. Noch besser, wenn es in Amerika passiert.«

Er überflog die Anwesenden.

»O ja«, prophezeite er, »die einzigen, die aus dieser Affäre Profit schlagen, werden wir sein – die Sowjetunion.«

Gerda Pöhl betrachtete die Lebensmittel in dem altertümlichen gasbetriebenen Kühlschrank. Fast eine Woche war vergangen seit jenem Gespräch mit Herrn Muntz, und nach und nach war ihre euphorische Stimmung verflogen. Sie hatte jeden Moment mit einer Kontaktaufnahme gerechnet, bei jedem Geräusch vor ihrer Wohnung war sie hochgeschreckt, hatte stundenlang durchs Fenster auf die Straße gestarrt. Aber Heinrich war nicht gekommen. Nun fühlte sie sich betrogen, wie ein Kind, das zu einem Fest nicht eingeladen worden ist, aber weiß, daß es gerade stattfindet.

Sie schloß die Kühlschranktür und schüttelte den Kopf. Wenn er kam, war er vielleicht hungrig. Herr Muntz hatte gesagt, er sei in Schwierigkeiten. Vielleicht hatte er seit Tagen nichts mehr gegessen. Sie ging ins Schlafzimmer und betrachtete den neuen Anzug, der im Kleiderschrank hing. Sie fuhr liebevoll über das Material, spürte die Steifheit des Stoffes. Hoffentlich bekam sie irgendeine Vorwarnung. Sie wünschte sich so sehnlich, einen guten Eindruck bei ihrem Mann zu machen, wenn er endlich nach Hause kam. Mindestens eine Stunde würde sie brauchen, um sich zu richten. Sie nahm den Anzug aus dem Schrank, bürstete ihn aus, ganz unnötigerweise, hängte ihn dann sorgsam wieder zurück und legte als Staubschutz einen Plastikstreifen über die Schultern.

Sollte sie ihr Ritual brechen und morgen auf den Besuch von Heinis Grab verzichten? Sie dachte darüber nach, während sie langsam wieder in die Küche ging. Wie schrecklich, wenn Heinrich käme, und sie wäre nicht da, dachte sie. Aber die samstäglichen Besuche waren ihr solch ein Trost. Sie waren ihre einzige Verbindung mit der Vergangenheit, nach der sie sich so sehnte. Es wäre nur eine Stunde, sagte sie sich, vorausgesetzt, sie verzichtete auf Kaffee und Kuchen auf dem Kurfürstendamm, ihrem anderen kleinen Luxus, den sie sich samstags morgens gönnte.

Erneut blickte sie zum Kühlschrank hin. Er hätte bestimmt nichts dagegen, sagte sie sich. Rasch, bevor sie sich's wieder anders überlegte, schnitt sie zwei dünne Scheiben von dem Schinken ab, den sie für Heinrichs Rückkehr gekauft hatte, legte sie auf den Pumpernickel und verspeiste ihn mit großem Behagen.

Und morgen früh würde sie auf den Friedhof gehen, beschloß sie.

11

Kurnow saß auf einem Ehrenplatz am vordersten Tisch, hatte die Tischgespräche, die um ihn herum im Gange waren, völlig ausgeblendet und konzentrierte sich nur soweit, daß er knappe Antworten geben konnte, wenn Leute ihn direkt ansprachen, wobei sie meist ihr Mitgefühl ausdrückten und ihm gute Besserung wünschten. Es gab Bewegung hinter ihm, als ein Kellner mit Zigarren und Likören auftauchte. Kurnow akzeptierte den Drink, wies die Zigarre jedoch zurück. Er rauchte lieber Zigaretten. Die Ansprachen begannen, lange Begrüßungsplatitüden, wortreiche Versicherungen, wie wichtig internationale Zusammenarbeit sei. Wie wenig sie doch davon wußten, dachte Kurnow bei der Erinnerung an die heutigen Diskussionen, welche psychischen Schäden man einem Menschen zufügen konnte, wenn man ihn ein Leben lang in jener Sorte von Gefängnissen einsperrte, mit denen er vertraut war. Er lächelte verstohlen. Alle ihre lächerlichen Theorien würden sich in Rauch auflösen, wenn sie einmal Potma oder Sibirien besuchten.

Kurnow verbannte alle Gedanken an die Konferenz, die ihn ohnehin irritierte, und konzentrierte sich auf das, was vor ihm lag. Könnte er heute abend wieder so problemlos verschwinden? Den ganzen Tag über hatte er einen nach wie vor schlechten Gesundheitszustand vorgeschützt und war auf Verständnis und Anteilnahme gestoßen. Das Gesicht, das ihm bei der Mittagspause aus dem Spiegel im Waschraum entgegengeblickt hatte, unterstützte auf jeden Fall seine Lügen. Aber seine Widerstandskraft hatte Grenzen. Seine Nerven würden dem Druck, unter dem er stand, nicht mehr lange standhalten. Achselzuckend schob er den Gedanken beiseite. In fünf Tagen müßte sowieso alles erledigt sein. Dann war die Konferenz zu Ende und beraubte ihn jedes Vorwands, weiter in Berlin zu bleiben.

Mit halbem Ohr hörte er, wie die Rede auf Ehrengäste kam, und er merkte, daß die Leute zu ihm hinschauten und auf eine Reaktion warteten. Er lächelte gezwungen.

Was hatte Bock unternommen, nachdem der Kontakt hergestellt war? Sehr wenig, vermutete er. Er konnte ja auch gar nichts tun. Außer auf Kurnows nächsten Schritt zu warten. Der Chirurg würde nicht mehr auf die Konferenz kommen. Immerhin war er heute morgen ein erhebliches Risiko eingegangen. Jetzt war Kurnow dran. Wo würde Bock ihn erwarten? In der Klinik? Oder in seiner Wohnung? In der Wohnung, sagte sich Kurnow. So wie Bock nicht riskieren würde, ein zweites Mal in der Kongreßhalle aufzutauchen, so konnte auch er nicht zwei Nächte hintereinander zur Klinik kommen. Bock würde sich das ausrechnen und wüßte dann, wo er warten mußte.

Um ihn herum begannen die Leute zu klatschen, und er schloß sich mechanisch an. Alle erhoben sich, vermutlich war das Bankett zu Ende, und so stand er ebenfalls auf.

Wie er wußte, waren Besichtigungsfahrten organisiert worden, mit Abstechern in diverse Nachtlokale. Er entschuldigte mit dem Hinweis auf seinen noch immer angegriffenen Gesundheitszustand, und Bahr, dem nichts an einer Wiederholung der peinlichen Szene vom Vorabend lag, akzeptierte bereitwillig die Absage.

Am Ausgang des Bankettsaals wurden die einzelnen Bustouren zusammengestellt. Kurnow sah zu und nahm mit gequältem Lächeln die neuerlichen Besserungswünsche entgegen.

Er scheute davor zurück, noch einmal die Feuerleiter zu benutzen. Während des Tages hatte er den Flur im Erdgeschoß erkundet und festgestellt, daß von dort ein Notausgang direkt in die Seitengasse führte, wo auch die Feuertreppe endete. Nach dem Mittagessen war er von der Konferenz ins Hotel geschlendert und hatte in einer unbeaufsichtigten Garderobe im Erdgeschoß seinen Mantel deponiert. Er wanderte ziellos durch das Foyer, ließ den Delegierten Zeit, das Hotel zu verlassen, trank dann noch einen Kognak an der Bar. Nach fünfzehn Minuten ging er in Richtung Fahrstuhl, lief aber daran vorbei. Der Mantel hing noch dort, wo er ihn zurückgelassen hatte. Er holte ihn aus der Garderobe und spähte in den Korridor. Jetzt konnte er noch immer zum Fahrstuhl gehen und den schwierigen Abstieg machen, falls er gesehen worden war. Aber der Flur war menschenleer. Rasch lief er zum Kopfende, stieß die Tür auf und trat hinaus in die Gasse.

Oberst Suwloff, ein schlanker, unauffälliger Mann, der vorzüglich mit den Wänden verschmolz, an denen er in der Regel stand, sah die gesamte Komödie mit an und genehmigte sich dann in der Hotelbar noch einen Kognak, erleichtert darüber, daß er nicht einer von den sechs Männern war, die bei eisigen Temperaturen draußen Posten bezogen hatten.

»Ich traue Bock nicht über den Weg«, sagte Frieden.

Muntz blickte auf. Mein Gott, was fühle ich mich elend, dachte der Rechtsanwalt. Am liebsten hätte er sich ins Bett gelegt und wäre nie mehr aufgestanden.

»Wieso?«

»Das ist ja gerade das blöde«, erwiderte der Nazi-Millionär. »Ich habe keinen wirklichen Grund. Nur ein ungutes Gefühl.«

Muntz zuckte die Achseln. Er hatte keine Lust, sich auf sinnlose Diskussionen einzulassen. Bei Frieden machen sich die Nerven bemerkbar, befand er.

»Immerhin *hatte* er den letzten Kontakt zu Köllman«, argumentierte Frieden.

Muntz nahm das Taschentuch vom Mund. Er spuckte schon wieder Blut.

»Sein Telefon können wir natürlich nicht anzapfen, wie bei der israelischen Botschaft«, meinte Frieden. »Die Gefahr wäre zu groß, daß man unserem Mann auf die Schliche kommt, und das würde alles verderben. Aber was hältst du davon, wenn wir ihn ein paar Tage lang beschatten?«

Verdrießlich sah ihn der Anwalt an.

»Wenn du meinst«, sagte er ohne große Begeisterung. Ihm war alles egal.

»Nur für ein paar Tage«, betonte Frieden, als müßte er sich rechtfertigen. Er griff zum Telefon und wählte die Nummer des Mannes, der diesen Auftrag übernehmen würde.

»Du weißt nie, was wir vielleicht entdecken«, sagte der Millionär, doch Muntz hörte nicht mehr zu.

Im Wagen war es noch einigermaßen warm nach der Fahrt von der Seelingstraße hierher. Den Kopf im aufgestellten Mantelkragen vergraben, die Hände in den Manteltaschen, bereitete sich Mosbacher auf eine lange Wartezeit in der Severinstraße vor. Aber es waren noch keine vierzig Minuten vergangen, als er die Gestalt auf das Haus zugehen sah. Er kniff die Augen zusammen, verfluchte seine Vorsichtsmaßnahme, so weit von dem Gebäude geparkt zu haben. Natürlich mochte es nichts zu bedeuten haben: Dutzende von Parteien wohnten in Bocks Apartmenthaus. Er starrte auf Bocks Klingelknopf an der Türsprechanlage, den er zuvor gekennzeichnet hatte. Seine Hände verkrampften sich um das Lenkrad, als die Gestalt vor der Sprechanlage stehenblieb, offenbar etwas sagte und dann sofort eingelassen wurde. Es war Bocks Wohnung gewesen. Dessen war er sich ganz sicher. Vielleicht hatte Perez doch recht mit seinem Optimismus, dachte Mosbacher.

12

Abwartend standen sich die beiden Männer in dem großen Wohnzimmer der Penthousewohnung gegenüber, Kurnow an der Tür, Bock am Terrassenfenster. Keiner wollte als erster sprechen. Kein Laut war zu hören, bis auf das gedämpfte Rauschen der Großstadt. Er ist ein furchterregender Mann, sagte sich Bock. Kurnow besaß noch immer diese entnervende Fähigkeit, andere Menschen völlig reglos, mit weit offenen Augen, beinahe hypnotisch, anzustarren. Bock entsann sich der Wirkung, sogar auf furchtlose Männer. Manche hatten versucht, den Blick zu erwidern, nur um zu der niederschmetternden Erkenntnis zu kommen, daß es keine Hoffnung mehr gab und sie nichts zu befürchten hatten von einem letzten Aufbegehren. Stets war ihre Entschlossenheit zerbröckelt unter diesem erbarmungslosen Blick.

Er hat Angst, diagnostizierte Kurnow. Fein. Das würde alles einfacher machen. Ein verängstigter Mann war am leichtesten zu formen. Wie lange war es her, seit er diese grundlegende Philosophie formuliert hatte? Zu lange, um sich noch genau daran zu erinnern. Es ist wichtig, diese Angst aufrechtzuerhalten, damit Bock als erster das Schweigen bricht, entschied Kurnow. Er starrte sein Gegenüber an und wartete. Schließlich wandte der Chirurg den Blick ab und kam auf Kurnow zu.

»Hallo, Heinrich«, sagte er leise.

»Dieser Name gehört nicht hierher«, gab Kurnow prompt zurück.

Er wußte, daß die Rüge Bock weiter verunsichern würde. »Bleiben wir bei unseren heutigen Namen, ja?«

Bock zögerte, mit halb erhobenem Arm. Würde der Mann auch auf diesem lächerlichen Hitlergruß bestehen wie Frieden?

»Natürlich, entschuldige«, erwiderte er hastig. Nervös streckte er ihm die Hand entgegen.

»Du hast dich kaum verändert, Helmut«, sagte der Wissenschaftler lächelnd. Scheinbare Kameradschaftlichkeit würde den anderen in Sicherheit wiegen.

Bock schüttelte ihm überschwenglich die Hand, packte ihn am Ellbogen und zog ihn ins Zimmer hinein.

»Du auch nicht«, meinte Bock. »Ich habe gute Arbeit geleistet.« Sein Lachen hatte einen Anflug von Unsicherheit, wie ein Mann, der befürchtet, zu weit gegangen zu sein.

Kurnow lächelte nicht und ließ bei dem anderen den Eindruck aufkommen, als sei er etwas beleidigt. Er sah sich in der Wohnung um, bewunderte den herrlichen Blick auf Berlin, und kam dann zu Bock zurück. In seinem Ton lag gerade noch hörbare Kritik. »Wie es scheint, hast du noch öfter ›gute Arbeit‹ geleistet.«

Verlegen zuckte Bock die Achseln.

»Ich habe Glück gehabt«, räumte er ein. »Die Menschen lassen sich ihre Eitelkeit etwas kosten.«

Er deutete auf einen Sessel und bot dann Getränke an, die auf einem kleinen Tisch bereitstanden.

»Kognak«, sagte Kurnow, während er sich eine Zigarette anzündete. Mit kritischem Blick sah er, wie Bock das Glas fast zur Hälfte füllte. Der Idiot glaubt, mich betrunken machen zu können, dachte er. Bock nahm das gleiche und setzte sich Kurnow gegenüber, das Glas in beiden Händen, so daß sein Gesicht halb verdeckt war. Er braucht eine Barriere zwischen sich und mir, konstatierte Kurnow.

Die an eine Narkose erinnernde Gefühllosigkeit, die Bock am Morgen beim Anblick von Kurnow verspürt hatte, ergriff erneut Besitz von ihm. Er könnte Kurnow wahrscheinlich nicht mehr so leicht manipulieren wie früher, befürchtete der Schönheitschirurg. Zugegeben, der Mann mußte verzweifelt gewesen sein, daß er nach Berlin gekommen war, trotzdem hatte er sich besser in der Gewalt als 1945.

»Du hast eine ganz schöne Karriere gemacht«, sagte Bock. »In einem Land, das Personenkult ablehnt, bist du die Ausnahme von der Regel.«

Kurnow trank einen Schluck, fixierte sein Gegenüber und verharrte in frostigem Schweigen. »Kaffeeklatsch ist der Situation wohl nicht ganz angemessen, oder?« sagte er schließlich. Es war Zeit, dem anderen die Daumenschrauben anzulegen.

»Na ja...«, setzte Bock an, doch Kurnow unterbrach ihn rüde.

»Ich weiß, daß du mich am liebsten zum Teufel schicken würdest, Helmut. Du brauchst mir nichts vorzumachen...«

»Das ist nicht wahr!« erregte sich Bock.

Zufrieden trank Kurnow noch einen Schluck. Es ist kinderleicht gewesen, dachte er. Er hatte dem anderen mehr Selbstbewußtsein zugetraut nach so vielen Jahren des Erfolgs. Aber Bock war schon immer ein Feigling gewesen. Wer hatte das geschrieben, Jewtuschenko? »...Feige Menschen schränken sich selbst ein...« Sehr zutreffend in Bocks Fall.

»Ich bin hier, weil ich muß«, sagte Kurnow kalt. »Wir wissen beide warum. Ich bin damit ein entsetzliches Risiko eingegangen...«

Er folgte einem sicheren Kurs, sagte nichts, was der andere nicht schon wußte. Das scheinbare Eingeständnis würde Bock ein leichtes Überlegenheitsgefühl erlauben, eine Krücke, die leicht weggekickt werden konnte.

»Ich habe keine Zeit für dummes Geschwätz...« Er hielt inne und legte sich die Drohung zurecht. »Und du auch nicht, Helmut, stimmt's? Du schwebst in der gleichen Gefahr wie ich, durch die gleichen Leute. Vielleicht in noch größerer Gefahr.«

Bock suchte krampfhaft nach einer Antwort, machte eine hilflose Handbewegung.

»Ist es sicher, Helmut, das Geld, das ich dir hinterlassen habe? Es wäre sehr bedauerlich, für uns beide, wenn du es nicht mehr hättest...«

Bock zuckte zusammen bei dem drohenden Ton.

»Du glaubst doch nicht, ich hätte...«

»Natürlich glaube ich das«, unterbrach ihn Kurnow erneut. »Warum hättest du es denn nicht ausgeben sollen? Du brauchtest doch nicht damit zu rechnen, mich jemals wiederzusehen.«

»Warte!« sagte Bock verzweifelt. Er machte eine abwehrende Handbewegung. Er stürzte in ein Zimmer im Rücken von Kurnow, der sein Glas betrachtete und sich kein einziges Mal umdrehte, um zu sehen, was der andere trieb. Man hörte, wie Schubladen aufgezogen wurden, dann drehte sich ein Schlüssel in einem Schloß. Bock kam zurückgeeilt und präsentierte Kurnow wortlos die Kontoauszüge. Es war ein dickes Bündel, sorgfältig geordnet, über einen Zeitraum von mehr als dreißig Jahren. Kurnow blätterte sie scheinbar desinteressiert durch und kaschierte die Welle der Erleichterung, die ihn überflutete. Es war alles noch da, stellte er fest. Sogar mehr als erwartet, da er die aufgelaufenen Zinsen erheblich unterschätzt hatte. Der Idiot schien jeden Pfennig behalten zu haben, Feigling, der er war.

»Du bist ein echter Freund, Helmut«, räumte Kurnow ein, und der andere errötete bei dem Lob. »Entschuldige, daß ich je an dir gezweifelt habe.«

Er zog die Schultern hoch, deutete Hilflosigkeit an. »Es war einfach meine Angst ... Ich habe nie mit so etwas gerechnet. Es gibt wenige Menschen, die ich um Hilfe angehen kann.«

Keinen einzigen, dachte Bock, während er auf den anderen herabblickte. Hatte er wirklich Angst? Dieses ausdruckslose Gesicht verriet nicht das geringste. Noch nie hatte es etwas verraten, nicht einmal vor der Operation.

»Die Lage ist verzweifelt«, betonte Bock und hoffte, etwas von der Angst, die er verspürte, auf den anderen zu übertragen. Kurnow blieb unbeeindruckt. »Verzweifelt«, wiederholte der Chirurg.

»Ich will alles wissen«, sagte Kurnow ruhig.

Hastig, aber ohne etwas auszulassen, erzählte ihm Bock von dem Anruf des Bayern, berichtete dann von Friedens Besuch, suchte Kurnows Miene irgendeine Reaktion zu entnehmen. Ist der ein Roboter, verdammt noch mal, fragte er sich und verfiel unwissentlich auf den von Damerow verliehenen Spitznamen.

Kurnow saß nur da und nickte wie ein Mann, der einen Bericht hört, mit dem er bereits vertraut ist. Er reagierte mit gemischten Gefühlen darauf. Gut. Und schlecht, fand er. Er hatte nicht erwartet, daß jemand direkten Kontakt mit Bock aufnehmen würde und war etwas beunruhigt. Viel mehr Sorgen jedoch machte ihm das lebhafte Interesse der Nazis. Die meisten waren nur noch lächerliche Figuren, alte Männer, die sich an Erinnerungen klammerten und im Geist Spielzeugarmeen aufstellten, um einen längst vergessenen Krieg zu gewinnen. Aber sie waren noch fähig, diejenigen zu hassen, die gegen ihren Ehrenkodex verstoßen hatten. Und sie zu bestrafen.

»Die Nazis sind also immer noch hinter mir her«, murmelte der Russe nachdenklich.

Bock hoffte, mit einer bestätigenden Antwort die Behauptungen zu stützen, die er vor dreißig Jahren aufgestellt hatte, und sich vielleicht eine gewisse Dankbarkeit zu sichern. »O ja. Mehr als je zuvor. Du glaubst gar nicht, wie scharf sie darauf sind, dich in die Finger zu kriegen.«

Kurnow zerbrach sich den Kopf, warum Bock das so betonte. Gab es noch einen anderen Grund für Bocks Nervosität, von dem er nichts wußte? Er lächelte und ließ dem anderen den kleinen Triumph nicht. Noch war einiger Widerstand zu brechen.

»Wenn sie Bescheid wüßten, wären sie genauso hinter dir her, Helmut, nicht wahr?«

Der Chirurg nickte, eine Geste der Hilflosigkeit. Er fühlte sich erschöpft und kraftlos, wie ein Mann, der sich noch nicht richtig von einer schweren Krankheit erholt hat. Sollte er sich einen Moment entschuldigen und ins Bad gehen? Er brauchte eine weitere Dosis Librium.

»Glaubst du dem Mann mit dem bayerischen Dialekt?« sagte Kurnow unvermittelt.

Bock sah ihn verständnislos an.

»Ich habe da meine Zweifel«, fuhr Kurnow fort. Er wollte den Spieß umdrehen und Bocks Unsicherheit verstärken.

»Ich weiß es nicht«, erwiderte Bock unbehaglich, ganz wie beabsichtigt. »Es ist schon ein bißchen merkwürdig. Aber wie hätte er sonst Kontakt mit mir aufnehmen können?«

Der Russe nickte, als sähe er das widerstrebend ein. »Ich nehme an, es wimmelt hier von Juden?«

Wieder zuckte Bock hilflos mit den Achseln. »Woher soll ich das wissen?« meinte er. »Aber es ist anzunehmen.«

Kurnow schwieg mehrere Minuten. Dann sagte er entschieden: »Sie sind die eigentliche Gefahr, die Juden. Oder die Behörden.«

»Jeder ist eine Gefahr für uns«, meint Bock unglücklich.

»Stimmt«, räumte Kurnow ein. »Aber die größten Schwierigkeiten habe ich von offiziellen und behördlichen Aktionen zu befürchten.«

»Die Nazis würden dich lediglich umbringen«, bemerkte Bock sarkastisch. Er hatte noch immer nicht die Hoffnung aufgegeben, den anderen zu irgendeiner Reaktion zu provozieren. Kurnow hatte »ich« gesagt, nicht »wir«.

Kurnow lächelte.

»Zuerst müssen sie mich kriegen«, betonte er. »Und sie haben keine Ahnung, wo sie nach mir suchen sollen ...«

Er unterbrach sich und fixierte Bock mit diesem beunruhigenden Blick.

»Du bist der einzige, der mein Geheimnis kennt, Helmut. Und wenn ich sterbe, dann stirbst du auch.«

Bock stand auf und schenkte sich nach. Er deutete auf Kurnows Glas, doch der Russe schüttelte den Kopf.

»Ich weiß«, murmelte Bock, ein Mann der seine Niederlage eingestand.

Zufrieden lehnte sich Kurnow zurück. Bock wurde immer mehr eingeschnürt. Bald würde er tun, was man von ihm verlangte, ohne Fragen zu stellen. Kurnow verspürte immer noch so etwas Ähnliches wie sexuelle Lust, wenn er einen Mann zerbrechen konnte.

»Zuerst müssen wir an diesen Bayern herankommen«, erklärte er.

Bock lachte abfällig. »Wie denn, um Himmels willen? Meinst du, dieser Gedanke wäre mir noch nicht gekommen?«

»Solche dummen Bemerkungen bringen uns nicht weiter«, rügte Kurnow. Wenn ein Mann kurz vor der Niederlage stand, durfte man ihm keine Verschnaufpause gönnen. Unter den richtigen Bedingungen brauchte es nur einige Tage unablässigen psychologischen Drucks, um eine vollständige Sklavenmentalität herbeizuführen.

Bock starrte ihn trotzig an.

»Na schön, und wie sollen wir's anstellen?« wollte er wissen. »Es ist eine Stimme am Telefon ... jemand, der ein einziges Mal angerufen hat ...«

»Und der wieder anrufen wird«, prophezeite Kurnow.

»Was ist, wenn er nicht wieder anruft?« fragte Bock und sprach damit Kurnows Befürchtungen laut aus.

Das war der einzige unkalkulierbare Punkt. Kurnow tastete mit der Zunge über den Zahn mit der Zyankalikapsel.

»Er wird anrufen«, wiederholte er. Er hielt inne. Es war an der Zeit, die Katze aus dem Sack zu lassen. »Und du wirst einen Treff ausmachen ... zwischen ihm und mir ...«

»Mit dir?« fragte Bock verblüfft. Der Chirurg hatte sich wenig Gedanken gemacht, wie eine mögliche Übergabe vonstatten gehen könnte, aber daß Kurnow sich persönlich einschalten würde, damit hatte er auf keinen Fall gerechnet.

»Glaubst du denn, ich würde das irgendeinem anderen überlassen?« meinte Kurnow hochmütig. Aber dann wurde er wieder realistisch. »Es gibt niemand anderen«, fügte er bedrückt hinzu.

»Und wenn er nicht wieder anruft?« beharrte Bock.

»Dann ist die Lage so, wie du sagst. Verzweifelt.«

Der Russe nahm die Kontoauszüge zur Hand und studierte die Abrechnungen, die erst vor wenigen Tagen eingegangen waren.

»Über drei Millionen«, murmelte er. »Das ist eine Menge Geld.«

Bock wartete. Kurnow blickte auf.

»Du bist sicher, daß er sonst nichts wollte? Nur Geld?«

Bock nickte. »Ganz sicher«, bestätigte er. »Nur davon hat er gesprochen, Geld, das ihm, wie er sich ausdrückte, rechtmäßig zustehe. Er wollte eine Auktion abhalten und an den höchsten Bieter verkaufen.«

Stirnrunzelnd versuchte Kurnow diese Bemerkung zu analysieren. Sie ergab wenig Sinn, fand er. Man konnte lediglich daraus folgern, daß der Anrufer ein verärgerter Deutscher war, der sich irgendwie übers Ohr gehauen fühlte. Wen hatte er näher gekannt, der sich möglicherweise persönlich bestohlen vorkommen konnte? Niemanden. Nein, das war nicht ganz richtig. Grüber vielleicht. Aber Grüber war tot. Bock war der Mann gewesen, der die Erkundigungen eingezogen hatte, wenn auch nicht deswegen, weil Kurnow sich Sorgen um das Wohlergehen seines Kollegen gemacht hätte, während er von der Gesichtsoperation genas.

»Du hast keinerlei Anhaltspunkte, daß Grüber möglicherweise den russischen Angriff überlebt hat?« fragte er abrupt.

Bock blickte ihn verwirrt an. »Wer?«

»Grüber, verdammt noch mal«, rief Kurnow ungeduldig.

»Ach so, Entschuldigung«, stotterte Bock. »Nein, natürlich nicht. Warum?«

»Weil er der einzige ist, der möglicherweise Grund hätte, sich zu beklagen, so wie der Bayer. Und er wußte höchstwahrscheinlich von meinem Geld. Außerdem stammte er aus München.«

»Er ist tot«, versicherte Bock.

»Und warum du«, murmelte Kurnow, »warum hat er sich ausgerechnet an dich gewandt?«

»Wenn ich das nur wüßte«, erwiderte Bock.

Kurnow stand auf und lief im Zimmer umher. Wie kam der Erpresser darauf, daß Bock über Geld verfügte? Er blickte sich in dem Penthouse um. Eine naheliegende Antwort lag in dem Luxus, in dem Bock lebte. Er machte kein Geheimnis aus seiner extravaganten Lebensweise und seinen Beziehungen zu Filmstars und sonstigen Berühmtheiten. Es war schließlich die beste Reklame für ihn. Aber das konnte nicht der einzige Grund sein. In den Papieren, die man aus dem Toplitzsee gefischt hatte, stand nichts von seinem Schweizer Konto, da war sich Kurnow sicher. Aber es gab andere Hinweise, fiel ihm ein. Wenn der Bayer ein verärgerter Nazi war, lag es nahe, daß er von Bocks Gesichtsoperationen direkt nach Kriegsende wußte. Und er konnte sich ausrechnen, daß Bock noch über Verbindungen zu diesen Leuten verfügte und damit indirekt Zugang zu einer Menge Geld hatte. Das war's. Der Anruf hatte nichts mit ihm persönlich zu tun gehabt; es war ein Versuch, an andere Nazis heranzukommen.

»Wäre es möglich, daß die Kiste Aufzeichnungen über dich enthält?«

Bock spielte mit seinem Glas, während er sich die Frage durch den Kopf gehen ließ. Der Heroinsüchtige hatte ihm alle persönlichen Unterlagen übergeben, das wußte er. Bock hatte sogar darauf bestanden, selbst den Aktenschrank durchzuwühlen.

»Ich glaube nicht«, sagte er. »Ich habe mich entsprechend abzusichern versucht.«

Kurnow seufzte irritiert.

»Hab ich das nicht auch?« Es war eine rhetorische Frage. »Was ist mit den Hauptakten in Berlin? Woher sollte denn der Bayer sonst die Einzelheiten wissen, die er in seinem Anruf erwähnt hat?«

Wieder zuckte der Chirurg hilflos mit den Schultern. Was für ein Idiot, dachte Kurnow ärgerlich.

»Irgendwelche Unterlagen *muß* es gegeben haben«, beharrte er. »Woher wußten denn die Leute, an wen sie sich wenden mußten, um sich ein neues Gesicht verpassen zu lassen?«

Bock dachte nach. Dann sagte er: »Reine Mundpropaganda. Nirgendwo ist etwas schriftlich festgehalten worden. Frieden hat mir das schon vor Jahren versichert. Er kam zu mir, weil er von meiner Arbeit in den Lagern wußte. Und er verwies dann Leute an mich, wenn sie sich hilfesuchend an ihn wandten.«

»Blödsinn«, widersprach Kurnow. »Irgendwo, vermutlich in Friedens Tresor, ist alles genau festgehalten, was du je für die Organisation getan hast, so wie es in irgendeiner Berliner Amtsstube Aufzeichnungen über deine Arbeit in den Lagern gegeben hat. In Friedens Fall wäre es als Druckmittel aufgehoben worden. Vergiß nicht, in dieser Beziehung war man unheimlich gründlich.«

Bock wand sich unbehaglich. Er brauchte wirklich dringend eine Spritze. Kurnow wandte den Blick ab. Im Moment hatte es keinen Sinn, Bocks Furcht weiter zu verstärken. Der Mann sollte beeinflußbar sein, nicht apathisch.

»Wir werden eine Vereinbarung treffen, wenn der Mann wieder anruft«, sagte Kurnow.

»*Falls* er wieder anruft«, warf Bock ein.

Kurnow ignorierte die Unterbrechung. »Er träumt vom Geschäft seines Lebens, und das weiß er genau...« Er wedelte mit den Kontoauszügen. »Wir brauchen uns lediglich seine Habgier zunutze zu machen.«

»Das verstehe ich nicht.«

Kurnow schloß ergeben die Augen. »Wenn es stimmt, was in den

Zeitungen steht«, erklärte er, »dann enthält die Kiste Details über fast alle gesuchten NS-Leute. Die Juden haben bereits gesagt, daß sie bereit sind, eine Million dafür zu zahlen...«

Er hielt inne. Bock sah ihn aufmerksam an, den Kopf zur Seite geneigt.

»Aber das ist für die komplette Kiste. Wir bieten ebenfalls eine Million. Und zwar nur für deine Akte und für meine Akte...«

Bock lächelte. Er erinnerte sich an die Erleichterung, die er heute morgen verspürt hatte. Kurnow hatte sich bereits alles genau ausgerechnet.

»Und alles andere kann er nach wie vor verkaufen. Wenn er zuerst mit uns verhandelt, kann er insgesamt leicht das Doppelte herausholen...«

Er zögerte, betrachtete erneut den Kontoauszug.

»Und wenn ihm eine Million für zwei mickrige Akten zuwenig ist, dann bieten wir ihm eben zwei Millionen...«

Er warf die Auszüge auf den Tisch.

»Von mir aus«, fügte er hinzu, »kann er sogar den ganzen Zaster haben.«

Er blickte Bock an. »Ich möchte mehrere Zahlungsanweisungen, beginnend mit einer Million...«

»Wie soll ich denn...«

»Du hast doch Vollmachtformulare«, unterbrach ihn Kurnow. Bock nickte bestätigend.

»Damit können wir Abhebungen machen«, sagte Kurnow. Er nickte zu Bocks Arbeitszimmer hin. »Heute abend. Ich brauche das heute abend noch.«

Der Chirurg eilte davon, und Kurnow trank einen Schluck aus seinem Glas. Es wäre peinlich, wenn man die Zahlungsanweisungen in seinem Besitz fand, dachte er. Andererseits war, in Anbetracht seines Rangs, eine körperliche Durchsuchung ziemlich unwahrscheinlich.

»Wir haben keine Garantie, daß er noch einmal anruft«, wiederholte Bock seine Zweifel, als er zurückkam und die Vollmachten brachte.

»Der ruft an«, versicherte Kurnow und steckte die Papiere ein. »Sieh es doch einmal von der psychologischen Seite. Von den Juden weiß er, daß er eine Million bekommen kann, vermutlich noch mehr. Trotzdem hat er dich angerufen. Durchaus möglich, daß er sich auch an andere Leute gewandt und versucht hat, an die NS-Leute heranzukommen. Was läßt sich daraus folgern?«

Bock blickte ihn verständnislos an.

»Erinnere dich an seinen Ausspruch... ›das Geld, das rechtmäßig ihm gehört‹ . . . und an seinen bayerischen Dialekt. Er ist ein Deutscher, höchstwahrscheinlich ein alter PG. Und obwohl er bereit ist, alle aufs Kreuz zu legen, widerstrebt es ihm doch, mit Juden zu verhandeln.«

»Das ist eine ziemlich wilde Hypothese«, sagte Bock.

»Nein, ist es nicht. Es ist eine wohldurchdachte Analyse der zur Verfügung stehenden Fakten.«

Bock machte noch immer ein zweifelndes Gesicht.

»Es gibt noch einen Hinweis«, betonte Kurnow. »Es wäre witzlos, dich nur ein einziges Mal anzurufen. Vermutlich traut er dir eine Menge Verbindungen zu alten NS-Leuten zu, wegen deiner Arbeit nach Kriegsende. Und er glaubt, du hättest Zugang zu großen Geldmitteln. Selbst wenn die Juden ihm ein Vermögen offerieren, würde er trotzdem noch einmal bei dir anklopfen, nur um zu sehen, ob du sie vielleicht überbietest. Unter Geldmangel hat die Partei noch nie gelitten.«

»Ich hoffe nur, du behältst recht«, meinte der Chirurg.

»Das hoffe ich auch«, murmelte Kurnow inbrünstig.

13

Weil die Konferenz am Samstag nicht tagte, waren den ganzen Vormittag über Touren organisiert worden. Kurnow ließ sich inmitten der Menge zu den Bussen treiben, vermied jedoch sorgfältig jeden direkten Kontakt mit seiner Umgebung. Sein Ruf in Rußland sicherte ihm eine Vorzugsbehandlung, und niemand machte Einwände, als er darauf bestand, im Heck des Busses für sich zu sitzen.

Der erste Stopp war Berlins berühmter Zoo, was Kurnow nur recht war. Allmählich blieb er immer weiter zurück hinter seiner Gruppe. Zweimal blieb man stehen und wartete auf ihn. Jedesmal heuchelte er Interesse an den Tieren und murmelte eine vage Entschuldigung, wie sie zu einem Mann paßte, der sich noch immer nicht wohl fühlte. Vom Hauptweg zweigten ständig schmalere Pfade ab. Er behielt sein gemächliches Tempo bei, schien sich für die am Weg liegenden Käfige zu interessieren und hatte seine achselzuckende Entschuldigung parat, aber niemand in der Gruppe vor ihm kümmerte sich um ihn. Unvermittelt bog er ab, huschte einen Seitenweg hinunter und lief zu dem Nebenausgang, der auf die Budapester Straße führte. Er mußte an sich halten, um nicht zu rennen, rechnete jeden Augenblick mit einem Anruf, der alles ruinieren würde. Nachdem er die befahrene Hauptstraße überquert hatte, bog er in die Wichmannstraße ein, wobei er dicht an den hohen Häusern ging und ihre Deckung suchte.

Er bog nach rechts in die Landgrafenstraße ab und sah auf die Uhr. Dreiviertel zehn. Nach Tempelhof waren es mindestens dreißig Minuten. Er brauchte fast zehn Minuten, bis er ein Taxi gefunden hatte und schwitzte vor Nervosität, als er sich in den Sitz sinken ließ und die Adresse in der Hermannstraße hervorstieß. Während sich der laute dieselgetriebene Mercedes durch den Verkehr quälte, zwang er sich zur Ruhe, suchte alte Wahrzeichen, brauchte die beruhigenden Zeugen der Erinnerung. Das war das größte Risiko, das er bisher eingegangen war, sagte er sich und kehrte wieder in die Gegenwart zurück. Im Zoo hatte er mehrfach verwirrtes Stirnrunzeln bei seinen russischen Kollegen gesehen, denen sein Verhalten unerklärlich erschien, auch unter Berücksichtigung seiner seltsamen Krankheit. Bis jetzt war ihm das Glück treu geblieben. Erstaunlicherweise. Aber das konnte nicht ewig vorhalten, sah er ein. Nun war er verschwunden, am hellen Tag. Was schon an Wahnsinn grenzte. Würde man seine Entschuldigung, daß er sich in dem Gewirr schmaler Pfade verlaufen hatte, so bereitwillig akzeptieren wie seine angebliche Krankheit? Kaum. Garantiert würde man einen Bericht nach Moskau schicken; sein Benehmen mußte nachgerade infantil erscheinen. Aber es mußte sein. Wieder kam ihm die Hilflosigkeit seiner Lage zu Bewußtsein, und er schnitt eine Grimasse, zuckte dann resigniert die Achseln. Er war wie ein junger Hund, der einem vom Wind hochgewirbelten Blatt nachjagte, sinnlos und ziellos, dachte er. Er zögerte, korrigierte dann das Bild. Eher wie das Blatt, sagte er sich, das herumgewirbelt wurde, je nachdem in welche Richtung die Leute bliesen.

Es war verrückt gewesen, dieses Risiko einzugehen, dachte er plötzlich voller Wut. Er wußte nicht, ob Gerda überhaupt noch lebte. Oder ob sie dreißig Jahre lang ihre Gewohnheiten beibehalten hatte. Er revidierte den Gedanken. Wenn sie noch lebte, würde sie diese Gewohnheit beibehalten haben. Die dumme und langweilige Gerda war stets eine Frau mit starren, gleichbleibenden Gewohnheiten gewesen. Nur bei Kleidern hatte es diesen ständigen Wechsel gegeben. Es war ein sonderbares psychologisches Paradoxon, das er sich bislang noch nicht bewußt gemacht hatte.

Er zahlte das Taxi, blickte sich nervös um und ging dann durch das Haupttor des St.-Thomas-Kirchhofs. Drinnen blieb er stehen und versuchte sich zu erinnern, wo Heinis Grab lag. Hatte er es jemals besucht? Mußte er wohl, zumindest bei der Beerdigung. Er konnte sich nicht erinnern. Methodisch begann er entlang den gewundenen Pfaden nach dem Grabstein zu suchen. Über ihm röhrten landende und startende Jets. Ob es die Piloten nervös machte, daß die Anflugschneise über einen Friedhof führte? Gelegentlich blickte er empor und beneidete die Passagiere um ihre Freiheit, überallhin fliegen zu können. Er würde gerne die drei Millionen Pfund für ein einziges derartiges Ticket opfern, dachte er.

Um ihn herum zogen sich in ordentlichen Reihen die Gräber hin, die Grabsteine überladen mit gemeißelten Ornamenten. Er konnte sich nicht entsinnen, einen Grabstein für seinen Sohn bestellt zu haben. Gerda würde das erledigt haben. Es hätte ihr Spaß gemacht, die verschiedenen Modelle zu begutachten und sich von teilnahmsvollen Angestellten, die sich seiner hohen Stellung bewußt waren, von hinten und vorne bedienen zu lassen. Bestimmt hatte sie sich zahlreiche schwarze Kleider und Kostüme bestellt.

Er wäre fast an dem vernachlässigten und schiefstehenden Grabstein vorbeigelaufen, bevor er feststellte, daß es der gesuchte war. Unkraut wucherte über dem Grabhügel, und Laub von einem nahen Baum war an der einen Seite aufgetürmt.

»Heini Köllman«, las er, »Geboren im Juli 1926, gestorben im Mai 1943.«

Wie wenig doch vom Leben eines Menschen übrigblieb, dachte er bedrückt. Eine Statistik, sonst nichts. Unter dem Vorwand, ein anderes Grab zu betrachten, hatte er den Schritt verlangsamt und versuchte sich nun das Gesicht seines Sohnes ins Gedächtnis zurückzurufen. Er konnte sich nicht mehr genau an ihn erinnern, stellte er fest. Ein schmaler Junge mit wachen Augen, der die nationalsozialistischen Parolen im Mund herumrollte wie ein Schuljunge seinen Bonbon. Heini hatte blonde Haare gehabt, meinte er sich zu erinnern. Oder dunkle? Er war sich nicht sicher. Es kam ihm vor, als wollte er im dichten Nebel einen flüchtigen Bekannten identifizieren. Abrupt ließ er Vergangenheit Vergangenheit sein und entsann sich wieder, wo er war.

Und dann sah er sie. Sie kauerte vor einem anderen Grabhügel, zwei Gräber weiter, tarnte ebenfalls das Ziel ihrer Wallfahrt. Jeden Samstag, seit über dreißig Jahren, dachte er fassungslos. Wie viele Leute mußten im Lauf der Jahre die Wahrheit geahnt haben? Während er sie beobachtete, hob sie den Blick, schaute zu Heinis Grab hinüber und lächelte. Sie war eine alte, grauhaarige Frau, sah er, mit Krampfadern an den Beinen und dicken, gestopften Strümpfen, die um ihre Knöchel Falten schlugen, als sie vor dem Nachbargrab niederkauerte. Ihr schütteres Haar hatte sich gelöst und fiel ihr ins Gesicht. Er war schockiert über ihre schäbige Erscheinung. Gerda, die sich mindestens dreimal am Tag umgezogen hatte, als seine Zugehörigkeit zum inneren Kreis der Partei für unbegrenzte Geldmittel gesorgt hatte, trug ein Kostüm, das vor Alter schon speckig war, und die Absätze ihrer Schuhe waren schiefgetreten. Eine Schlampe, dachte er. Eine verblichene, alternde Schlampe. Wie häßlich sie doch war. Sich vorzustellen, daß er diese Frau, die unbeholfen fünfzehn Meter von ihm aufstand, einmal geheiratet hatte! Und das Bett mit ihr geteilt hatte. Und sie tatsächlich berührte. Und Verkehr mit ihr hatte, wenn auch mehr aus Pflichtgefühl denn aus Neigung.

Er schüttelte sich, als hätte er einen Leprakranken berührt. Gräßlich, dachte er.

Sie machte sich auf den Weg, und er wandte sich ab, aber als sie an ihm vorbeikam, berührten sich ihre Arme. Sie murmelte eine Entschuldigung und eilte weiter. Er ließ ihr fünfundzwanzig Meter Vorsprung, bevor er ihr folgte. Sie bewegte sich steif und mit abgehackten Schritten, als leide sie unter Rheumatismus. Das Hüftgelenk, oder vielleicht auch der Rücken, diagnostizierte er. Damals hatte sie versucht, wie ein Mannequin zu gehen. Und das war ihr auch gelungen, erinnerte er sich. Ja, einst hatte sie eine durchaus graziöse Haltung gehabt.

Er hatte Bedenken, daß sie den Mann, der drei Gräber weiter gestanden hatte, in der Warteschlange an der Bushaltestelle wiedererkennen könnte, aber sie schien ihre Umgebung gar nicht wahrzunehmen, schaute nur andauernd auf die Uhr, als fürchte sie, zu spät zu einer Verabredung zu kommen. Er saß sechs Reihen hinter ihr, den Blick auf ihren Hinterkopf geheftet, als der Bus Richtung Stadtzentrum fuhr. An der Haltestelle Westfälische Straße stand sie auf, und er schaute hastig weg, hatte unsinnigerweise Angst, daß sie ihn identifizierte. Hastig, bevor der Bus wieder anfuhr, folgte er ihr. Sie lief ein Stück vor ihm, inmitten eines Schwarms Einkaufslustiger, aber er hatte keine großen Schwierigkeiten, sie im Auge zu behalten. Offenbar war sie in Eile, vermerkte er. Mehrmals sah sie auf die Uhr, eilte die Paulsborner hinunter, die Brandenburgische, und bog dann in die Duisburger Straße ein. Er hatte den Abstand verringert, aus Angst, sie aus den Augen zu verlieren, und war nur wenige Schritte hinter ihr, als sie in ein Haus trat, das unten Läden und oben Wohnungen hatte. Er war genau an der Haustür, als die Hausmeisterin aufblickte und sie grüßte.

»Guten Morgen, Frau Pöhl.«

Lächelnd ging er weiter. Das Glück war ihm treu geblieben, sagte er sich, auf der Suche nach guten Omen.

Frau Pöhl? Wo mochte sie den Namen herhaben? Hatte es nicht einen Verwandten namens Pöhl gegeben? Er konnte sich nicht mehr genau erinnern.

Suchend blickte er sich um, hielt nach einem Taxi Ausschau. Wie würden sie seine Story aufnehmen, fragte er sich erneut, als das Taxi losfuhr, daß er sich angeblich im Zoo verlaufen hatte?

Acht Kilometer entfernt legte Suwloff den Hörer auf und dachte über das Resultat der heutigen Observierung nach. Bedrückt schüttelte er den Kopf. Kurnow muß wahnsinnig in der Klemme stecken, dachte er, so wie er sich benimmt. Wer mochte die alte Frau sein, der er so plump gefolgt war?

In der Wohnung in der Seelingstraße gaben die beiden israelischen Agenten einen detaillierten Observierungsbericht über den Mann ab, den Mosbacher aus ihrer Fotokartei als denjenigen identifiziert hatte, der am Vorabend in Bocks Wohnung gewesen war. Perez befühlte die dicke Akte, die im Laufe von dreißig Jahren über die Frau von Heinrich Köllman zusammengetragen worden war.

»Frau Pöhl?« murmelte er. »Wir wollten eine Bestätigung haben. Ich hätte nie geglaubt, daß er es uns so leicht machen würde.«

»Er ist außer sich vor Angst«, sagte Mosbacher und kam, ohne es zu wissen, zu dem gleichen Schluß wie der russische Geheimpolizist.

»Noch nicht genügend«, widersprach Perez. »Er muß vor Angst den Verstand verlieren.«

Herausfordernd sah er Mosbacher an.

»Wenn es klappt«, sagte Mosbacher, »wirst du dich eines Tages dafür hassen.«

»Blödsinn!« widersprach Perez.

Ihre Freundschaft war nicht mehr zu retten, dachte Mosbacher traurig. Ganz egal, wie diese Sache ausging, zwischen ihnen würde es nie mehr wie früher sein.

14

Es gab an diesem Tag zahlreiche Anrufe in Berlin, die alle miteinander zu tun hatten.

Der erste, mit sorgfältig einstudiertem Inhalt, ging an den nervösen Bock. Er fürchtete sich natürlich vor dem Anruf, starrte das schrillende Telefon an wie eine Maus, die von dem Blick der Schlange hypnotisiert ist, obwohl sie genau weiß, daß der Biß sie töten wird. Und mit der gleichen Unausweichlichkeit bot er der Gefahr die Stirn, statt vor ihr wegzulaufen, und griff nach dem Hörer.

Sobald er den Dialekt hörte, fraß sich die Angst durch seinen Librium-Schutzwall, und mit trockenem Mund murmelte er militärisch knappe Antworten auf die Instruktionen, wand sich unter dem barschen Ton des Anrufers. Der Mann war ein waschechter PG, sagte er sich. Der Tonfall, die befehlsgewohnte Stimme, so wohlbekannt von Buchenwald.

Wie einen Wasserfall ließ er bei dem darauf folgenden Telefongespräch seine aufgestaute Angst an Kurnow aus, der eine halbe Stunde zuvor ins Hotel zurückgekommen war und feststellen mußte, daß seine Erklärung, sich verlaufen zu haben, ohne weiteres von den anderen Russen akzeptiert wurde.

Kurnow schloß seufzend die Augen bei dem fast hysterischen Geschwätz. Bock wurde allmählich zu einer Last, fand er. Und zu einer Gefahr. Er konnte, wenn er aus Berlin abfuhr, den Mann nicht am Leben lassen. Noch einmal überlegte er sich diesen Entschluß. Er hatte unzählige Male getötet. Aber es war immer rein mechanisch gewesen, ohne jede innere Beteiligung, wie ein Wissenschaftler Versuchstiere tötet, an denen er seine Experimente durchgeführt, Auswertungen gemacht und für die er keine weitere Verwendung hat. Bei Bock wäre es das erstemal, daß er jemand tötete, den er persönlich kannte, wenn auch nur flüchtig. Würde das einen Unterschied machen? Er lächelte in das Geplapper, das aus dem Hörer drang, peinlich berührt von dem Vorbehalt. Ein lachhafter Gedanke, sagte er sich. Natürlich würde es keinen Unterschied machen, nicht den geringsten Unterschied.

Der Bayer war kurzangebunden gewesen, berichtete Bock. Der Chirurg sprach schubweise, so wie ihm die Erinnerungen kamen, eifrig wie ein Schüler, der möglichst wörtlich die Lektion eines Lehrers aufsagt, bei dem er einen guten Eindruck machen will. Der Bayer schien noch selbstbewußter als beim erstenmal, lachte laut heraus, fast als hätte er Bocks Vorschlag erwartet, nur die beiden Akten zu kaufen und den Rest zu versteigern.

»Hat er zugestimmt?« rief Kurnow.

Einige Sekunden kam keine Antwort, als sei sich Bock nicht sicher.

»War er einverstanden?« brüllte Kurnow.

»Ja«, erwiderte Bock schließlich. Dann fügte er hinzu: »Er hat noch gesagt: ›Was bleibt euch denn anderes übrig?‹«

Kurnow ließ sich die Antwort durch den Kopf gehen, und das

vertraute Gefühl der Hilflosigkeit stieg wieder in ihm auf. Ein Blatt im Wind. Der Bayer war sich über den Wert des Materials im klaren, und er wußte genau, daß sie alles tun würden, um es zurückzubekommen.

»Hat er tatsächlich ›euch‹ gesagt?« fragte Kurnow.

»Ja«, bestätigte Bock. »Sobald ich ihm die gewünschten Akten nannte, hat er zu lachen angefangen.«

»Was hat er gesagt?«

»Er sagte: ›Also ist Heinrich angerannt gekommen«, erwiderte Bock.

Kurnow starrte auf die Telefonnummer, die der Bayer genannt und die er, nach Bocks Diktat, auf dem Notizblock neben dem Bett niedergeschrieben hatte. Er sah auf die Uhr. Noch drei Minuten, dann mußte er anrufen.

»Und er hat meinen Namen erwähnt?«

Wieder zögerte Bock mit der Antwort. Dann sagte er: »Natürlich. Nachdem ich die Akten erwähnt hatte, war es ziemlich naheliegend, nicht?«

Kurnow sank in sich zusammen, niedergedrückt von Erschöpfung und der Unfähigkeit, die Verhandlungen so zu führen, wie er es sich vorgestellt hatte. Wenn er diesem Schwätzer am anderen Ende der Leitung nur trauen könnte. Aber das konnte er nicht, ganz bestimmt nicht mit Dingen, von denen sein Leben abhing. Bock war also nutzlos. Das heißt, sein Nutzen hatte sich erschöpft, er hatte seine Schuldigkeit getan. In ein paar Minuten würde er, Kurnow, persönlich die Verhandlungen mit dem Bayern beginnen. Gut versteckt in seiner Aktentasche lagen die von Bock bereits unterschriebenen Auszahlungsvollmachten. Wann also sollte der Mann sterben? Heute nacht? Kurnow schüttelte den Kopf. Es wäre Blödsinn, seinen einzigen Kontakt in Berlin zu beseitigen, bevor er die Akten tatsächlich in der Hand hatte. Aber danach mußte er sich sofort mit ihm befassen. Bocks Nervenschwäche war viel zu gefährlich, als daß er sich ihr auch eine Minute länger als absolut notwendig aussetzen durfte.

Es war fast Zeit für den Anruf.

»Bleib heute abend in der Wohnung«, befahl Kurnow. »Ich muß die Sache so schnell wie möglich über die Bühne bringen. Möglicherweise brauche ich Hilfe.«

»Selbstverständlich«, sagte Bock bereitwillig. Es wäre wundervoll, dachte er, wenn dies baldigst abgeschlossen würde, damit er wieder sein normales Leben aufnehmen konnte. Er legte den Hörer auf und ging ins Bad. Nur eine befristete Krücke, redete er sich ein. Sobald alles vorbei war, würde er wieder aufhören. Das war nicht schwierig.

Zuvor hatte er es auch geschafft, verdammt noch mal. Seine Hände zitterten, als er die Injektion vorbereitete.

Am anderen Ende der Stadt nahm Kurnow die Armbanduhr ab und legte sie auf den Nachttisch, damit er den Sekundenzeiger beobachten konnte. Er hatte teuflische Angst, gestand er sich ein. Weil es viel leichter als erwartet gewesen war, sich frei in Berlin zu bewegen, hatte er Selbstsicherheit gewonnen. Aber es war, wie er wußte, eine trügerische Sicherheit, die nur allzu leicht zerbrechen konnte.

Der Sekundenzeiger tickte an der Sechs vorbei und raste über das Zifferblatt, während sich der Stundenzeiger unmerklich auf die Eins zubewegte. Irgendwo schlug bestätigend eine Kirchturmuhr.

Sein Atem kam stoßweise, und mit aller Kraft riß er sich zusammen. Er erkannte die Symptome, dieses Aufgeben jeglicher Hoffnung, wie er es sooft bei seinen Versuchen gesehen hatte. Noch nicht, entschied er. Er würde noch lange nicht kapitulieren. Er würde siegen. Er wußte, daß er siegen würde. Schließlich hatte er immer die Oberhand behalten. Es gab keinen Grund, warum es diesmal anders sein sollte. Beunruhigt verzog er das Gesicht, als er begriff, wie dürftig diese Argumentation war.

Der Russe schluckte, nahm dann den Hörer ab und wählte, wobei er das Instrument von sich weghielt, als hätte er Angst, einen elektrischen Schlag zu bekommen. Beim zweiten Klingelzeichen wurde abgenommen, und eine beinahe vergnügte Stimme ertönte. Der bayerische Dialekt war unüberhörbar, dachte Kurnow.

»Guten Tag, Herr Doktor Köllman«, begrüßte ihn der Mann.

Kurnow sog scharf die Luft ein. Sofort bedauerte er diese Reaktion, weil ihm klar war, daß der andere sie mitbekommen hatte.

»Na, na, Herr Doktor. Oder soll ich Sie lieber Heinrich nennen? Ja, ich sage Heinrich zu Ihnen. Also, Heinrich, spielen wir kein Theater ...«

»Woher wußten Sie ...«

»... Daß der berüchtigte Dr. Köllman am Telefon sein würde? Ist doch ganz logisch. Vergiß nicht, was ich aus dem See gefischt habe. Ich wußte schon immer über dich Bescheid. Nun habe ich die Beweise dafür. Ich habe dein Geheimnis hier, von dem du hofftest, daß es nie ans Licht kommen würde. Deshalb wußte ich, daß du, wenn du noch am Leben warst, versuchen würdest, es dir wieder zu holen, wo auch immer du dich versteckt hattest ... Außerdem hat Bock die Akten genannt, die er kaufen wollte. Als wußte ich, daß du im Land warst. Eine simple Schlußfolgerung.«

Wo auch immer du dich versteckt hattest, überlegte Kurnow.

Hieß das, daß der Mann seine neue Identität nicht kannte? Eine schwache Hoffnung. Aber nichtsdestoweniger eine Hoffnung. Bock hatte recht; es war zweifellos ein bayerischer Zungenschlag. Kurnow räusperte sich mit trockener Kehle und ärgerte sich, daß er nicht dran gedacht hatte, ein Glas Wasser auf dem Nachttisch bereitzustellen.

»Wer sind Sie?« fragte er scharf.

Es war ein höhnisches Lachen. »Es wird dich überraschen, Heinrich. Sehr überraschen. Ich kann es gar nicht erwarten, dein Gesicht zu sehen ...«

»Sie meinen ... ich kenne Sie ...?«

Wieder das Lachen. »O ja, Heinrich. Du kennst mich. Deswegen macht mir diese Sache ja soviel Spaß.«

Kurnow kniff die Augen zusammen und zwang sich zum Nachdenken. Wer? Es *mußte* doch möglich sein, das zu erraten. Aber da gab es niemanden. Nur Grüber. Aber Grüber war tot. Und doch war es offensichtlich jemand, der ihn kannte. Sogar gut kannte. Aber es gab niemanden, zu dem er solch eine enge Beziehung gehabt hätte.

»Bock ist ein nervliches Wrack, stimmt's?« sagte der andere und sprach damit Kurnows Gedanken aus. Diesmal vermied der Russe eine überraschte Reaktion. Aber nur um Haaresbreite.

»Er ist eine Gefahr für dich, Heinrich«, fuhr der Bayer fort. »Du mußt ihn loswerden, in deinem eigenen Interesse. Du hast dich schon entschlossen, ihn umzubringen, stimmt's?«

Kurnows Lippen bewegten sich, formten die Worte, aber kein Laut war zu hören. Er erkannte die Methode, hatte sie selbst angewendet, um Menschen zu zerbrechen. Das Prinzip dabei war, die Gedanken des Opfers vorauszuahnen, um es zu desorientieren und zu verwirren und ihm das Gefühl zu geben, daß der Vernehmer seine Gedanken lesen konnte. Allerdings mußte man vorher das Opfer genau studiert haben, um diese Psychologie erfolgreich anwenden zu können.

»Na, na, Heinrich«, fuhr der Bayer mit vergnügter Stimme fort, »bei mir brauchst du nicht schüchtern sein. Ich kenne dich doch. Also weiß ich ziemlich genau, welche Gedanken dir in den vergangenen vierundzwanzig Stunden durch den Kopf gegangen sind. Bock war wichtig als Kontaktperson. Aber das ist vorbei. Wie hast du immer gesagt, Heinrich? ›Am Leben bleiben – was auch immer passiert, du mußt am Leben bleiben.‹ Das war dein Credo, nicht wahr? Und Bock gefährdet dieses Ziel.«

Wer, überlegte Kurnow krampfhaft. Wer wußte so viel von ihm, daß er sich an Bemerkungen erinnerte, die er vor über dreißig Jahren gemacht hatte? In jedem Satz war ein Hinweis enthalten, und trotzdem konnte er den Mann nicht identifizieren. Er starrte seine Hand an, die bebend auf dem Tisch lag. Seine Nerven gingen zum Teufel. Er mußte die Sache rasch zum Abschluß bringen, sonst wäre er bald ein zitterndes Wrack. Wie Bock.

»Sie müssen mir sagen...«, begann er, doch der Deutsche schnitt ihm sofort das Wort ab. Auch ein psychologischer Trick, erkannte Kurnow. Behandle einen unsicheren Mann barsch und herrisch, damit er nicht wieder Tritt faßt.

»Ich *muß* überhaupt nichts«, fuhr ihn die Stimme an. »Nichts. So wie auch du nichts für mich getan hast.«

Noch ein Hinweis. Kurnow klammerte sich verzweifelt an den Gedanken. Es war jemand, den er irgendwann einmal gekränkt hatte.

»Hören Sie«, sagte Kurnow drängend und gestikulierte mit seiner freien Hand, »ich weiß nicht, wer Sie sind. Aber ganz offensichtlich sind Sie jemand von der Partei... jemand, dem ich, ohne es zu wollen, Unrecht getan habe. Wie, weiß ich beim besten Willen nicht... es sei denn, Sie würden mir's sagen. Oder warum. Aber es tut mir ehrlich leid. Ich bin bereit, mich dafür zu entschuldigen. Und zu zahlen... großzügig zu zahlen für das Zeug aus diesem verdammten See. Dieses Katz-und-Maus-Spiel ist doch völlig überflüssig...«

Er brach unvermittelt ab. Es funktioniert, dachte er besorgt, während er sich das, was er gerade gesagt hatte, noch einmal nüchtern überlegte. Er kapitulierte, machte gedankenlos Konzessionen... genau wie seine eigenen Opfer es immer wieder getan hatten, wenn er die gleiche Taktik anwandte.

»Kein schönes Gefühl, Heinrich, stimmt's?« stichelte die Stimme, und Kurnow schlug die Hand vor den Mund, um den Laut der Überraschung und Erbitterung zu unterdrücken. Schon wieder hatte er es getan! Immer war ihm der andere einen Schritt voraus, erriet seine Gedanken. Als hätten sie damals zusammengearbeitet. Ein weiterer Fingerzeig?

»Es dürfte das erstemal in deinem Leben sein, daß dir die Kontrolle entglitten ist und du ein Bittsteller bist..., daß du einen anderen um etwas bitten mußt«, fuhr sein Peiniger fort.

Der Satz endete mit einem höhnischen, mitleidlosen Lachen.

»Denke nach, Heinrich. Wie oft hast du solche flehentlichen Bitten von Menschen gehört, die genau wußten, daß du an ihnen experimentieren und sie zu Tode quälen würdest? Es ist kein schönes Gefühl, sich plötzlich in dieser Lage zu befinden, nicht wahr, Heinrich?«

Kurnow atmete tief durch und mühte sich um Beherrschung. Dieser

Dreckhund, ihn so zu erniedrigen! Wie herrlich wäre es, dachte er, den Kerl leiden zu sehen.

»Was wollen Sie?« fragte er. Verzweiflung klang in seiner Stimme an, und erschreckt preßte er die Lippen zusammen. Er durfte keine Schwäche zeigen. Es gehörte mit zu dem psychologischen Spielchen, daß sich das Opfer seines allmählichen Zusammenbruchs bewußt war. Er seufzte. Es war sinnlos, dachte er. Der Mann schien seine Schwächen zu kennen, bevor er selbst sie enthüllte. Ärgerlich richtete sich Kurnow auf. Das war genau die Geisteshaltung, die der andere erzeugen wollte.

»Was ich will? Oh, viele Dinge, Heinrich, viele Dinge. Geld natürlich. Eine Menge Geld. Und das werde ich bekommen. Von dir und Bock. Und auch von den Jidden. Die Hunde sollen ruhig büßen... es sind geborene Büßer. Und sie haben Talent dazu. Das hast du vor Jahren nachgewiesen.«

Kurnow klammerte sich an das Wort »Jidden«. Ein PG. Er mußte ein überzeugter NS-Mann sein, den er früher einmal gut gekannt hatte. Aber er hatte mit niemandem ein engeres Verhältnis gehabt. Mit Absicht. Seine Überlebensstrategie hatte sich auf Zurückhaltung und Unnahbarkeit gegründet.

»Außerdem will ich Genugtuung«, fuhr der Mann fort. »Vor allem Genugtuung. Du wirst vor mir auf den Knien liegen, Heinrich. Du wirst mir wieder und wieder versichern, wie sehr es dich reut, was du getan hast...«

»Was hab ich denn getan, verdammt noch mal?« rief Kurnow unbeherrscht. Der Mann hatte recht. Es *war* das erstemal, daß er bitten mußte. Und es war tatsächlich kein schönes Gefühl. Ein lausiges Gefühl war es.

Das Lachen fachte Kurnows Wut noch an.

»Bleib auf dem Teppich, Heinrich. Es bringt doch nichts, die Beherrschung zu verlieren. Ich habe alle Trümpfe in der Hand... vergiß das nicht.«

Ein fürchterlicher Gedanke kam ihm. War das eine Falle, ein raffiniertes NS-Komplott, um ihn nach all den Jahren zu bestrafen? Nein, sagte er sich. Das war kein Komplott gegen ihn. So verhielten sich die Nazis nicht. Sie würden ihn einkassieren und ihn foltern für das, was er getan hatte. Aber solche psychologischen Tricks lagen ihnen nicht. Sie waren schon immer direkt und brutal gewesen. Und wenn sie die Papiere hatten, würden sie das nicht in Berlin herumposaunen.

»Ich muß sicher sein...«, setzte er an, doch erneut unterbrach ihn der Bayer. Es war eine bewährte Methode, den Gesprächspartner zu verunsichern. Kurnow kannte sich da bestens aus.

»Wessen mußt du dir sicher sein, Heinrich? Daß dies nicht irgendein raffinierter Nazi-Trick ist, um dich nach all den Jahren doch noch einzufangen . . .?«

O Gott, dachte Kurnow. Jedesmal ist er mir einen Schritt voraus. Er murmelte unverständliche Worte, brachte keinen vernünftigen Satz zustande.

»Muß mir sicher sein . . .«, würgte er hervor.

»Ich wüßte nicht, wie du das schaffen willst«, sagte der andere wegwerfend. »Die Nazis interessieren mich einen Dreck . . . sie sind wie die Kinder mit ihren alten Spielen . . . Sandkastenspiele von früher, die sich längst ausgewachsen haben sollten. Aber beweisen kann ich dir das nicht. Und will es auch gar nicht. Es ist einzig und allein dein Problem. Ich habe die Dossiers. Wenn du dir nicht sicher bist, dann kaufe eben nicht. Überlasse sie den Juden.«

»Das kann ich nicht«, platzte Kurnow heraus.

»Weiß ich, weiß ich«, unterstrich der andere. Er kicherte. »Du stellst dir nicht vor, was für eine Befriedigung mir diese Macht gibt, Heinrich. Ich weiß, es ist nicht mit deiner Macht zu vergleichen, vor dir hat das ganze Lager, Männer, Frauen und Kinder, gezittert und gekuscht. Aber es ist nicht zu verachten. Diese Macht hat dich gezwungen, aus deinem Versteck zu kommen. Sie hat Bock zu einem nervlichen Wrack gemacht. Die Jidden rennen wie aufgescheuchte Hühner herum. Und ich nehme an, die O.D.E.S.S.A. setzt alle Hebel in Bewegung, diese Papiere, die sie für tödlich hält, wiederzubeschaffen.«

Ich brauche dringend einen Schluck Wasser, dachte Kurnow. Er fühlte sich wie ein Mann, der sich in der Wüste verirrt hat.

»Was soll ich tun?« fragte er heiser. Seine Niederlage war offenkundig.

»O Heinrich«, spottete der Bayer. »Ich hätte eigentlich mehr von dir erwartet. Schließlich müßtest du am besten wissen, wie man psychologischem Druck widersteht. Aber nun hast du aufgegeben. Wie enttäuschend!«

»Was soll ich tun?« wiederholte der Russe dumpf.

Er würde den Mann noch besiegen, beschloß er plötzlich. Er würde sich brav an der Leine führen lassen, wie ein Bulle mit einem Ring durch die Nase, aber am Ende würde er der Sieger sein. Er biß sich auf die Handknöchel, die er in den Mund geschoben hatte, und bekräftigte den Schwur mit Schmerz. Gott, wie er es dem Dreckschwein heimzahlen würde!

»Ein Treffen, würde ich meinen«, sagte der Bayer. »Ein Treffen, damit ich das Vergnügen habe, dich vor mir auf den Knien zu sehen.«

Kurnows Wut verflüchtigte sich wie Dunst in der Sommersonne.

»Ein Treffen? Gewiß«, erwiderte er und ignorierte das Lachen, mit dem der Bayer seinen Eifer quittierte.

»Irgendwo im Freien, würde ich sagen, meinst du nicht auch, Heinrich? Im Grunewald zum Beispiel.«

Kurnow verzog das Gesicht. Das war am anderen Ende der Stadt.

»Hast du einen Bleistift, Heinrich? Schreib dir's lieber auf. Wir wollen uns doch nicht verpassen, nicht wahr?«

»Ich bin bereit«, murmelte Kurnow.

»Fein. Du nimmst die Stadtautobahn bis zur Ausfahrt Teltower Weg. Den fährst du bis zur Verbindungschaussee. Die erste Abzweigung führt zum Sportplatz. An dieser Kreuzung wartest du, Heinrich. Du wartest einfach, und ich komme, wenn ich bereit bin...«

»Moment? So hören Sie doch!« unterbrach ihn Kurnow verzweifelt. »Das ist schwierig für mich... ich kann nicht ewig warten...«

»Kannst du, Heinrich, kannst du«, höhnte der Mann. »Du wartest so lange, wie es mir beliebt. Du bist nämlich völlig von mir abhängig, Heinrich...«

»Bitte...«, versuchte es Kurnow noch einmal, schwieg dann aber, als am anderen Ende aufgelegt wurde.

Kurnow saß reglos auf der Bettkante. Er zitterte am ganzen Leib. Rasch ging er ins Bad, trank gierig, tauchte schließlich das Gesicht ins Wasser. Er starrte in den Spiegel. In nur einer Woche war er ein alter Mann geworden, stellte er fest. Der Streß und die Angst waren auf seinem Gesicht eingekerbt, als hätte sie Bock damals mit seinem Skalpell eingeritzt. Lautlos begann er zu weinen, sah, wie ihm die Tränen das Gesicht herunterrannen. Lieber Gott, flehte er, hilf mir. Hilf mir bitte.

Der zweite Anruf des Bayern war viel kürzer und mehr geschäftsmäßig. Derselbe Israeli nahm ihn entgegen, notierte prompt und ohne Widerrede die Instruktionen und rannte aus der Botschaft. Der angegebene Treff war eine Telefonzelle im Hüfnerweg, in der Nähe des Parks. Wie der Bayer versprochen hatte, war die Zelle eindeutig zu identifizieren durch die Nummer.

Das wasserfleckige Deckblatt einer Akte über Richard Glücks war im Telefonbuch an die Seite geheftet, wo die israelische Botschaft verzeichnet war. Als der Israeli hastig die Seite herausriß, blieb ein schmaler Fetzen des Deckblatts im Telefonbuch kleben. Er stellte fest, daß außer einem Hinweis auf den Namen »Glücks« nichts Wichtiges auf dem Abriß stand, und verließ dann die Telefonzelle. Draußen blieb er einen Moment stehen und überzeugte sich, daß ihn niemand beobachtet hatte.

Obwohl Muntz argumentierte, daß sie vermutlich zu spät kämen, bestand Frieden darauf, zu der Telefonzelle zu fahren, als sie vier Stunden später die Bandaufzeichnung des abgehörten Gesprächs erhielten.

Der beleibte Nazi kam aus der Telefonzelle gestampft und hieb voller Wut mit der Faust gegen die Autotür.

»Es ist passiert«, sagte er. »Wie der Anrufer versprochen hat, lag etwas in der Telefonzelle als Beweis für den authentischen Inhalt der Kiste.«

Er zeigte Muntz das Telefonbuch, aus dem die Seite mit der israelischen Botschaft herausgerissen war. Der Streifen wasserfleckigen Papiers, das der israelische Sicherheitsmann in der Eile zerrissen hatte, klebte noch darin.

»Er hat genau gesagt, auf welcher Seite das Dokument zu finden war«, erinnerte Frieden.

Muntz sah ihn gequält an. Wie sinnlos das alles schien, dachte er. Frieden erwiderte den Blick.

»Das nächste Mal dürfen wir sie nicht verpassen«, sagte er entschieden. »Sag deinem Telefonmenschen, daß er uns sofort verständigen muß, wenn ein weiterer Treff ausgemacht wird, damit wir zur gleichen Zeit wie die Juden dort sein können. Es ist mir egal, ob der Mann deswegen seinen Job verliert. Die Organisation wird ihm lebenslang eine Rente zahlen, nur für diese eine Information.«

»Woher wissen wir denn, daß es noch nicht zu spät ist?« warf Muntz ein. »Vielleicht haben die Juden schon alles gekauft.«

Frieden schüttelte ärgerlich den Kopf. Bei dem hat die Krankheit inzwischen den Verstand angegriffen, dachte er.

»Wir wissen es von der Bandaufzeichnung«, erklärte er. »Die Juden hatten doch keine Ahnung, daß wir den Anruf mitschneiden würden. Was hätte es also für einen Sinn gehabt, diese Sache heute abend zu inszenieren und uns etwas vorzuspielen? Keinen. Die endgültige Übergabe wird in einem Haus oder in einer Wohnung stattfinden. Liegt auf der Hand. Die werden doch kaum mitten in einem öffentlichen Park eine Munitionskiste gegen eine Million Pfund eintauschen, richtig?«

Muntz nickte widerstrebend.

»Ich habe Angst, Max«, sagte der Rechtsanwalt unvermittelt. »Ich habe das unbestimmte Gefühl, daß wir doch noch geschlagen werden.«

Der Millionär starrte den anderen zornig an wegen dessen schmählichen Defätismus. Allerdings war es schwierig, dagegen zu argumentieren. Denn Frieden verspürte die gleichen Zweifel.

Vier Stunden darauf wurden sie noch verstärkt, als Jerusalem bekanntgab, daß es einen weiteren Kontakt mit dem Mann gegeben hätte, der behauptete, die Toplitzseekiste im Besitz zu haben.

»Wir sind zuversichtlich, in den nächsten Tagen einen großen Schritt weiterzukommen in dieser Angelegenheit«, beteuerte Moshe Dayan. »Wir haben bereits Informationen über Richard Glücks.«

Das Politbüro hörte sich geduldig Mawetskijs Bericht an. Gegen Ende begann Schepalin zu nicken, aber der Minister war sich nicht sicher, was diese Geste bedeuten sollte. Er hielt inne, blickte noch einmal auf das letzte Blatt von Suwloffs Report und fuhr mit dem Satz fort.

»... Und bei diesem seltsamen Benehmen, das in krassem Widerspruch steht zu der selbstverständlichen Zurückhaltung, die jeder normale Sowjetbürger bei einem Auslandsaufenthalt an den Tag legen würde, drängt sich zwangsläufig der Schluß auf, daß Kurnow immer mehr den Kopf verliert«, las er vor. »Auf den Gedanken, daß er möglicherweise unter Beobachtung steht, scheint er überhaupt nicht gekommen zu sein.«

Der Minister blickte auf.

»Ich meine, wir sollten die Gefahren dieser Entwicklung nicht unterschätzen«, gab er der versammelten Regierungsmannschaft zu bedenken. »Mir macht es Sorgen, daß wir dem Mann weiterhin so großen Bewegungsspielraum lassen, angesichts des berichteten rapiden Verfalls ...«

Schepalin quittierte die Bedenken mit einem Lächeln.

»... Aber wir haben Ihre Zusicherung, daß er ausreichend bewacht wird«, warf er ein. »Und vergessen Sie nicht, Berlin ist eine eingeschlossene Stadt. Wohin sollte Kurnow gehen?«

Mawetskij ließ sich auf keine weiteren Diskussionen ein. Der Protest war registriert worden, das reichte ihm für den Moment. Allerdings müßte er unbedingt mehr Personal aus Ostberlin herüberholen.

In Westberlin kehrte Kurnow in diesem Moment in sein Hotel zurück, nachdem er vier Stunden, wie befohlen, an der Kreuzung im Grunewald gewartet hatte. Er stolperte mit gesenktem Kopf in sein Zimmer und versuchte verzweifelt, seine wirren Gedanken zu ordnen.

Ihm war klar, daß der Mann mit ihm spielte, wie ein Angler, der einen Fisch am Haken hat und ihn ermüden will, weil er ihn nicht sofort an Land ziehen kann. Schließlich richtete er sich auf und suchte, tiefatmend, Mut zu fassen. Er würde alle Forderungen ablehnen, wenn der Mann wieder anrief, schwor er sich. *Er* würde sich nicht zu einer willenlosen Marionette machen lassen, die auf Kommando zappelte und tanzte. Sorgenvoll überdachte er sein Verhalten während der vergangenen Stunden. Der eigene Wille *wurde* ihm nach und nach genommen, dämmerte ihm. Er benahm sich wie einer der Pawlowschen Hunde, so gehorsam wie er alle Befehle befolgte.

Gewiß, der Mann besaß etwas, was Kurnow unbedingt haben mußte, um sein weiteres Überleben zu sichern. Aber er hatte Geld, und damit verfügte er über ein gewisses Druckmittel.

Dann schrillte das Telefon, und Kurnow fuhr erschreckt zusammen, sah angstvoll zu dem Apparat hinüber, wußte genau, schon bevor er abnahm, daß er alles tun würde, was man von ihm verlangte. Pawlows Hunde hatten auch auf Klingelzeichen reagiert, fiel ihm ein, als er nach dem Hörer griff.

15

»Na, bist versetzt worden?« höhnte der Bayer, sobald Kurnow sich gemeldet hatte. Die Lippen des Russen zuckten, formten bereits den Fluch. Dann schluckte er ihn herunter, weil er wußte, daß der andere auf genau diese Reaktion wartete. Nur mit Mühe streifte er die Apathie ab, mit der ihn der andere einhüllte.

»Warum?« fragte Kurnow gepreßt.

»Sehr gut, Heinrich, das nenne ich wahre Selbstbeherrschung«, lobte der Deutsche spöttisch.

Fängt das schon wieder an, dachte der Wissenschaftler, daß er mir dauernd meine Gedanken vorwegnimmt.

»Warum?« gab sein Peiniger zurück. »Aus verschiedenen Gründen natürlich. Ich mußte sicher sein, daß du allein kamst. Das war das allerwichtigste. Ich konnte es mir zwar nicht vorstellen, aber irgendwie hättest du Helfer haben können in der Stadt... Leute, die für Geld sogar einem Mann wie dir helfen. Also mußte ich sicherstellen, daß ich nicht in eine Falle lief, wenn ich mich mit dir traf...«

»...Sie meinen, Sie haben mich beobachtet? Die ganze Zeit,

während ich dort wartete, haben Sie mich beobachtet...?«

Kurnow überlief es kalt. Ein weiteres Anzeichen, erkannte er. Die Versuchspersonen hatten stets gezittert, wenn sie attackiert wurden; es war ihnen physisch kalt gewesen.

»Allerdings«, bestätigte der Bayer. »Und weißt du was? Ich hab so getan, als hätte ich dich im Visier einer imaginären Flinte, und ich habe dreimal abgedrückt. Du bist heute gestorben, Heinrich. Dreimal. Zweimal ins Herz und einmal durch den Kopf geschossen. Es wäre so leicht gewesen, dich umzubringen... eigentlich schade, daß ich die Gelegenheit verpaßt habe...«

Die Nerven in Kurnows linkem Arm blockierten, worauf die Muskeln unkontrolliert zu zucken begannen. Mit aller Kraft versuchte er, den Arm ruhig zu halten, aber es wollte nicht aufhören. Auch sein vernarbtes Bein schmerzte ganz schlimm.

»Ein beängstigender Gedanke, nicht wahr, Heinrich?« bohrte der andere. »Läuft es dir nicht kalt den Rücken herunter bei der Vorstellung, so lange eine Zielscheibe gewesen zu sein? Stell dir nur mal vor, wie viele Leute tatsächlich abdrücken würden, wenn sie dich im Visier hätten.«

»Was waren die anderen Gründe?« fragte Kurnow mit zusammengebissenen Zähnen. Es gab einen Weg, den anderen zu schlagen, indem er die Unterhaltung an sich riß und sich nicht vom Thema abbringen oder von den dauernden Sticheleien nervös machen ließ. Es war ein alter Trick, die Kontrolle zu übernehmen, dann das Gespräch in Form von Fragen ablaufen zu lassen, wodurch der andere in die Defensive gedrängt wurde, ständig antworten mußte und sich zwangsläufig dabei Blößen gab, die ihn zusätzlich verunsicherten.

»Das zweite Mal heute abend, daß du clever gewesen bist«, lobte der Anrufer, der erneut Kurnows Gedanken vorausgesehen hatte. »Ich bin gespannt, wer von uns gewinnt.«

Kurnow schloß die Augen und schluckte seine Wut hinunter. *Ich* werde gewinnen, nahm er sich fest vor. Ich werde gewinnen und dich zur Hölle schicken.

»Was gab es noch für einen Grund?« wiederholte er starrsinnig.

Der Bayer lachte. »Es gehört zu dem Experiment. Das sind doch deine eigenen Regeln, Heinrich... trifft eine Vereinbarung, verbunden mit einem Versprechen, das für den Empfänger sehr wichtig ist, und bricht es dann sofort. So war's doch, nicht wahr...?«

Wieder diese Formel. Stets mit einer Frage enden. Kurnow öffnete die Augen und starrte gedankenverloren auf den Teppich. Zweiunddreißig Jahre war es mindestens her. Die Desorientierungsversuche in

Buchenwald. Hatte dieser Mann daran teilgenommen? Offensichtlich. Der beste Hinweis bisher. Wer war damals mit ihm in dem Lager gewesen? Er ließ sich die Namen durch den Kopf gehen, doch prompt unterbrach der Anrufer seine Überlegungen.

»Es war der *Beweis* für mich, du Idiot«, sagte er. In seiner Stimme lag jetzt kein Spott mehr, nur noch kontrollierte Wut. »Erinnerst du dich nicht mehr, wie sorgfältig du diese Experimente aufgeschrieben hast? Ich habe alle Details hier vor mir liegen. Alles was ich getan und gesagt habe, waren deine eigenen Ideen. Ich habe dir einfach deine Notizen diktiert. Und du hast dich genauso verhalten, wie sich deiner Voraussage nach ein Opfer verhalten würde. Ärgert es dich nicht, daß du die Technik nicht erkannt hast?«

Kurnow fühlte sich so schwach und kraftlos, als hinge er an einer Kanüle, die ihm langsam das Blut absaugte. Wie offensichtlich. Und doch hatte er es nicht gesehen, war statt dessen Schemen nachgejagt. Plötzlich stieg heiße Wut in ihm auf. Jahrelang ... sein ganzes Leben fast ... hatte er Menschen auf die Grenzen ihrer Belastbarkeit getestet. Einige der Resultate waren unglaublich gewesen. Männer, die er geglaubt hatte, in wenigen Stunden zerbrechen zu können, widerstanden jedem Druck, zeigten keine Furcht, hatten für alle Drohungen nur Verachtung übrig. Und andere, körperlich oft stark, waren innerhalb von Minuten zusammengebrochen. Manchmal hatte er überlegt, wie er reagieren würde, und hatte sich stets eingebildet, zu denjenigen zu gehören, die der Tortur widerstanden. Er entsann sich seiner arroganten Antwort auf eine diesbezügliche Frage des amerikanischen NASA-Direktors vor ein paar Wochen. Aber die Antwort hatte nicht den Tatsachen entsprochen. Er war zusammengeklappt wie ein Kartenhaus. Der Bayer hatte recht. Es war alles da, erinnerte er sich, jeder Test detailliert aufgezeichnet, sorgfältig mit Anmerkungen versehen. Erst zwei Jahre später war ihm die Gefahr richtig bewußt geworden, die in diesen ausführlichen Aufzeichnungen steckte. Er hatte keine Ahnung gehabt, daß die Beamten in Berlin alles peinlich genau registrieren würden. Er hoffte nur, daß sie einen qualvollen Tod gefunden hatten.

»Hab ich dich überzeugt, Heinrich?« erkundigte sich der Bayer.

Kurnow nickte, dann fiel ihm ein, daß der andere ihn ja nicht sehen konnte. »O ja«, stieß er hervor. »Sie haben mich überzeugt.«

»Fein«, fuhr der andere fort. »Hast du übrigens die Meldung gehört?«

»Was für eine Meldung?«

»Ich habe heute mittag Kontakt mit den Juden aufgenommen. Gab ihnen ein Stück von Glücks' Akte. Sie haben es bereits bekanntgegeben, in Jerusalem...«

Lieber Gott, laß es bald zu Ende sein, dachte Kurnow. Seine Zunge fuhr über den Backenzahn mit der Zyankalifüllung. So einfach. Ein paar Sekunden Qual, dann wäre er erlöst. Doch dann schüttelte er den Kopf. Es war ein weiteres Experiment gewesen, so erfolgreich wie alle anderen. Der Lebenswille ist der stärkste Trieb, notierte er damals, nachdem er die elenden Gestalten in den Lager beobachtet und darauf gewartet hatte, daß die Männer und Frauen das Angebot annahmen, den Freitod zu wählen. Stets hatten sie abgelehnt, so wie er jetzt.

»Deshalb sollten wir uns beeilen, nicht wahr?« fuhr der Bayer fort.

»Ja«, murmelte Kurnow folgsam. Wie gut der Mann seine Aufzeichnungen studiert hatte!

»Wie gesagt, Heinrich, ich habe dich heute mittag die ganze Zeit beobachtet. Daher weiß ich, daß du keinen Helfer hast, der mir vielleicht eine Falle stellen will...«

Unvermittelt wechselte er den Kurs, wie in den Versuchen vorgeschrieben.

»Deshalb werden wir uns heute abend treffen.«

Instinktiv sah Kurnow auf die Uhr. Halb sieben.

»Ich bin schon ein viel zu großes Risiko eingegangen«, sagte er und versuchte, aus dieser neuen Entwicklung das beste zu machen. »Heute abend steht ein offizielles Essen auf dem Programm. Da muß ich unbedingt hingehen...«

»Natürlich«, sagte der Bayer prompt.

Verdammt, dachte Kurnow. Schon wieder hatte er das Stichwort verpaßt. Der zeitweise Kurswechsel war Teil des Desorientierungsprogramms.

Lässig fuhr der andere fort: »Wir können uns doch nicht unseren Treff vermasseln lassen von irgendwelchen Leuten, die sich wundern, wo du steckst, nicht wahr?«

Der Mann machte eine Pause. »Hör gut zu, Heinrich. Gehe nicht vor halb zehn aus dem Hotel. Zwei Straßen weiter ist ein Taxistand. Nimm dir dort ein Taxi...«

»Aber man wird mich doch sehen...«

»Nicht wenn du vorsichtig bist. Um diese Zeit herrscht ein ziemliches Kommen und Gehen im Hotel, du kannst dich ohne weiteres unter die Leute mischen. Du brauchst nichts weiter als zehn Meter Vorsprung.«

Kurnow nickte und registrierte dumpf die Instruktionen. Er fühlte sich taub und gefühllos wie ein Mensch, dem man längere Zeit den Schlaf entzogen hat.

»Ich gebe dir jetzt eine Adresse, Heinrich«, sagte der Anrufer. Seine Stimme nahm einen befehlenden Ton an. »Schreibe sie auf. Lerne sie auswendig. Und dann vernichte den Zettel. Trage ihn nicht mit dir herum.«

»In Ordnung.«

»Nein«, beharrte der Bayer. »Wiederhole mir, daß du den Zettel vernichten wirst.«

»Ich werde den Zettel vernichten«, versprach Kurnow.

»Und bring das Geld mit«, befahl der Mann. »Du mußt es mitbringen. Wenn du es nicht hast, lasse ich dich hochgehen.«

»Ich habe das Geld«, sagte Kurnow hastig. »Es ist eine Zahlungsanweisung für eine Schweizer Bank.«

»Keine Tricks«, warnte der andere. »Denk dran. Keine Tricks.«

»Nein«, murmelte Kurnow eingeschüchtert. »Ich verspreche es.«

Es gab eine Pause, als fiele dem anderen die Entscheidung schwer. Dann sagte der Anrufer: »In Buckow, ziemlich nah an der Mauer, da ist die Salmbacher Straße, eine Hauptstraße. Etwa auf halbem Weg steht ein Einkaufszentrum, mit zwei Hochhäusern. Gehe in das erste Hochhaus. Vergiß den Lift. Es ist eine Wohnung im Souterrain, Nummer drei ...«

Erneutes Zögern.

»... Ich werde dort sein, Heinrich. Aber wenn du nicht allein kommst, ist die Wohnung leer. Ich kann leicht verschwinden, ganz egal, wie gut du glaubst, das Gelände abriegeln zu können. Wenn du irgendwelche Tricks versuchst, bekommen die Juden alles ... und ich meine wirklich *alles* ... bis spätestens morgen um diese Zeit ...«

»Ich werde allein kommen«, versicherte Kurnow. »Ich ...«

Er unterbrach sich, als er merkte, daß der andere aufgelegt hatte. Getreu der Regel: Behandele das Opfer stets mit Geringschätzung und zerstöre seine Selbstachtung.

Seufzend klappte Kurnow eine Aktentasche auf und entnahm dem Versteck unter dem Innenfutter die Zahlungsanweisungen. Er sah sich noch einmal die Beträge an. All dieses Geld, dachte er. Es schien so wertlos. Wie leer mußte sich ein reicher Mann fühlen, dem man eröffnet, daß er Krebs hat und daß ihm sein ganzer Reichtum jetzt nichts mehr nutzt, sinnierte Kurnow. Ihm zumindest würde das Geld das Leben retten. Hoffte er.

Es ist direkt ekelerregend, dachte Frieden, während er den aufgeregten Mann beobachtete, wie er in sein Taschentuch hustete. Vor fünf Minuten war Muntz, nach einem nachgerade hysterischen Anruf, in seine Wohnung gestürzt, brachte aber noch immer kein Wort heraus. Die Anstrengung hatte den ältlichen Rechtsanwalt so erschöpft, daß er von krampfartigen Hustenanfällen geschüttelt wurde. Angewidert bot ihm der Immobilienmillionär einen Kognak an, stellte jedoch das Glas, um jeden körperlichen Kontakt zu vermeiden, vor ihm auf den Tisch. Er ist völlig verseucht, dachte Frieden. Wenn ich ihm die Hand gebe, stecke ich mich am Ende noch an.

Muntz ignorierte den Kognak, hockte zusammengekrampft in seinem Sessel und wartete auf ein Nachlassen des Hustenanfalls. Schließlich hob er den Kopf und sah mit wäßrigen Augen Frieden an.

»Wir haben es geschafft«, verkündete er. Er brachte die Worte nur unter Mühen heraus, und so klang es gar nicht triumphierend.

Frieden wartete gespannt. Also war der Bayer in die Falle getappt. Zusammen mit den Juden, vermutlich. Gut. Juden zu töten, wäre ein Bonus. Er lächelte, wie ein Mann, der sich wieder einmal seinen Lieblingsfilm anschauen will und voller Vorfreude auf die altvertraute Handlung ist. Er würde wieder aktiv werden, dachte er, wieder an vorderster Front stehen. Wie in den alten Tagen. Es war ein sonderbares Gefühl, fand er, wie das Kribbeln, wenn man sich den Ellbogen stieß. Er hatte es stets verspürt bei den Einsatzbesprechungen, während dieser besten Jahre seines Lebens.

Muntz, der jetzt leichter atmete, nahm einen tiefen Zug aus dem Glas, das Frieden ihm hingestellt hatte. Er trank zu hastig, und es löste einen neuerlichen Hustenanfall aus. Ärgerlich runzelte Frieden die Stirn.

Der Anwalt, dem es auch unangenehm war, kramte in seiner Tasche.

»Hier!« keuchte er und schob Frieden einen Zettel hinüber, auf den eine Adresse gekritzelt war. Die unregelmäßige und fast unleserliche Schrift war ein Anzeichen für die Schwere seiner Krankheit.

»Noch keine Stunde her«, versuchte es Muntz noch einmal. »Der Anruf bei der israelischen Botschaft ist noch keine Stunde alt...«

Er blickte auf die Uhr.

»... Und das Treffen ist erst in drei Stunden.«

Frieden starrte auf den Zettel und lächelte versonnen. Es *waren* also die Juden: Sie bekamen ihren Bonus.

Er ignorierte Muntz und ging zum Telefon, wo er zwanzig Minuten lang kurze, herrische Anrufe tätigte und Befehle bellte, die ohne Widerrede entgegengenommen wurden. Nachdem er damit fertig war, schaute er sich noch einmal die Adresse an, wobei er sich die Vorbereitungen, die er getroffen hatte, noch einmal durch den Kopf gehen ließ und auf Schwachstellen abklopfte. Nachdem er keine gefunden hatte, wandte er sich wieder Muntz zu. Sein Hustenanfall hatte sich gelegt, aber der alte Mann war schmerzverkrümmt in seinem Sessel zusammengesunken. Frieden schenkte noch zwei Kognak ein und hob dann sein Glas.

»Wir haben's geschafft, Manfred«, prophezeite er. »Ich habe alle in der Organisation angerufen. Wir räuchern das Gebäude aus ... keiner wird mit dem Leben davonkommen ... wir holen uns alles zurück.«

Genau wie in den alten Tagen. Frieden fühlte sich richtig nostalgisch. Herrlich, dachte er.

Muntz hielt sich das Taschentuch vor den Mund.

Ein Windhauch würde ihn umwerfen, dachte Frieden. Muntz bestand nur noch aus Haut und Knochen. Sie mußten ihn baldigst loswerden. Auf jeden Fall noch vor dem Wochenende. Jeder Tag mehr brachte unnötige Risiken. Manfred Muntz hatte der Partei seinen letzten Dienst erwiesen. Es würde ein schönes Begräbnis werden, entschied Frieden. Muntz würde mit allen Ehren beigesetzt werden.

»Heute abend fließt Blut, Max«, sagte Muntz plötzlich.

Frieden nickte.

»Ich kann nicht mit euch kommen«, erklärte der Anwalt. »Ich bin völlig kaputt ... könnte euch doch nichts nutzen ... würde euch nur behindern ... ich brauche nichts als Ruhe.«

Frieden schwieg einen Moment. Der Anwalt hatte recht. Ein Hustenanfall im falschen Augenblick würde alles verderben. Außerdem, was konnte er bei einem Kampf schon nutzen?

»Selbstverständlich«, sagte er beruhigend. »Du hast deine Pflicht getan, Manfred. Mehr als deine Pflicht sogar. Die Partei und die Organisation sind dir zu großem Dank verpflichtet.«

Muntz trank seinen Kognak aus und stand mühsam auf. An der Tür blieb er stehen und drehte sich noch einmal um.

»Max.«

»Ja?«

»Ruf mich an, wenn es vorbei ist. Ich möchte wissen, wie es gelaufen ist.«

»Selbstverständlich.«

»Und Max ...«

»Was?«

»Viel Glück.«

Frieden grinste. »Hatten wir bereits«, sagte er zuversichtlich. »Wir werden wieder mal überleben.«

16

Wie alle offiziellen Diners bestand auch dieses aus einer Reihe von ermüdenden Unterhaltungen und wurde von einer Reihe langweiliger Reden gekrönt. Es wäre, wenn er nach Rußland zurückkäme, ein interessantes Experiment, dachte Kurnow, die menschliche Toleranzgrenze für Langeweile zu testen. Für die Raumfahrt wäre das von größter Aktualität. Es ärgerte ihn, daß er nicht früher darauf gekommen war.

Er nickte und mimte Höflichkeiten wie ein bezahlter Komödiant an einem Fürstenhof, wobei er gelegentlich nach den beruhigenden Zahlungsanweisungen tastete. Sie steckten zusammengefaltet in seiner Hosentasche, und selten war seine Hand fern von ihnen. Er lächelte, trotz seiner inneren Unruhe, bei dem plötzlichen Gedanken, wie die Russen wohl reagieren mochten, wenn er tatsächlich ernstlich krank würde und sie in seiner Tasche Zahlungsanweisungen im Wert von 3000000 Pfund fänden.

Schließlich waren die Reden zu Ende. Erleichtert stand er auf und sah Bahr auf sich zukommen.

»Ich hoffe, es geht Ihnen wieder besser, Dr. Kurnow.«

Der Russe nickte und setzte ein höfliches Lächeln auf.

»Einigermaßen«, erwiderte er. »Es tut mir leid, daß ich mich nicht so aktiv der Konferenz widmen konnte, wie ich es gewünscht hätte.«

Der Deutsche zuckte die Achseln. »Das ließ sich nun mal nicht ändern«, meinte er philosophisch und begleitete Kurnow zur Tür. »Jedenfalls war es uns eine Ehre, Sie als Gast bei uns gehabt zu haben.«

»Vielleicht kann ich nächstes Jahr wiederkommen«, sagte er großzügig.

Bahr nickte erfreut, und Kurnow fand auf einmal Gefallen an der Idee, die eigentlich nur als belanglose Bemerkung gedacht war. Was für eine Ironie, dachte er, nächstes Jahr nach Berlin zurückzukehren, nach der Qual dieses Besuchs. Ich werde es tun, beschloß er. Er würde zurückkommen und jede Minute dieser lächerlichen Konferenz genießen. Er würde sogar einen Vortrag schreiben, eine Abhandlung über die Streßbelastung eines Menschen angesichts lebenslangem Freiheitsentzugs. O ja, dachte er, das wäre ein hervorragendes Thema. Im

Foyer schüttelte er Hände und ging dann zum Fahrstuhl. Geschwind holte er seinen Mantel und war so schnell wieder aus dem Zimmer, daß ihm auf dem Flur ein paar russische Delegationsteilnehmer entgegenkamen, als er zum Fahrstuhl zurücklief. Sie sahen ihn verdutzt an.

»Will nur ein bißchen Luft schnappen«, sagte er und eilte weiter, darauf bedacht, den Aufzug zu erwischen, der noch auf seiner Etage stand. Als er auf den Abwärts-Knopf drückte, hörte er einen Ruf hinter sich. Er zögerte einen Moment, bevor er sich umwandte, und sah zwei Russen näherkommen, denen die Fahrstuhltür vor der Nase zuglitt. Es gab allerdings einen zweiten Lift, daher blieben ihm nur wenige Minuten. Er stieg sofort aus, als der Aufzug im Erdgeschoß hielt, mischte sich unter die Menge und war bereits durch den Ausgang auf die Straße gelaufen, bevor Suwloff ihn sah.

Der russische Oberst stürmte los und drängte sich rücksichtslos durch die Menschenmenge. Die Beobachter draußen mochten ein bißchen überfordert sein, nachdem so viele Delegierte aus dem Hotel strömten. Und Kurnow hatte man bereits zum Fahrstuhl gehen sehen. Der Wissenschaftler war schon fast einen Block entfernt, als Suwloff endlich die Straße erreichte. Als ein Mann, der sich nicht so leicht aus der Ruhe bringen ließ, schaute sich Suwloff erst einmal um und stellte mit einem zufriedenen Lächeln fest, daß zwei seiner Beobachter Kurnow erkannt hatten und ihn nach der klassischen Methode beschatteten – einer hinter ihm, einer fast parallel zu ihm auf der anderen Straßenseite, abgeschirmt von dem Fahrzeugverkehr auf der Straße. Ein dritter Mann würde sich dazugesellen, nachdem die beiden sich in Bewegung gesetzt hatten, und binnen fünf Minuten würden sie die klassische Dreiecksbeschattung praktizieren, die so gut wie nicht zu entdecken war, da die Positionen hinter, neben und vor der Zielperson ständig gewechselt wurden.

Unauffällig hob er den Arm, und ein neutraler Volkswagen hielt neben ihm.

»Ist heute abend ganz offen weggegangen«, sagte er zu dem Fahrer, als er einstieg. Der Mann knurrte etwas Unverständliches. Er hatte die vergangenen drei Nächte im Auto Wache gehalten, steifgefroren und mit verkrampften Gliedern.

»Es muß der entscheidende Treff sein«, meinte Suwloff. »Morgen ist die Konferenz zu Ende.«

Der Fahrer fuhr los, froh darüber, daß der Verkehr ohnehin nur Schrittempo zuließ. Das Dreieck war jetzt in Position, stellte Suwloff fest. Erleichtert ließ er sich in den Sitz zurücksinken. Kurnow war ein wichtiger Mann. Und er, Suwloff, wäre derjenige, der ihn schließlich überführen würde. Er konnte sich Hoffnungen auf Beförderung machen.

Vor ihm überquerte Kurnow eine Kreuzung, blieb jedoch auf der Hauptstraße. Der Mann hinter ihm blieb stehen, wie er es gelernt hatte, um dem Parallelbeobachter Zeit zu lassen, die Straße zu überqueren und sich in dieser Position von dem Dritten ablösen zu lassen, dann die Nachhut zu übernehmen. Es herrschte ziemlicher Verkehr, und der Mann, der die hinterste Position übernehmen sollte, hatte Schwierigkeiten, über die Straße zu kommen. Kurnow vergrößerte seinen Vorsprung.

»Schneller!« rief Suwloff, aber der Fahrer hatte ebenfalls die Gefahr erkannt und war schon dabei, aus der Kolonne auszuscheren und den Abstand zu verringern. Eine Hupe quäkte, und ein anderes Fahrzeug blendete warnend die Scheinwerfer auf.

»Los, weiter!« befahl Suwloff, als der Fahrer zauderte. Der kleine Volkswagen scherte weiter aus, doch der Mercedes hinter ihm rückte auf und vereitelte das Manöver.

Der Mann, der ursprünglich die Nachhut bildete, sah die Schwierigkeit und blieb stehen, auf einer Verkehrsinsel mitten in der Straße. Dort wartete er, unsicher, wußte, daß er die Gliederung heillos durcheinanderbringen würde, wenn er jetzt zurückging. Schließlich lief er weiter, streng nach Vorschrift.

»Idiot!« brüllte Suwloff.

Der Ersatzmann nahm schließlich seine Position ein, doch das Dreieck war ungleichmäßig und zu weit auseinandergezogen. Suwloff seufzte. Es würde nur Minuten dauern, dann hätten sie wieder aufgeschlossen.

Dann bog Kurnow an der nächsten Querstraße links ab. Das unerwartete Manöver brachte die Bewacher völlig aus dem Tritt. Der nachfolgende Russe lag noch zu weit zurück, und die beiden anderen waren weiter auseinander, als sie sein sollten, und dazu auf der falschen Seite einer verkehrsreichen Straße, die sich nicht so ohne weiteres überqueren ließ.

»Los, fahr ihm nach!« schrie Suwloff, entsetzt über die Auswirkungen von Kurnows Manöver. Der Fahrer scherte nach links aus und drängte den auf gleicher Höhe fahrenden Mercedes nach links über den Mittelstreifen. Ein empörtes Hupkonzert ertönte, und als der Volkswagen ausscherte, streifte er die hintere Stoßstange eines Opel Rekord und beulte sie bis auf den Kofferraum ein. Der Rekord bremste erschreckt, doch der Volkswagen beschleunigte mit durchdrehenden Reifen auf der vereisten Straße. Erboste Autofahrer tauchten den Wagen in grelles Scheinwerferlicht, und der Rekord nahm jetzt die Verfolgung auf.

Der Russe hinter Kurnow sprintete auf die Kreuzung zu und schoß um die Ecke, als der Volkswagen ebenfalls in die Seitenstraße einbog. Fünfzig Meter weiter stieg Kurnow gerade in ein Taxi, instruktionsgemäß und fast wie ein Schlafwandler. Als der Wagen losfuhr, setzte sich auch das nachfolgende Taxi in Bewegung, aber so langsam und umständlich, daß es die ganze Straße blockierte.

»Überhol ihn!« brüllte Suwloff, als er begriff, was sich da abspielte.

Der Volkswagen holperte auf den Gehweg und fuhr um das Taxi herum. Der Rekord und der Mercedes, der sich der Verfolgungsjagd angeschlossen hatte, krachten beide auf das Taxi. Zwanzig Meter weiter bog das erste Taxi mit Kurnow, der nichts von alldem mitbekommen hatte, was sich hinter ihm abspielte, nach rechts ab.

»Wir haben ihn noch an der Leine«, rief Suwloff, biß sich dann jedoch auf die Lippen. Ganz langsam schob sich von rechts ein riesiger Möbelwagen auf die Straße, in der gleichen Fahrtrichtung wie Kurnows Taxi. Das Fahrzeug füllte die Fahrbahn völlig aus, und instinktiv bremste der russische Fahrer, was sein Glück war, denn als der Möbelwagen die Straße vollends blockiert hatte, blieb er stehen. Suwloff sprang aus dem rutschenden Volkswagen und rannte zum Führerhaus des Möbeltransporters. Es war leer, der Zündschlüssel fehlte. Er riß die Tür auf, griff unter das Armaturenbrett, ahnte aber schon, was er vorfinden würde. In der Hand hatte er ein Knäuel herausgerissener Kabel. Er drehte sich um und rief seinem Fahrer zu, zurückzusetzen, erstarrte dann jedoch beim Anblick eines Streifenwagens, der auf ihn zukam, alarmiert von einer Meute erboster Autofahrer, deren Fahrzeuge ineinander verkeilt auf der Straße herumstanden. Er wollte sich auf die Suche nach dem Fahrer des zweiten Taxis machen, schüttelte dann aber den Kopf. Natürlich hätte sich der Mann aus dem Staub gemacht.

Frieden wartete auf Fragen aus dem Kreis der fünfzehn Männer, die um ihn herum im Wohnzimmer der Wohnung in der Ludwigsfelder Straße saßen, aber keiner sprach.

Es war eine gute Mannschaft, dachte der Millionär zufrieden. Schon immer. Die Organisation hatte eine gute Wahl getroffen mit dieser Gruppe ehemaliger SS-Männer, die im Krieg zusammen in einer Einheit gewesen waren. Mehr als dreißig Jahre lang hatten die Männer, die hier bei ihm saßen, die am Leben gebliebenen Nazis gegen alle Nachforschungen abgeschirmt. Sie waren alt geworden, stellte Frieden fest, hatten Bäuche bekommen und Glatzen. Sicherlich waren sie nicht mehr so behende wie vor dreißig Jahren. Aber heute abend würde das keine große Rolle spielen, dachte er. Heute abend ging es um einen Hinterhalt, und dafür waren sie immer noch bestens gerüstet.

»Niemand hat also Fragen?«

»Wir sollen sie alle *killen*?« erkundigte sich ein Mann, der am Terrassenfenster saß. Frieden sah zu dem Frager hinüber und lächelte ihm zu. Schmidt. Ein guter Mann. Ehemaliger Feldwebel, der einst, wie ein amerikanischer Revolverheld, für jeden erschossenen Juden eine winzige Kerbe in den Kolben seiner Maschinenpistole geschnitten hatte.

»Alle, außer dem Bayern«, bestätigte er. Er nickte zur Zimmermitte, wo ein Arsenal von Lugern und Mausern aufgestapelt war. Sie wären alle dick eingefettet, fiel Frieden zu spät ein. Hoffentlich hatten die Möbel keine Flecken abbekommen.

»Sie sind mit Schalldämpfern versehen«, sagte er, wobei ihm bewußt war, daß alle die verlängerten Läufe bereits gesehen haben mußten. »Es muß jedoch schnell gehen. Möglicherweise sind sie bewaffnet. *Ihre* Schüsse werden uns die Polizei auf den Hals hetzen. Ich brauche ausreichend Zeit, um den Raum gründlich zu durchsuchen, damit ich sicher sein kann, daß wir das gesamte Material haben... Einen Patzer wie den am Toplitzsee können wir uns nicht noch einmal leisten... Den Bayern möchte ich lebend haben, falls er sich irgendwie rückversichert hat...«

Er deutete unter sich, zu den Kellern, in denen die Wächter vom Toplitzsee gefoltert und getötet worden waren.

»Ich schätze, wir brauchen nicht mehr als ein oder zwei Stunden dort unten, um alles Wissenswerte zu erfahren und alle Papiere zurückzubekommen«, sagte er.

Schmidt grinste.

»Wie in den alten Tagen«, meinte der ehemalige Feldwebel, von Erinnerungen übermannt.

»Ja«, bestätigte Frieden. »Sorgen wir dafür, daß wir auch so tüchtig und erfolgreich sind wie damals.«

Er blickte auf die Uhr und deutete dann auf die Waffen.

»Es wird Zeit«, sagte er ungeduldig.

Mindestens fünf Minuten lang nach der Lektüre des Berliner Berichts saß Mawetskij reglos in seinem Büro und suchte verzweifelt nach einem Ausweg. Nicht nur, daß Kurnow verschwunden war, dazu kam auch noch ein schwerer diplomatischer Zwischenfall. Er grub die Fingernägel in die Handflächen, als könnte ihm der Schmerz helfen, einen klaren Gedanken zu fassen. Schließlich griff er nach der Sprechanlage, die ihn mit dem Parteivorsitzenden verband.

»Was gibt's?« fragte Schepalin, nachdem Mawetskij sich gemeldet hatte.

»Er ist uns entwischt«, sagte Mawetskij.

17

Am Töpchiner Weg zahlte Kurnow das Taxi und ging zu Fuß den Delmer Steig hinunter zu der Adresse, die der Bayer ihm drei Stunden zuvor gegeben hatte. An der Kreuzung blieb er stehen und versuchte, seine flatternden Nerven unter Kontrolle zu bringen. Jetzt ging es ums Ganze. Er konnte sich nicht erinnern, jemals zuvor solche Angst gehabt zu haben. Nur mit Mühe überwand er den Drang, umzukehren und davonzulaufen, indem er das Gefühl psychologisch analysierte und sich vergegenwärtigte: Angst vor dem Unbekannten. Eine der stärksten Urängste.

Er erinnerte sich an seinen Schwur, es dem Mann, mit dem er sich jetzt treffen wollte, heimzuzahlen. Das war dumme Rachsucht gewesen, sah er ein, wie ein Schulbub, der im dunklen Keller vor sich hinpfiff, um sich Mut zu machen. Er war nicht in der Lage, irgend jemand zu strafen, wie schlimm die Demütigung auch sein mochte. Er konnte nur das Lösegeld zahlen. Und hoffen. Hatte irgend jemand jemals zu zahlen aufgehört, nachdem er einem Erpresser in die Hände gefallen war? Und wenn der Mann nun Kopien gemacht hatte, um sie noch anderswo zu verkaufen? Oder das als neuerliche Drohung verwendete? Kurnow stöhnte auf, erbittert über seine Hilflosigkeit.

Er verließ die Ecke und ging die Salmbacher Straße hinunter. Schwarz ragte das Doppelhochhaus fünfzig Meter vor ihm in den Nachthimmel, auf der anderen Straßenseite. Als er sich fast gegenüber befand, trat er in einen Ladeneingang, all seiner Entschlußkraft beraubt. Er zitterte am ganzen Leib, und es kostete ihn seine ganze Willenskraft, einen Fuß vor den anderen zu setzen. Er atmete tief durch. Es ist zu dumm, dachte er. In solch einer Verfassung kann ich doch mit einem so selbstsicheren Mann wie dem Bayern nicht verhandeln. Allmählich legte sich das Gliederzittern, und er seufzte erleichtert. Nur eine Stunde, redete er sich ein. Oder schlimmstenfalls zwei. Dann wäre alles vorbei. Bis Mitternacht wäre er wieder in seinem Hotel und würde ein für allemal die gefährlichen Papiere bis auf den letzten Fetzen vernichten.

Es dauerte fünfzehn Minuten, bis er sich überwunden hatte, den Schutz des Ladeneingangs zu verlassen. Er überquerte die Straße, und seine Schritte hallten in der Nacht. Erschreckt sah er sich um, befürchtete, daß die wenigen anderen Passanten auf ihn aufmerksam geworden waren. Vorsicht, sagte er sich, du siehst schon Gespenster.

Die Haustür lag ein Stück zurückgesetzt von der Straße in einem kleinen Hof, nur eine Öffnung in der Mauer, ohne einen Hausmeister oder Wachmann. Ein anonymer Apartmentblock, in dem jeder für sich blieb und sich nicht um die anderen Mieter kümmerte, sagte sich Kurnow. Er ging hinein und blieb erneut stehen. Der betonierte Hausflur war mit Zigarettenstummeln, Abfällen und dürrem Laub übersät. Über sich hörte er die murmelnden Geräusche des Mietshauses, wie das Summen eines Bienenkorbs. Irgendwo plärrte ein Radio Popmusik, eine laute, streitende Stimme war zu hören. Küchengerüche durchzogen das ganze Haus.

Nummer drei, erinnerte er sich. Im Souterrain. Am Ende des Hausflurs führten Stufen in die Tiefe. Er drückte auf den Schalter, der drei Minuten lang Licht hätte spenden sollen. Es klickte, aber keine Glühbirne flammte auf. Er drückte noch einmal. Wieder nichts. Offenbar war die Lampe kaputt. Was es als Irrsinn erscheinen ließ, die Treppe hinunterzusteigen. Aber blieb ihm eine Wahl? Er begann den Abstieg, tastete mit dem Fuß nach der nächsten Stufe, hielt mit beiden Händen das eiserne Geländer gepackt. Auf halbem Wege gab es einen Absatz, und danach verlief die Treppe in der Gegenrichtung, so daß ihm auch der schwache Lichtschein aus dem Hausflur nichts mehr nutzte. Er stolperte weiter, zählte die Stufen. Sechs ... sieben ... acht. Wieder streckte er den Fuß vor, aber es gab keine Stufe mehr. Blinzelnd wartete er, daß sich seine Augen an die Finsternis gewöhnten. Es war unmöglich, die Wohnungstür zu erkennen, und so tastete er sich an der Wand entlang, bis er den hölzernen Rahmen spürte. Er suchte nach der Klingel, konnte sie jedoch nicht entdecken. Wie ein Kind, das sich beim Schulausflug verlaufen hat, stand er ratlos herum. Schließlich streckte er den Arm aus und klopfte an die Tür. Das Geräusch hallte von den engen Wänden wider, und unwillkürlich machte er einen Satz rückwärts. Hinter der Tür war es totenstill. Er wartete einen Moment, klopfte dann noch einmal, von der dummen Hoffnung erfüllt, daß er, wenn niemand da wäre, getrost ins Hotel zurückkehren könnte. Doch dann rief er sich zur Ordnung, machte sich bewußt, wie unlogisch dieser Gedanke war. Es gab jetzt kein Zurück mehr. Erneut seufzte er, und es war beinahe ein Schluchzen. Dieses Schwein würde doch nicht wieder so eine Nummer abziehen wie im Grunewald?

Er wollte gerade ein drittes Mal klopfen, als grell das Licht aufflammte. Er zuckte zusammen, hielt sich die Hand vor die Augen. Der Schalter mußte irgendwo in der Wohnung sitzen, sagte er sich. Das Licht war unnatürlich hell. In der Mitte der Tür entdeckte er einen Spion, durch den der Wohnungsinhaber alle Besucher begutachten konnte. Bei dieser Beleuchtung würde ihm nichts in dem winzigen Flur entgehen. Er vernahm ein Geräusch aus der Wohnung; es hörte sich an wie ein Lachen. Der Riegel wurde zurückgeschoben, aber die Tür öffnete sich nur einen Spalt.

»Komm rein«, sagte die Stimme, die er mittlerweile so gut kannte.

Es gab noch einen anderen Grund, warum ihm das Licht so grell vorkam, fiel ihm ein. Nach dem stockdunklen Abstieg hatte ihn die ungewohnte Helle völlig geblendet. Die Wohnung selbst lag wieder im Dunkeln, wodurch er nun völlig die Orientierung verlor. Er tastete sich vorwärts, konnte nur vage Umrisse erkennen, keinerlei Details. Er hörte, wie die Tür hinter ihm geschlossen und die Kette vorgelegt wurde, blieb unsicher am Eingang stehen. Zuerst verspürte er nichts, doch dann hatte er das deutliche Gefühl, daß jemand in der Nähe war. Erschreckt wich er zurück und stieß einen überraschten Laut aus. Seine Reaktion wurde mit einem höhnischen Lachen quittiert.

»Komm nur rein, Heinrich«, sagte der Mann. »Komm rein und sieh dich um. Ich habe dir eine Überraschung versprochen, erinnerst du dich?«

Kurnow hatte die Hände auf die Augen gedrückt. Wieder stieg dieses Gefühl der Hoffnungslosigkeit in ihm auf, aber es gelang ihm diesmal, das Zittern unter Kontrolle zu bringen.

Nach und nach sah er wieder etwas, und er begann seine Umgebung zu studieren, wobei er von einem Erstaunen ins andere fiel, bis sein Blick den Mann erfaßte. Kurnow knickte sichtbar zusammen, war unfähig zu begreifen, was er sah. Einem Zusammenbruch nahe, griff er verzweifelt nach der Lehne eines Stuhls, der mitten im Zimmer stand, und stützte sich schwer darauf.

Der Mann, der hinter einem verzierten, handgeschnitzten Schreibtisch saß, zu wuchtig für das Zimmer, kicherte vergnügt über diese Reaktion.

»Hab dir doch gesagt, daß du überrascht sein würdest, Heinrich«, sagte er.

Die kleine Wohnung, kaum mehr als ein Raum mit mehreren Alkoven, war ein nationalsozialistischer Schrein. Hinter dem Mann beherrschte die Hakenkreuzfahne die ganze Wand und gab den Hintergrund ab für ein riesiges Hitlerbild. Die Wände rechts und links waren mit Bildern des Führers übersät, zusammen mit den verschiedensten NS-Größen, und es gab Gipsabdrücke des Hakenkreuzes. Kurnow, der jetzt trotz der düsteren Beleuchtung alles genau erkennen konnte, entdeckte einen SS-Dolch mit dem Totenkopfemblem auf dem Schreibtisch, vor dem der hochlehnige Stuhl stand, an dem er sich festhielt. Er war wuchtig, ebenso mit Schnitzereien verziert wie der Schreibtisch. Neben dem Dolch stand eine Hitler-Büste. Und eine Luger lag da, in Reichweite des Mannes.

Als Kurnow seinen Blick vom Schreibtisch wandte, stand der Mann auf. Er trug eine komplette SS-Uniform, Koppel und Stiefel auf Hochglanz gewienert.

Erst zögernd, dann mit Entschiedenheit hob Dr. Otto Grüber, mit dem Kurnow während des ganzen Zweiten Weltkriegs Menschenversuche in Dachau, Bergen-Belsen und Buchenwald durchgeführt hatte, den rechten Arm, machte, mit fast hündischer Ergebenheit, eine halbe Kehrtwendung zu dem riesigen Foto an der Wand und sagte: »Heil Hitler!«

Kurnow starrte den Mann an, unfähig zu einer Bewegung. Sein Verstand war gelähmt, wie der der Männer, an denen er experimentiert hatte. Es war ihm unmöglich, diese Szene wirklich zu erfassen. Noch das, was er sah, zu akzeptieren.

»Heil Hitler!« wiederholte Grüber nachdrücklich.

Erleichterung durchströmte Kurnow mit einemmal, beinahe schmerzhaft, wie die eisige Kälte eines Wasserbads nach der Sauna. Er würde überleben. Die Erkenntnis explodierte in seinem Gehirn. Alles würde sich fügen. Er würde ohne Probleme aus dieser Sache herauskommen: wahrscheinlich sogar ohne einen Pfennig zahlen zu müssen. Kurnow starrte den alten verblödeten Mann an, der wie ein Schmierenschauspieler vor ihm stand, und fühlte sich voller Zuversicht. Er war auf einen senilen Greis hereingefallen, der in einer Faschingsuniform steckte und dreißig Jahre lang einem Toten die Treue gehalten hatte. Rasch unterdrückte er den Ärger über seine eigene Dummheit. Selbstvorwürfe konnte er sich später machen. Im Augenblick erlaubte er sich süße Rachegedanken: Er wäre doch noch in der Lage, seinen Schwur wahrzumachen. Gott, wie er es Grüber büßen lassen würde, was er ihm angetan hatte. Aber er müßte trotzdem vorsichtig sein, dachte er mit einem Seitenblick auf die Pistole, die der Mann jetzt in der linken Hand hielt. Schließlich hatte er es mit einem gestörten Geist zu tun. Er müßte langsam und behutsam vorgehen. Sehr behutsam. Ein falscher Schritt, ein gedankenloser Fehler, und alles wäre ruiniert.

Er hob den Arm und kam sich ziemlich dumm dabei vor.

»Heil Hitler«, sagte er.

Grüber lächelte zufrieden, als hätte Kurnow das richtige Losungswort ausgesprochen. Der Mann stand an der Schwelle zum Wahnsinn, vermutete Kurnow. Der Schlüssel zu ihm war offenbar alles, was mit Nazismus zu tun hatte. Er dachte an die Reaktion des Mannes auf den Hitlergruß. Es wäre wichtig, diesen Nostalgietick zu fördern und ihn sich zunutze zu machen, entschied er. Minutenlang blickte der Wissenschaftler den alten Mann an, der so lange sein Assistent gewesen war. Wie offensichtlich doch alles gewesen war, dachte er im Rückblick. Die Hinweise und Fingerzeige so auffällig wie ein Regenschirm an einem Sommertag. Daß er nicht auf Grüber gekommen war, überraschte ihn allerdings nicht, nach all den Erkundigungen, die er damals eingezogen hatte. Er war natürlich gealtert, aber es waren unzweifelhaft die gleichen Züge, diese schweren Hängebacken und die aufgeworfenen, sinnlichen Lippen. Und das Auge, diese gräßliche Verunstaltung, die Grüber aus irgendwelchen bizarren Gründen so gerne vorgeführt hatte. Grübers linkes Auge war tot, eine graue, undurchsichtige Pupille, ein erschreckender Kontrast zu der anderen, die kohlrabenschwarz war. Die Verletzung verlieh ihm einen starren, dämonischen Blick. Es hatte ihm einen Riesenspaß gemacht, damit ihre Opfer zu erschrecken, schon vor irgendwelchen Operationen, erinnerte sich Kurnow. Ein frühes Anzeichen des geistigen Verfalls, unter dem der Mann jetzt so offenkundig litt, dachte er. Er hatte jetzt diesen schiefen, starren Blick aufgesetzt und dazu ein selbstzufriedenes Grinsen. Grüber war sehr gefährlich, sagte sich Kurnow noch einmal. Aber man konnte mit ihm fertig werden, jedenfalls ein Mann mit seiner Ausbildung konnte das. Er erwiderte das Grinsen des alten Nazis. O ja, von einem Experten ließ er sich zweifellos lenken.

»Otto!« rief er mit einem breiten Lächeln, streckte die Hand aus und trat einen Schritt vor. Prompt hob der andere die Hand, und die Luger zielte auf Kurnows Magen. Grüber hatte überraschend schnell reagiert, dachte Kurnow, und blieb sofort stehen. Ein Fehler. *Er* hatte sich zu abrupt bewegt.

»Zurück«, keifte Grüber mit furchtsamer Stimme. »Bleib stehen!«

Kurnow, dem der Tonfall nicht entgangen war, runzelte die Stirn.

Er hat Angst, konstatierte der Wahlrusse. Das war gut. Allerdings müßte er jede hastige Bewegung vermeiden. Alles müßte sachte geschehen.

»Otto! Was ist denn los?« protestierte er, und die Betroffenheit in seiner Stimme klang sehr natürlich.

»Ich habe keinen Grund, dich wie einen Freund zu empfangen«, gab Grüber zurück. »Du hast mich sitzengelassen. Du bist damals von Buchenwald abgehauen, ohne mir ein Wort zu sagen. Niemand kam mehr heraus nach dir. Sofort danach war die Straße blockiert, als Berlin eingeschlossen wurde. Überall waren Russen. Gott sei Dank kamen sie nicht gleich nach Buchenwald. Wir hatten ein paar Tage Zeit, uns zu verstecken.«

Er hielt inne, als versuchte er, sich an etwas zu erinnern. Plötzlich lächelte er. »Und jetzt wirst du dafür zahlen«, sagte er.

Dieser kranke Geist hat sich alles genau zurechtgelegt, dachte Kurnow. Grüber deutete mit der Pistole auf einen Stuhl, der, wie Kurnow feststellte, zwei Meter Abstand zu dem Schreibtisch hatte, so daß kein Überraschungsangriff möglich war. Als Kurnow sich setzte, bemerkte er, daß die Wand hinter ihm ebenfalls mit einer Hakenkreuzfahne und zwei Hitlerbildern geschmückt war. Außerdem standen rechts und links zwei Hitlerbüsten auf schlanken Sockeln. Bemitleidenswert, dachte er, die typischen Anzeichen einer Regression.

»Otto«, begann Kurnow sanft. »Ich habe versucht, dich zu finden. Ehrlich. Aber Berlin war gefallen, wie du gesagt hast, und ich war eingeschlossen. Es gab keine Möglichkeit, nach Erfurt zu kommen...«

»Du hast mich sitzenlassen«, beharrte Grüber.

»Hab ich *nicht*«, widersprach Kurnow. »Der Zusammenbruch kam zu schnell. Du weißt ja selbst. Ich habe versucht, dir Hilfe zukommen zu lassen. Aber ich konnte dich nicht finden...«

Grüber kicherte selbstzufrieden.

»Ich war zu schlau für sie«, sagte er. »Die hatten nicht den leisesten Schimmer, wer ich wirklich war.«

Er *hatte* seinen Assistenten finden wollen, erinnerte sich Kurnow, wenn auch nicht aus den Gründen, mit denen er jetzt den anderen zu überzeugen versuchte. Wie die Akten, wegen deren Wiederbeschaffung er sich nach Berlin aufgemacht hatte, war auch Grüber eine potentielle Gefahr gewesen: Er hätte ihn ebenfalls identifizieren können. Kurnow wußte nicht mehr, wie oft er sich schon verflucht hatte, daß er nicht auf den Gedanken gekommen war, Grüber umzubringen, bevor er das Konzentrationslager verlassen hatte. Er hatte Bock bedrängt, alle Möglichkeiten auszuschöpfen, über die verschwiegenen Verbindungen der Organisation etwas über Grübers Schicksal zu erfahren, schon als er noch in der Klinik lag und sich von der Gesichtsoperation erholte. Die Organisation hatte keine Spur von Grüber finden können und deshalb angenommen, daß er von den vorrückenden Russen getötet worden war. Aber die Ungewißheit hatte ihm keine Ruhe gelassen, vor allem nicht in der ersten Zeit. Nach seiner Ankunft in Moskau hatte er erneut diskrete Erkundigungen eingezogen, doch Grüber blieb verschwunden.

»Aber ich bin fast dabei draufgegangen«, sagte Grüber weinerlich. »Ich habe sechs Monate gebraucht, um mich durch die russischen Linien durchzuschlagen und Berlin zu erreichen ...«

Kurnow wartete geduldig. Laß ihn reden, dachte er. Drei Jahrzehnte lang hat sich Groll in ihm aufgestaut. Die Therapie war überfällig.

»Inzwischen waren alle untergetaucht«, fuhr der alte Mann fort. »Ich habe versucht, die Organisation zu erreichen, aber alle Verbindungen waren gekappt. Niemand wollte etwas mit einem zu tun haben, dessen Name so offensichtlich mit den Lagern verbunden war ...«

War nicht anders zu erwarten gewesen bei dem Chaos direkt nach Kriegsende, dachte Kurnow. Alle Nazis waren während der ersten sechs Monate geflohen oder hatten eine neue Identität angenommen. Grüber wäre ihnen als Gefahr erschienen.

Grüber deutete auf sein kaputtes Auge.

»Gott sei Dank bin ich deinem Beispiel gefolgt und habe stets Fotos vermieden. Aber mein Auge war ein unverwechselbares Kennzeichen ... die Juden im Lager hatten eine detaillierte Beschreibung von mir gegeben. Selbst heute noch muß ich eine Augenklappe tragen. Mehrmals waren sie mir so dicht auf den Fersen ...«

Er ließ zwischen Daumen und Zeigefinger einen winzigen Spalt und lachte.

»Und das macht mir am meisten Spaß«, murmelte er. »Ich werde sie um die Kiste bitten und betteln lassen, Heinrich. Kannst du dir das vorstellen? Sie müssen an einen der meistgesuchten PGs zahlen, einen, der ganz oben auf ihrer Liste steht.«

Kurnow wußte, daß der andere eine Reaktion erwartete, und er lachte, etwas zu überschwenglich. Grüber grinste zufrieden. Sollte er den Kauf seiner Akte ansprechen? überlegte Kurnow. Er erinnerte sich, wie nervös Grüber auf die angebotene Hand reagiert hatte. Bei einem zu plötzlichen Themenwechsel wäre es vermutlich ähnlich. Lieber wartete er noch ein bißchen.

»Das ist herrlich ironisch«, lobte er. »Du erinnerst dich an das alte Motto – ›die Juden sollen für alles zahlen‹ ...«

Da er vermutete, daß Gesten überdeutlich gebracht werden mußten, um von dem wirren Verstand Grübers erfaßt zu werden, streckte er sich und deutete auf das Hitlerbild. »Das hätte auch dem Führer gefallen.«

Der alte Mann wandte sich um und ließ traurig die Schultern hängen, während er das Bild betrachtete. Als er sich wieder umdrehte, schluckte er krampfhaft und schien keiner Worte mächtig. Es war klug gewesen, die Akte jetzt noch nicht anzusprechen, befand Kurnow. Grüber hatte noch eine Menge auf dem Herzen.

»Weißt du noch, wie es war, Heinrich?« meinte der alte Mann sinnend. »Die Ehrungen... die Art und Weise, wie wir behandelt wurden... die Bedeutung unserer Versuche für das Vaterland...«

Grüber mußte sich von den Erinnerungen befreien, indem er darüber redete, dachte Kurnow. Und er würde ihm dabei helfen. Die Leute reagierten stets positiv, wenn ihr Gesprächspartner ihnen Vertrauen zu schenken schien. Es war elementarste Psychologie, auf diese Art ein Vertrauensverhältnis zu schaffen zwischen Arzt und Patient. Er zögerte einen Moment und schob dann seine Bedenken beiseite. Warum nicht? Grüber hatte mit ihm gearbeitet. Er würde nichts sagen, was der Alte nicht ohnehin wußte. Es würde, in Grübers senilem Hirn, ein starkes Band schaffen zwischen ihnen. Er war stets ein pflichteifriger, unterwürfiger Assistent gewesen. Bevor der Abend vorbei war, würde er wieder dazu werden, formbar und lenkbar.

»Es war eine großartige Zeit«, bestätigte er, wobei er feststellte, daß ihm die nostalgische Erinnerung ebenfalls Spaß machte. »Der Führer war ein großer Mann... war so begeistert von der Arbeit...«

Er hielt inne und faßte sich wie beiläufig in die Jackentasche. Es war wichtig, daß sich Grüber an solche Bewegungen gewöhnte. Der andere machte keine Anstalten, nach der Luger zu greifen, als Kurnow die Zigarette hervorholte, sie in die Spitze einsetzte und gierig zu rauchen begann.

»Er wußte um die Bedeutung der Studien«, fuhr Kurnow fort. Er wollte Grüber mit in das Lob einbeziehen. »Noch drei Jahre, und wir hätten die Bakterienversuche perfektioniert, mit denen wir Europa von allen Juden, Zigeunern und Schwarzen befreien konnten... mit denen wir sogar den Verlauf des Krieges geändert hätten...«

»So dicht vor dem Ziel...«, seufzte Grüber.

»Der Nutzen unserer Experimente für die Menschheit wäre ebenfalls enorm gewesen«, fügte Kurnow hinzu, mit der selbstgerechten

Entrüstung eines Mannes, dem man die Beendigung seines Lebenswerks verwehrt hat. Es *war* knapp gewesen. In Rußland hatte er oft Tagträumen nachgehangen, welche Rolle er wohl in Deutschland gespielt hätte, wenn der Krieg anders ausgegangen wäre.

Ein schlaues Lächeln huschte über Grübers Gesicht.

»Auch gewisse andere Dinge drangen nicht an die Öffentlichkeit, stimmt's, Heinrich? Und das war unser Glück.«

Kurnow zögerte. Er glaubte zu wissen, in welche Richtung Grübers Gedanken gingen. Damit würde er sich zwanglos dem Thema der Papiere nähern. Kurnow wollte vorerst abwarten.

»Ich *wußte* nicht, daß du nach Rußland gegangen bist«, gestand Grüber. »Es gab natürlich Gerüchte, wie über Bormann und Mengele. Aber sicher war ich mir nicht. An Bock habe ich mich nur deshalb gewandt, weil ich annahm, daß er noch Kontakt zu alten Nazis hatte, denen dann der Angstschweiß ausbrechen sollte. Deinen Namen hab ich einfach als Köder hingeworfen . . . hab alles auf eine Karte gesetzt, nachdem ich wußte, daß es Selbstmord für dich gewesen wäre, in Moskau zu bleiben, mit dem, was ich gegen dich in der Hand hatte . . . und ich wußte schließlich, daß du Geld hattest . . .«

Er *hätte* von dem Schweizer Konto gewußt, sagte sich Kurnow. Oder zumindest davon geahnt. Die Zahlungen und erpreßten Gelder hatte er gar nicht übersehen können. Das war ein weiterer Grund für Kurnow gewesen, in jenen letzten Tagen nach ihm zu suchen. Es war wichtig, dachte Kurnow, daß sein ehemaliger Assistent nicht zu viel Selbstvertrauen gewann. Aber da gab es eine probate Methode. Er deutete auf das Hitlerbild.

»Es war auf persönliche Anweisung des Führers, daß wir die Kälteversuche nicht nur an Juden, sondern auch an russischen Kriegsgefangenen durchführten«, verteidigte er sich. »Wir mußten wissen, ob jemand, der im Klima Rußlands aufgewachsen war, eine angeborene Fähigkeit besaß, besser der Kälte zu widerstehen.«

»Gewiß«, räumte Grüber bereitwillig ein, als wollte er Kurnow beschwichtigen. »Ich kritisiere das, was wir getan haben, ja auch in keiner Weise . . . hab mich lediglich über dein Glück gewundert. Hattest du keine Angst, daß sie in Moskau dahinterkommen könnten? Stell dir vor, was sie mit dir gemacht hätten!«

Kurnow lächelte über den Anflug von Bewunderung in der Stimme des alten Mannes. Offenbar besaß er immer noch einen gewissen Respekt vor ihm. Das war wichtig. Allmählich bewegte sich die Unterhaltung in die richtige Richtung. Er würde als Sieger daraus hervorgehen, dessen war sich Kurnow gewiß.

»Ich wage nicht daran zu denken, was sie mit mir gemacht hätten, wenn sie dahintergekommen wären, daß ich vierhundert Russen zu Tode gefroren habe«, gestand er. »Aber ich habe mich soweit wie möglich abgesichert. In den russischen Akten bin ich Reinhart... Erinnerst du dich an den Idioten, der andauernd versucht hat, anderen Leuten zu helfen...?«

Grüber brach in schadenfrohes Gelächter aus. Kurnow fiel ein, wiederum zu überschwenglich, wobei er genau auf die Reaktion achtete, wie ein Mann, der ein Instrument stimmt.

»Ich weiß«, sagte er. »Eine Ironie des Schicksals.«

Er hielt inne und überdachte die Frage des alten Nazis.

»Die Russen würden mich nicht einsperren«, sinnierte er. »Die Russen würden mich an die Wand stellen. Zuerst ein riesiges Gerichtsspektakel inszenieren und mich dann erschießen. Die Russen sind ein merkwürdiges Volk... oft ausgesprochen dumm. Sie haben einen gigantischen Mythos geschaffen über ihre heroische Rote Armee im Zweiten Weltkrieg, wo sie in Wirklichkeit nichts als ein zusammengewürfelter Haufen von Bauernburschen war. Sie haben mit der gleichen Methode gesiegt, mit der heute auch die Chinesen einen Krieg gewinnen würden... sie können so viele Menschen als Kanonenfutter opfern, daß der anderen Seite irgendwann die Puste ausgeht. Aber wenn sie dahinterkämen, daß ich für den Tod von Russen in Konzentrationslagern verantwortlich war... für den Tod von Angehörigen ihrer wundervollen Roten Armee... da würden sie völlig überschnappen...«

Er verstummte und zündete sich am Stummel der alten eine frische Zigarette an. Ich gehe zu weit, dachte er plötzlich. Hätte ich mich auf das beschränken sollen, was Grüber ohnehin weiß. Es war dumm gewesen, so offen über russische Reaktionen zu sprechen. Zeit für ein bißchen Bewegung.

Lässig stand er auf, streckte sich, schlenderte durchs Zimmer und begutachtete eine der Büsten. Dann drehte er sich um. Grüber hatte die Stirn gerunzelt, als sei er verwirrt über diese jüngste Entwicklung. Kurnow wollte ihm keine Zeit zum Überlegen lassen und fuhr hastig fort.

»Aber du hattest recht. Ich mußte mich aus der Sowjetunion herauswagen, um mir die Papiere zu sichern. Du hast die einzige Schwachstelle gefunden, die mich veranlaßte, eine Fassade zu ruinieren, an der ich ein halbes Leben gebaut habe...«

Er wanderte zu dem Hitlerbild neben der Tür. Es wurde Zeit, mit sanftem Druck zu beginnen.

»Was steht eigentlich drin, in dieser Akte ...?«

Grüber lachte, glücklich über seine Macht.

»Alles, Heinrich. Jeder Versuch, der je durchgeführt wurde ... Belobigungsbriefe des Führers ... Beschreibungen von dir als dem Arzt und Schöpfer einer neuen Rasse von Übermenschen ... Arbeiten zu beschleunigen ...«

Kurnow schluckte nervös. Diese Nazis mit ihrer verdammten Bürokratie! Er stand halb abgewandt, zu den Fotos hin, und wußte, daß diese Geste der Unsicherheit Grüber entgangen sein würde. Es war richtig gewesen, sein russisches Asyl zu verlassen, um die Akten wiederzubeschaffen, sagte sich Kurnow. Sie hätten seine Vernichtung bedeutet. Er wandte sich zurück in den Raum.

»Wie bist du eigentlich an die Kiste gekommen?« erkundigte er sich.

Grüber spielte mit der Pistole und lächelte über die Frage.

»Reines Glück«, sagte er gelassen. »Nach Jahren der Entbehrung hat sich endlich das Blatt gewendet ...«

Grüber war bereit zu reden, begriff Kurnow. Wahrscheinlich brauchte er nur wenig nachzuhelfen.

»Nur ein einziger Mensch hat sich je um mich gekümmert«, klagte Grüber. »Ohne ihn wäre ich elendig krepiert ... Der Rest meiner Familie hat mich wie einen Aussätzigen behandelt ... jemand, dem man Geld gibt, damit er verschwindet und sie nicht in Verlegenheit bringt ...«

Kurnow wartete geduldig.

»Erinnerst du dich an Franz Grüber?« fragte der alte Mann. »Mein Vetter ... war ebenfalls im Lager ...«

Kurnow runzelte die Stirn. Da hatte es tatsächlich einen Verwandten gegeben. Grüber hatte ihn im letzten Kriegsjahr ins Labor mitgebracht, frisch von der Universität ... ein pickeliger, junger Bursche, der nie ein Wort sagte.

»Es war das Kommandounternehmen am Toplitzsee«, fuhr Grüber fort. »Franz war einer der Forstbeamten, die den See zu bewachen hatten. Er war es, der die Leichen gefunden hat, am Morgen nach der Schießerei. Er ist ein fixer Junge ... war es immer schon ...«

Er unterbrach sich, abgelenkt von einer anderen Erinnerung.

»Er denkt genauso gern wie ich an die alten Zeiten«, sagte Grüber. »Er kommt gern hierher und zieht die Uniform an. Wir singen zusammen das Horst-Wessel-Lied und hören uns Schallplatten mit Reden des Führers an ...«

Er mußte zum Thema zurückgebracht werden, dachte Kurnow.

»Was hat er gemacht?« bohrte er.

»Er ist nicht in Panik geraten wie dieser andere Idiot, der dann Alarm gegeben hat«, erzählte Grüber. »Er konnte sich ungefähr vorstellen, was passiert war. Also hat er gesucht. Die Kiste lag in kaum einem Meter Tiefe ...«

Grüber hatte ein irres Funkeln in seinem einen gesunden Auge.

»Außer den Papieren befand sich Gold im Wert von fast einer halben Million in der Kiste. Er brauchte beinahe einen Monat, bis er das ganze Zeug hierhergeschafft hatte. Ich konnte mein Glück gar nicht fassen ...«

Gemächlich schlenderte Kurnow zu seinem Stuhl zurück.

»Und dann hast du mit den Verhandlungen begonnen?«

In Grübers Gesicht arbeitete es, und das triumphierende Lächeln, das andauernd um seine Mundwinkel gespielt hatte, verschwand.

»Nein, Heinrich«, widersprach er scharf. »Nicht mit Verhandlungen... mit Forderungen. Nachdem ich dreißig Jahre lang unter primitivsten, unwürdigsten Bedingungen leben mußte, andauernd in Angst vor Entdeckung, während um mich herum alte NS-Leute ein Leben in Luxus führten, habe ich beschlossen, verrückte Forderungen zu stellen, und dafür zu sorgen, daß sie auch erfüllt werden. Ich werde jeden einzelnen Nazi, der noch am Leben ist, entlarven ...«

»... Mit Ausnahme von mir«, unterbrach Kurnow, dem es darum ging, die aufsteigende Hysterie einzudämmen.

»Ganz recht, Heinrich. Mit Ausnahme von dir. Mit dir habe ich etwas ganz Besonderes vor ...«

Kurnow wollte nach der Zahlungsanweisung greifen, doch prompt kam die Pistole hoch. Kurnow erstarrte mitten in der Bewegung.

»Ich wollte nur das Geld herausholen«, erklärte er geduldig. »Die Zahlung, die du verlangst.«

»Ich will mehr als Geld, Heinrich. Ich will etwas, das viel besser ist als Geld.«

Kurnow wartete beklommen. Der Mann glitt immer mehr in den Wahnsinn ab.

»Ich hasse dich, Heinrich«, erklärte Grüber. »Ich *weiß*, daß du mich zurückgelassen hast, damit ich krepieren sollte. Ich weiß, daß du lügst, wenn du sagst, du hättest nach mir gesucht, um mir zu helfen. Du warst schon immer so, hast immer nur an dich gedacht ...«

»... Nein, glaub mir doch ...«

»Halt's Maul!« brüllte Grüber. Kurnow schwieg.

»Für dich habe ich mir eine ganz spezielle Vergeltung überlegt«, fuhr Grüber fort. »Ich erinnere mich an deine Arroganz ... an deine unglaubliche Geringschätzung anderer Menschen ... Du wirst bitten müssen, Heinrich. Du wirst vor mir knien, wie die Juden, die dich angebettelt haben, verschont zu werden. Das wird dir nicht schmekken, Heinrich, stimmt's? Du hast noch nie im Leben vor jemand auf den Knien gelegen.«

Grüber machte eine herrische Bewegung mit der Pistole, wie mit einem Zeigestock.

»Na los, Heinrich«, befahl er. »Wir reden nicht über Geld, bevor du nicht auf den Knien gelegen und mir gesagt hast, wie leid es dir tut.«

Er würde ihn umbringen, beschloß Kurnow. Sobald er alle Papiere hätte, würde er den Mann erwürgen. Das wäre nicht allzu schwierig. Grüber schien auch körperlich ein Wrack zu sein. Das Dossier machte ihm allerdings noch Sorgen.

Kurnow ging plötzlich auf, daß er bisher noch keine Spur davon gesehen hatte. Als hätte Grüber seine Gedanken erraten, griff er in eine Schublade und nahm eine Akte mit rotem Einband heraus. Die Ränder waren schwärzlich verfärbt mit Wasserflecken. Von seinem Platz aus konnte Kurnow den aufgeprägten Namen lesen: HEINRICH KÖLLMAN.

»Da ist das Zeug, Heinrich«, sagte der Nazi. »Deswegen bist du gekommen. Nun bitte darum.«

Kurnow starrte auf die Akte. Zwei Schritte, dachte er. Zwei Schritte, und er könnte ihm den Hefter aus der Hand reißen.

»Ich warte«, drängte Grüber. »Ich warte auf deine Entschuldigung.«

Es war sinnlos, mit einem kranken Geist zu diskutieren, sagte sich Kurnow. Er hatte ihn fast unter Kontrolle bekommen, wie wenn man eine Forelle von der anderen Bachseite herüberkitzelt. Aber stets war sie ihm wieder entglitten. Und nun machte Grübers Geistesgestörtheit jedes Argument sinnlos, sein Hirn war auf die eingebildeten Entbehrungen dreier Jahrzehnte fixiert und auf den Mann, den er dafür verantwortlich machte. Er konnte sich nur fügen und auf Anzeichen achten, daß der Anfall nachließe. Widerstrebend erhob sich Kurnow und trat einen Schritt zurück. Dort blieb er stehen, und der Ärger stieg in ihm hoch. Grüber hatte recht. Er hatte noch nie gebettelt.

»Auf die Knie, Heinrich.«

Kurnow hielt sich an dem Stuhl fest und ließ sich langsam auf ein Knie sinken.

»Auf beide Knie«, befahl Grüber. »Und die Hände zusammen, als ob du beten würdest, so wie es die Juden immer gemacht haben.«

Kurnow fiel auf beide Knie, die Hände gefaltet. Es war ihm klar, daß ihm nichts anderes übrigblieb, als die Pose einzunehmen, von der Grüber so lange geträumt hatte.

»Jetzt sage: ›Verzeih mir bitte, daß ich den Ehrenkodex der SS verletzt und Kameraden dem Tod überlassen habe ...‹«

Leise begann Kurnow den dummen Spruch nachzusprechen.

»Lauter!« rief Grüber.

Kurnow hielt inne und begann dann noch einmal, mit lauterer Stimme.

»›... Ich schwöre, daß ich meine Taten zutiefst bedauere ... und ich leiste erneut dem großen Führer und der Nationalsozialistischen Partei meinen Treueeid.‹«

Kurnow sagte es nach und blieb am Boden knien. Grübers Geistesverwirrung war viel ernster, als er zuerst angenommen hatte. Seine Knie begannen zu schmerzen, und die Beine schliefen ihm ein, aber er wußte, daß er in dieser Lage verharren mußte, bis er die Erlaubnis zum Aufstehen bekam. Grüber hatte zu lange von dieser Szene geträumt, als daß er auch nur eine Sekunde seiner Rache verschenken würde. Der Wahnsinn war jedoch mit Verschlagenheit gepaart, dachte Kurnow. Um den alten Mann zu überrumpeln, mußte er näher an den Schreibtisch herankommen.

Grüber schien nur ungern das Spektakel beenden zu wollen. Aber schließlich sagte er: »Du kannst dich jetzt erheben, Heinrich.«

Kurnow stand auf und ließ sich erleichtert in den Stuhl fallen.

»So ist mir's ergangen, seit Kriegsende ... seit du mich sitzengelassen hast«, sagte Grüber. »Dauernd auf den Knien, nur um weiterleben zu können. Kein schönes Gefühl, Heinrich, stimmt's?«

»Nein«, bestätigte Kurnow wahrheitsgemäß. Im Augenblick müßte er Grüber nach dem Mund reden. Aber das würde sich bald ändern. Grüber hatte die demütigende Szene vermutlich tausendmal geprobt. Aber die Entschuldigung wäre der Höhepunkt der manischen Depression gewesen. Wie zur Bestätigung starrte Grüber ihn wortlos an, als wartete er darauf, daß Kurnow etwas sagte. Ich muß langsam wieder etwas Druck machen, dachte Kurnow.

»Ich habe dich um Verzeihung gebeten«, sagte er. Vielleicht war es eine gute Idee, ein bißchen zu übertreiben. »Und das habe ich ernstgemeint. Alles, was ich dir angetan habe ... und der Partei ... tut mir aufrichtig leid ...«

Diesmal wurde die Pistole nicht erhoben, als er die Zahlungsanweisungen hervorzog. Seine Stimme nahm den schmeichelnden Ton an, mit dem man einem dickköpfigen Kind gut zuredet. »Und hier ist das

Geld. Du gibst mir die Akten, nicht wahr? Du weißt schon, welche. Diejenigen, die mich identifizieren können ... die du mir vor ein paar Minuten gezeigt hast, die Berichte über die Versuche mit Russen. Und die Akte über Bock. Mehr will ich nicht.«

Grüber schien in seinem Stuhl zusammenzusinken, offenbar erschöpft von dem, was geschehen war. Der Drang nach Rache hatte ihn zu lange beseelt, diagnostizierte Kurnow. Nun war es wahr geworden. Nun hatte er den Mann, den sein kranker Geist haßte, vor sich auf den Knien liegen sehen. Grüber richtete sich plötzlich auf, als sei er entschlossen, die Kontrolle wieder an sich zu reißen. Es würde jetzt nicht mehr lange dauern, schätzte Kurnow. Vielleicht noch dreißig Minuten ... vielleicht sogar weniger. Um seinen Schwächeanfall zu überspielen, griff Grüber nach einer ziselierten Schatulle auf seinem Schreibtisch und nahm sich eine Zigarette. Dann schien ihm sein Besucher einzufallen, und er schob Kurnow die Kiste hinüber. Kurnow, der sofort die Gelegenheit wahrnahm, näher an den Tisch heranzukommen, griff zu. Grüber knipste ungeschickt an dem Feuerzeug, brauchte mehrere Anläufe, bis seine Zigarette brannte, und dann mußte er beide Hände zu Hilfe nehmen, um dem anderen Feuer zu geben.

Kurnow lächelte dankend und sog den Rauch tief in seine Lungen. Er kratzte und brannte, und Kurnow hustete und begriff dann, daß es nicht am Tabak lag, sondern an etwas anderem. Das letzte, was er noch bewußt miterlebte, war Grübers lautes Lachen, ein tierisches Triumphgeheul.

Ungelenk saß Frieden in dem engen Volkswagen. Aber die Unbequemlichkeit war notwendig. Es war wichtig, keine Aufmerksamkeit zu erregen. Und an einen Mann in einem Mercedes oder Rolls-Royce würde man sich möglicherweise später erinnern. Niemand würde jedoch in Westberlin auf einen geparkten Volkswagen achten. Vor sich sah er einen zweiten Volkswagen in die Straße einbiegen und anhalten. Der frühere Standartenführer drehte sich um. Am anderen Straßenende konnte er eine glühende Zigarette in einem Ford ausmachen. Beides sind gute Männer, dachte er. Sobald der Jude von der Botschaft in die Straße eingefahren wäre, würden sie bei ihren Autos bleiben, die Durchfahrt zwar nicht blockieren, aber auf Polizei oder auf sonstige unvorhergesehene Dinge achten, die den Hinterhalt möglicherweise behinderten. Frieden ließ seinen Blick über die Straße schweifen und identifizierte die herumlungernden Fußgänger, die sich zu einem Stoßtrupp formieren würden, sobald er das Signal gab. Es würde ihnen Spaß machen, sie würden das Adrenalin genießen, das ihnen nach so langer Untätigkeit wieder durch die Adern pulste. Frieden war neugierig, wie viele Männer sie in der Wohnung, zu der man durch den kleinen Hof auf der gegenüberliegenden Straßenseite gelangte, antreffen würden. Vermutlich nur zwei, dachte er. Schade. Vielleicht ignorierte der Israeli auch die Anweisungen und brachte Komplizen mit. Frieden hoffte es.

Er hielt die Uhr dicht vors Gesicht. Elf, hatte der Bayer gesagt. Es waren noch sieben Minuten bis zur vollen Stunde. Frieden spürte erstmalig ein nervöses Kribbeln, machte sich aber nichts daraus. Wer vor einem Einsatz nicht Angst verspürte, war ein Idiot.

Scheinwerfer blinkten in seinem Innenspiegel auf, das erste Anzeichen des eintreffenden Juden. Frieden schaute weg und versuchte sich unsichtbar zu machen in seinem geparkten Wagen, als sich das andere Fahrzeug von hinten näherte. Der Mann fuhr langsam, suchte offenbar nach der Hausnummer. Er entdeckte sie sehr spät, lenkte abrupt seinen Wagen zum Bordstein, mußte zurücksetzen und dann wieder ein Stück vorwärts fahren, um ordentlich einzuparken. Frieden lächelte; der Mann fuhr ebenfalls einen Volkswagen, ohne CD-Kennzeichen. Wie vorsichtig sie doch alle waren! Ein paar Sekunden lang blieb der Israeli reglos in seinem Wagen sitzen. Er hat Angst, sagte sich Frieden. Er suchte nach Begleitern, aber der Volkswagen war bis auf den Fahrer leer. Die Posten an beiden Straßenenden würden auf mögliche noch eintreffende Helfer achten.

Gemächlich stieg der Botschaftsangestellte aus dem Wagen und hievte die schwere Aktentasche vom Beifahrersitz. Die Organisationskasse könnte das Geld gut gebrauchen, dachte Frieden grinsend. Und für eine Siegesfeier würde es auch noch reichen. Es waren derartige kleine Gesten, die Soldaten und ihre Führer zusammenschweißten. Ja, es würde auf jeden Fall eine große Fete geben. Schließlich hätten sie allen Grund zum Feiern.

Der Jude zögerte am Eingang zu dem dunklen Hof, vergewisserte sich noch einmal, daß die Hausnummer stimmte, und ging dann hinein. Frieden wartete genau drei Minuten, wobei er sich strikt an den Plan hielt, der in seiner Wohnung ausgearbeitet worden war. Dann stieg er aus und blieb einen Moment neben dem Wagen stehen, was das Signal für die anderen war. Sofort sammelte sich der Stoßtrupp. Sechs Männer stiegen aus drei geparkten Autos, die später als Fluchtfahrzeuge dienen würden. Sieben traten aus Hauseingängen oder gaben ihr scheinbar zielloses Herumschlendern auf. Frieden erreichte als erster den Hofeingang und spähte hinein. Der Hof lag in völliger Finsternis. Er blickte zurück. Die Straße war wie leergefegt. Der Bayer hatte einen guten Platz gewählt.

»Los!« wisperte er und schlich in den Hof, dicht gefolgt von seinen Männern. Ihre Augen gewöhnten sich an die Dunkelheit. Es war ein gepflasterter Innenhof, übersät mit Mülltonnen und Abfällen der umliegenden Bewohner. Die Wohnungen hatten Loggien, so daß man von nirgends den Innenhof direkt einsehen konnte. Die Haustür vor ihnen war ein schwach erhelltes Rechteck. Frieden ging darauf zu.

Der dicke Nazi starb als erster, als ihn die schallgedämpfte Kugel mit dumpfem Klatschen mitten in die Stirn traf und ihn zwischen seine Männer schleuderte. Sofort begannen die anderen versteckten Waffen zu feuern, und weil sie alle schallgedämpft waren, stolperte der Nazitrupp verwirrt umher, der irrigen Meinung, daß die eigenen Leute schössen, aber unfähig, ein Ziel auszumachen.

Es war ein perfekt koordinierter Hinterhalt. Aus allen vier Ecken des Hofs prasselten Kugeln in den dichtgedrängten Haufen. Nur zwei Schüsse wurden von den Nazis abgegeben, und das dumpfe Ploppen drang nicht einmal bis in die zurückgesetzten Wohnungen.

Draußen auf der Straße standen die beiden Posten lässig neben ihren Fahrzeugen, ohne zu ahnen, was sich fünfzig Meter weiter abgespielt hatte. Beide achteten kaum auf die zwei Fußgänger, die sich ihnen näherten, bis sie dicht vor ihnen standen, und dann war es zu spät. Beide starben auf der Stelle, wurden von ihren Mördern aufgefangen und in die Autos gesetzt, wo sie wenig später den Eindruck von Männern machten, die hinter dem Steuer eingeschlafen waren.

Es brauchte gerade sieben Minuten, die fünfzehn Nazis zu töten, aber es dauerte noch einmal fünf Minuten, bis die Killer seelenruhig aus dem Hof kamen, am Eingang kurz zögerten und sich dann auf der Rathenower Straße zerstreuten, drei Querstraßen von der anderen Wohnung in Buckow, die Kurnow drei Stunden zuvor betreten hatte.

Sechs Kilometer entfernt wälzte sich Muntz im Bett und konnte vor Schmerzen nicht einschlafen. Erst am Morgen sollte er erfahren, daß er der einzige Überlebende der O.D.E.S.S.A. war.

Suwloff war sofort nach Moskau ausgeflogen worden, als ihn die westdeutschen Behörden freigelassen hatten, nach heftigen diplomatischen Protesten der Sowjets. Schlaf war unmöglich gewesen in der Militärmaschine, und nun stand er eingeschüchtert vor dem versammelten Präsidium der Sowjetunion und spürte die Müdigkeit auf sich lasten. Es war erst sechs Uhr morgens, alle sahen aus, als seien sie direkt aus den Betten geholt worden. Sie hatten auf einem kompletten Vortrag, auch der Vorgeschichte, bestanden, obwohl er zuvor ausführliche Berichte geschickt hatte, die jetzt vor ihnen lagen. Wenn er irgend etwas vergaß, meldeten sich sofort Mawetskij oder Schepalin, ängstlich bemüht, nicht die geringste Kleinigkeit auszulassen.

Als er geendet hatte, wartete er ergeben, nachdem ihm aus der Art der Fragen klargeworden war, daß jeder die Verantwortung auf ihn abschob. Man würde ihn in ein Lager schicken. *Hoffte* er. Eine Einweisung in ein psychiatrisches Krankenhaus, wie bei Grigorenko, könnte er nicht ertragen. Gott sei Dank waren psychiatrische Einweisungen auf politische Dissidenten beschränkt. Unruhig trat er von einem Fuß auf den anderen, als ihm ein entsetzlicher Gedanke kam. Kurnow war ein politischer Fall. Man würde doch hoffentlich seine Versäumnisse nicht unter dem gleichen Blickwinkel betrachten?

»Also hatte er Helfer?« fragte Schepalin schließlich.

Suwloff nahm erneut Haltung an.

»Zweifellos, meiner Meinung nach. Der nachfolgende Wagen war perfekt positioniert, um mögliche Verfolgerfahrzeuge zu behindern, und der Möbelwagen hat ganz gezielt die Straße blockiert.«

»Warum haben Sie derartige Manöver nicht vorausgesehen?« wollte der Vorsitzende wissen.

Sein Bericht war so schwach gewesen, sah Suwloff ein, daß man ihm nur zu leicht Inkompetenz vorwerfen konnte.

»Es gab keinerlei Hinweise darauf, daß er Helfer hatte . . . er war in Berlin herumgelaufen fast wie ein Mann, der sich verirrt hat . . .«

»Sie *wußten*, daß er über gewisse Kontakte verfügte«, beharrte Mawetskij und wedelte mit dem Bericht, in dem das Treffen mit Bock festgehalten war.

Suwloff nickte bedrückt.

»Der Mann hat die Überwachung bemerkt und sich ein verhältnismäßig simples Manöver einfallen lassen, um sich ihr zu entziehen«, warf Mawetskij ihm vor, nachdem er sich entschlossen hatte, den Oberst zu opfern. »Und er hat Sie nach allen Regeln der Kunst ausgetrickst.«

Suwloff schwieg. Schwein, dachte er.

Schepalin winkte ihn zu einem Stuhl und wandte sich an die versammelten Männer. Bedächtig machte sich der Vorsitzende an eine Manöverkritik des Vorgefallenen.

»Die Konferenz, zu der er sich unter Vorspiegelung falscher Tatsachen entsenden ließ . . .«, er hielt inne, blickte Mawetskij an und ließ die Kritik einsinken, ». . . endet morgen. Meinem Gefühl nach war das, was gestern abend passiert ist, der Höhepunkt und Abschluß seiner einwöchigen Vorbereitungen ... gestern abend hat er endgültig Kontakt aufgenommen mit seinen Nazi-Freunden ...«

Er wartete auf eine Reaktion. Niemand sprach.

»Wenn er wußte, daß er beobachtet wurde – und alles spricht dafür –, dann hat er nicht die Absicht, in die Sowjetunion zurückzukehren ...«

»Deshalb ...«, setzte Mawetskij an, der den Vorschlag des Vorsitzenden erriet. Schepalin schnitt ihm unwirsch das Wort ab.

»Die Sowjetunion muß unverzüglich handeln«, fuhr er fort. »Wir wissen nicht, was sich in Berlin abgespielt hat, aber für uns kann es nur Schwierigkeiten bedeuten. Ich schlage deshalb vor, wir geben umgehend bekannt, daß Wladimir Kurnow in den Westen übergelaufen ist ...«

Er hielt inne und amüsierte sich über die Gesichter der Männer.

»In der Erklärung sagen wir ferner, daß der Mann nach unseren Ermittlungen ein ehemaliger Nazi ist, der von den Behörden gesucht wird ...«

Er wartete. Die unausgeschlafenen Männer ließen sich den Vorschlag durch den Kopf gehen und nickten einer nach dem anderen.

»Irgendwelche Einwände?« erkundigte sich Valeri Schepalin.

»Nein«, erklärte Mawetskij für alle.

»Dann wollen wir hoffen, daß wir die Verlautbarung noch rechtzeitig herausbekommen«, sagte der Vorsitzende.

Die Erklärung der israelischen Regierung war kurz und bündig. Nach den heftigen Protesten der Weltöffentlichkeit über ihr Kommandounternehmen in Österreich und ihre offenbare Bereitschaft, ein Lösegeld zu zahlen – eine Praxis, die sie bei Flugzeugentführungen stets kritisiert hatten –, habe man sich entschlossen, die Affäre um die Toplitzseepapiere auf eine Art zu beenden, wie es sich für eine zivilisierte Nation gehörte. Alle Kontakte zu der Person, die angeblich die Toplitzseekiste in ihrem Besitz hatte, seien deshalb an die westdeutschen Behörden weitergeleitet worden. Israel ziehe sich aus jeglichen Verhandlungen zurück und sei zuversichtlich, daß die Deutschen die Ermittlungen zu einem erfolgreichen Abschluß bringen und irgendwelche Schuldigen vor Gericht stellen würden. Die israelische Regierung bedauerte alle Unstimmigkeiten, die durch die Affäre bei anderen Nationen möglicherweise entstanden waren, wollte jedoch diese Verlautbarung als eine Zusicherung verstanden wissen, sich in Zukunft an internationales Recht zu halten.

Die Nachwirkungen des inhalierten Betäubungsmittels ließen Kurnow krampfhaft würgen. Sofort spürte er die Kälte einer Nierenschüssel an seiner Wange. Er hustete, erstickte fast, vermied jedoch ein Erbrechen.

»Ich glaube, er hat's geschafft«, sagte eine Stimme, und die Nierenschüssel wurde weggenommen.

Kurnow versuchte sich zu bewegen und stellte fest, daß es nicht ging. Seine Arme waren an dem Stuhl fixiert und straff nach unten gezogen. Die Schnur mußte unter der Sitzfläche verlaufen, dachte er. Auch seine Beine waren mit Fußschellen gefesselt und ließen fast keine Bewegung zu. Aber keine der beiden Fesselungen war so schlimm wie der Schmerz an seinem Hals. Sein Kopf war festgeklemmt und nach oben gezwungen. Um die Kehle hatte er eine Lederschlaufe, wie er feststellte.

»Warum machst du nicht die Augen auf, nachdem du nun alles getestet hast?« sagte Grüber.

Zögernd blinzelte Kurnow in den Raum, wobei erneut Übelkeit in ihm aufstieg. Aber jetzt lag es an seiner Angst, wie er wußte, nicht an dem Narkosemittel.

Grüber hockte auf der Tischkante und ließ das Bein baumeln. Er hatte jetzt die Uniform abgelegt und war salopp in Hosen und Sporthemd. Noch etwas war anders, dachte Kurnow. Er kniff die Augen zusammen, öffnete sie dann wieder und versuchte klarer zu sehen, kam aber nicht darauf, was es war.

»Fühlst du dich jetzt besser, Heinrich?«

Zum erstenmal spürte Kurnow die Taubheit in seinem Gesicht. Als er mit seiner Zunge nach der Ursache forschte, wußte er auch schon, warum man ihn betäubt hatte. Grüber sah die tastenden Zungenbewegungen und lächelte.

»Wir mußten es tun, Heinrich«, sagte er im Plauderton. »Ein alter SS-Mann wie du, mit all den Hilfsmitteln, die dir zur Verfügung standen, hätte logischerweise die Zyankalifüllung behalten. Und wir konnten dich doch nicht auf diese schmähliche Art entkommen lassen, nach all der Mühe.«

Kurnows Zunge tastete über das Loch im Zahnfleisch. Sie werden mich umbringen, dachte er gelassen. Eigentlich hätte er damit gerechnet, daß ihm diese Erkenntnis mehr Angst einjagte. Vielleicht kam das später noch.

»Aber du mußt zugeben, wir sind sehr human vorgegangen«, fuhr

Grüber fort. »Kein Mensch hat sich um solche Kleinigkeiten wie Narkosemittel oder Novocain gekümmert, wenn es in den Lagern darum ging, Zähne zu ziehen, stimmt's?«

»Was ...«, setzte Kurnow an. Das Betäubungsmittel hatte ihm den Mund ausgetrocknet, und seine Stimme war sehr schwach.

»Du bist in eine Falle getappt, Heinrich«, sagte Grüber gelassen. »Du bist aus der sicheren Sowjetunion herausgelockt und in eine Situation gebracht worden, aus der es absolut keinen Ausweg gibt. Du bist jetzt so hilflos wie all die Juden, die du gequält hast.«

Jetzt endlich sah Kurnow, was an dem Mann anders war. Das eine Auge war nicht länger tot. Grüber sah ihn unverwandt an, beide Augen auf sein Gesicht gerichtet. Kurnow wandte den Blick ab, da er um seinen Verstand fürchtete.

»Ein bißchen verwirrend, Heinrich? Erinnerst du dich nicht an jene Versuche, die du zusammen mit Mengele in Dachau durchgeführt hast, wo du feststellen wolltest, wie lange es dauert, bis jemand unter scheinbar unkoordiniertem psychischen Druck überschnappte? Genau das ist mit dir geschehen, Heinrich. Ich habe besonders sorgfältig darauf geachtet. Jedes psychologische Druckmittel, dem du ausgesetzt worden bist, war eines, das auch du bei den Versuchen verwandt hast.«

»Sie sind ein Jude«, sagte Kurnow vorwurfsvoll.

»Ganz recht«, bestätigte der andere und warf ihm einen scharfen Blick zu. »Mein Name ist Uri Perez ...«

Er hielt inne, und seine Stimme wurde fast tonlos. »Und bis zum Alter von elf Jahren«, fuhr er fort, »war ich ein Insasse von Buchenwald ...«

Kurnow war gespannt, ob sie ihn foltern würden, bevor sie ihn umbrachten. Seine ständige Angst kam wieder hoch. Bei körperlichem Schmerz würde er sofort zusammenbrechen. Er starrte den Mann mit Grübers Gesicht an. Perez sah den Blick und zupfte ärgerlich an den Hautfalten, als wollte er sie wegreißen.

»Ist ziemlich gut geworden, nicht wahr?« sagte er. »Viel besser, als euer Gesichtschirurg es je hinbekommen hätte. Hat auch lange gebraucht, bis alles stimmte. Und es war sehr schmerzhaft. Aber dieses Gesicht war in meinem Gedächtnis eingebrannt, deshalb wußte ich, daß es richtig aussah ... daß es dich vollkommen täuschen würde. Das Auge war natürlich ein Vorteil. Keine zwei Menschen konnten so aussehen wie Grüber, stimmt's? ... Ich wußte, daß der Anblick dieses Gesichts dich völlig aus dem Gleichgewicht bringen würde. Jeder Zweifel, den du möglicherweise noch hattest, wäre beim Anblick

Grübers verflogen... und ich wußte, daß du überkompensieren würdest, nachdem du der irrigen Meinung warst, du hättest einen alten Trottel vor dir, den es zu besänftigen galt...« Er hielt inne. »Stell dir vor, Heinrich, du hast tatsächlich vor einem Juden gekniet, hast ihn um Vergebung angefleht...«

Er griff hinter sich und hob eine kleine Plastikscheibe auf. »Das Auge war ein Kinderspiel«, sagte er und warf Kurnow den Gegenstand hin. »Eine Kontaktlinse.«

Wieder wurde seine Stimme tonlos.

»Erinnerst du dich, was für ein guter Assistent er war, Heinrich? Wie pflichtbewußt er deine Anweisungen ausgeführt hat? Ich habe zugesehen, wie er meine Mutter und meine Schwester zu Tode fror. Es dauerte lange... fast den ganzen Vormittag. Du wirst dich natürlich nicht mehr daran erinnern. Es war ja nur einer deiner zahllosen Versuche. Ich mußte zusehen. Und mein Vater auch. Aber du weißt natürlich von diesen Doppelversuchen. Du hast sie schließlich ausgedacht. Die Angehörigen mußten zuschauen, weil ihr feststellen wolltet, wie lange sie das aushielten. Mein Vater ist dabei verrückt geworden. Viele sind übergeschnappt, stimmt's? Grüber interessierte sich besonders dafür, warum ich so unbeeindruckt schien... testete mich höchstpersönlich über einen langen Zeitraum, weil er glaubte, hier auf eine neue, gänzlich unbekannte psychische Veranlagung gestoßen zu sein. Deswegen ist mir sein Gesicht im Gedächtnis eingebrannt... Jeden Tag, fast einen Monat lang, hat er mehrere Stunden mit mir verbracht... er und sein Verwandter, dieser Franz... und sie unterhielten sich dabei. Daher weiß ich soviel über dich und über deine Arbeit... Ich habe kein einziges Wort vergessen, obwohl es schon so lange her ist...«

Wieder zupfte er an seiner Gesichtshaut.

»Kannst du dir vorstellen, wie entschlossen wir waren, dich zu schnappen?« sagte er. »Ich hab mich sogar damit einverstanden erklärt, mir das Gesicht eines Mannes anoperieren zu lassen, den ich kaum weniger hasse als dich... ein Gesicht, das wieder loszukriegen sechs Monate dauert... alles nur, um dich zu fassen...«

Er glitt vom Schreibtisch und baute sich vor Kurnow auf. »Und es ist einfach gewesen, unglaublich einfach. Weil du so arrogant warst. Ich hätte nie gedacht, daß du deine geistige und seelische Stärke so sehr überschätzt, und dadurch war es kinderleicht, dich zu lenken... wie ein dressiertes Hündchen...«

Er lachte und ging zum Schreibtisch zurück. Kurnows Kopf begann hin und her zu pendeln, und ein langgezogenes Stöhnen entrang sich seinen Lippen. Von weit weg hörte er Perez' Stimme, merkte aber, daß er nicht zu ihm sprach. Es war, als dozierte er vor einer Studentengruppe.

»Dies ist wichtig«, hörte er Perez sagen. »Dies ist der Moment des Begreifens ... das Eingeständnis der Niederlage. Natürlich gibt es keine Garantie, aber der Zusammenbruch kann nicht mehr fern sein ...«

Kurnow biß den Laut zurück, der, wie er feststellte, von ihm kam, und sah blinzelnd zu dem Mann auf.

»Ah, beachten Sie«, fuhr Perez fort. »Er kämpft dagegen an ...«

Der Israeli kam zu Kurnow zurück. »Das war sehr gut, Heinrich«, lobte er. »Du hast dich wieder etwas gefangen, stimmt's?«

»Sie werden mich umbringen«, sagte Kurnow.

Perez lächelte. »In gewisser Weise schon«, bestätigte er.

»Ich verstehe nicht.«

»Es gibt so vieles, was du nicht verstehst, nicht wahr, Heinrich? Du weißt noch immer nicht, was wirklich passiert ist, stimmt's?«

»Bitte nicht weh tun!« flehte Kurnow.

»Achten Sie auf die plötzliche Regression«, dozierte Perez. Er hatte den Kopf leicht gedreht, stellte Kurnow fest. Er kämpfte gegen den Halsriemen an, konnte aber nichts erkennen.

»Es ist jammerschade«, sagte Perez zu ihm, »daß die ganze schöne Operation, in deren Netz du hängengeblieben bist, nie bekannt werden wird ... Es war nämlich meine Idee, verstehst du. Ich würde nur zu gern die ganze Welt wissen lassen, daß ich der geistige Vater dieses Plans bin.«

Kurnow versuchte die Stimme des Mannes auszublenden und starrte über seine Schulter auf das Hitlerbild. Wie leicht es war, im Geist wieder den Führer zu hören ... sich an die Begeisterung zu erinnern, die er in allen zu entfachen wußte. Es war erhebend gewesen, die Huldigungen bei den Olympischen Spielen 1936 mitzuerleben. Später, entsann er sich, hatte er geweint über die schmählichen Nürnberger Prozesse. Warum hatte er in seinem Bunker sterben müssen, wie ein elender Verbrecher?

Erneut drang die dozierende Stimme in seine Gedanken. »... Regression, Rückzug in die Vergangenheit«, hörte er Perez diktieren. »Der Zwang, sich hinter bekannten, vertrauten Erinnerungen zu verstecken ...«

Mühsam konzentrierte sich Kurnow wieder auf den Israeli. Es war so viel schöner, an die Vergangenheit zu denken.

»Alles ist inszeniert worden für dich, Heinrich. Alles ... das

Kommandounternehmen am Toplitzsee ... die Pressekonferenzen in Jerusalem ... all die bizarren Anrufe ...«

Wieder unterbrach sich Perez. Die Pausen waren sorgfältig einkalkuliert, dachte Kurnow, damit jeder Punkt voll wirkte und um seine Verwirrung zu vergrößern.

»Wir machten uns Gedanken wegen dieser Anrufe. Alle meinten, du würdest unweigerlich Verdacht schöpfen. Es war der schwächste und gefährlichste Teil der ganzen Operation. Ich argumentierte, bis dahin hätte ich mich soweit in deinem Hirn eingenistet, daß du wegen der Anrufe nicht durchdrehen würdest ...«

Kurnow spürte, wie seine Konzentration nachließ. Muß an dem Betäubungsmittel liegen, dachte er. Er *würde* sich nicht von dem Mann unterkriegen lassen.

»Die Festnahme von Heinrich Köllman wird Israels größter Coup sein ... das und die Vernichtung von so vielen Nazis, wie wir im Verlauf der Operation nur erwischen können«, erläuterte Perez. »Die kleinen Fische hätten wir uns natürlich leicht schnappen können. Aber das war uns nicht spektakulär genug. Wir wußten, daß du in der Sowjetunion warst, wenn wir auch deinen neuen Namen nicht kannten. Noch wußten wir, daß du solch ein wichtiger Mann geworden warst. All das ist ein Bonus für uns ...«

Kurnow sank der Kopf auf die Brust. Mühsam richtete er sich auf und fixierte einen Punkt direkt unter dem Mund des Mannes. Sie würden ihn nicht zusammenbrechen sehen. Bis zum bitteren Ende würde er beweisen, daß ein Nationalsozialist immer noch stärker war als ein Jude.

»Ich hätte nie gedacht, als ich dir und Mengele und Grüber bei euren Deprivationsversuchen zusah, daß ich eines Tages selbst Psychiater werden würde ... und an dir genau die Techniken ausprobieren könnte, die du perfektionieren wolltest. Ich habe die gesamte Operation und deine Festnahme zum Thema einer Dissertation gemacht, Heinrich. Ich werde jetzt Psychiatrie lehren, und ich werde dieses gesamte Experiment als Lehrbeispiel für meine Studenten verwenden ... Ich lasse sogar ein Tonband mitlaufen.«

Perez lachte. »Das ist das beste daran, nicht wahr, Heinrich? Deine Gefangennahme und dein völliger Zusammenbruch als Anschauungsmaterial, um Leute auszubilden, die du einst als menschliche Versuchskaninchen mißbraucht hast.«

Die Erklärung war zweifellos Teil des Psychoterrors, sagte sich Kurnow, dazu bestimmt, Selbstvorwürfe wegen seiner eigenen Dummheit auszulösen.

»Meine psychiatrische Vorbildung war der eigentliche Grund, weshalb man mich mit der Aufgabe betraute, dich aus der Sowjetunion herauszuholen. Deshalb habe ich das fingierte Tauchunternehmen am Toplitzsee inszeniert...«

Er zögerte.

»... das so schrecklich schiefging... Das einzige, was nicht genau nach Plan gelaufen ist...«

Kurnow hatte sich an ein Wort geklammert, wie ein Ertrinkender an einen Rettungsring.

»Fingiert?« fragte er.

Wieder lachte Perez.

»O ja, Heinrich. Fingiert. Ich habe mir lediglich deine Angst zunutze gemacht... Ich habe dich die ganze Zeit manipuliert, durch Angst...«

Kurnow schüttelte den Kopf, unfähig, das Gehörte zu begreifen. Was natürlich auch nicht beabsichtigt war. Er mußte noch weitergetrieben werden, an den Rand des Zusammenbruchs.

»Von Juden, die Buchenwald und Auschwitz überlebten, hatten wir eine Menge Berichte über die Experimente an Russen... ich habe sie selbst gelesen. Aber wir verfügten nicht über dokumentierte, unwiderlegbare Beweise. Und die Beziehung zwischen Israel und der Sowjetunion ist nicht so geartet, daß man eidesstattliche Versicherungen von ehemaligen Lagerinsassen akzeptiert hätte. Und außerdem wußten wir deinen neuen Namen nicht. Ich mußte also zweierlei tun: den Namen herausfinden und die Beweise beschaffen. Deswegen habe ich das Tauchunternehmen am Toplitzsee organisiert. Ich wollte nichts weiter als ein paar Nazi-Überbleibsel... ganz egal was... um in Jerusalem eine Pressekonferenz abhalten zu können...«

Langsam ging Kurnow die volle Tragweite dessen auf, was er da hörte, und er sackte in seinem Stuhl zusammen, nur noch gehalten von den Fesseln. Zum zweitenmal in seinem Leben hatte er den Kopf verloren, dämmerte ihm.

Es hatte keine Notwendigkeit bestanden, sich aus der Sowjetunion herauszuwagen. Wäre er geblieben, hinter dem Schutzwall, den er sich in Rußland errichtet hatte, dann wäre er bis zu seinem Lebensende sicher gewesen.

»Sie meinen...?« ächzte er.

»Ja, Heinrich«, bestätigte Perez. »Es gibt keine vierte Kiste. Hat sie nie gegeben. Wir hatten nicht den geringsten Beweis, daß du Heinrich Köllman warst, bis zu deinem sorgfältig aufgezeichneten Geständnis heute abend. Wir wußten, daß dieser Schönheitschirurg, Bock, das

Geld verwaltete, das du den Nazis vorenthalten hattest, aber das war auch unsere einzige Spur. Weil er das Konto nie angriff, vermuteten wir, daß du noch am Leben warst. Und daß du, soweit wir feststellen konnten, irgendwo in Rußland warst. Das wurde zu meinem stärksten Trumpf. Wenn du befürchten mußtest, daß wir Beweise für deine Greueltaten an Russen hatten, würdest du aus deinem Versteck kommen, das war mir klar. Ganz abgesehen von den auf der Hand liegenden Kommunikationsproblemen, konntest du schwerlich die Nazis bitten, diese Papiere für dich zu beschaffen. Weil sie genauso hinter dir her waren wie wir. Und genausowenig wäre es dir möglich gewesen, dem Arzt eine heimliche Nachricht zukommen zu lassen. Ich *wußte*, daß du dich exponieren mußtest... die Wiederbeschaffung solch hochbrisanten Materials konntest du keinem anderen überlassen... deshalb war mir von vorneherein klar, daß du von Bock übernehmen würdest. *Niemand* konnte dir das abnehmen, richtig?«

Perez unterbrach sich und sah zu Boden.

»Der tödliche Zwischenfall am Toplitzsee war mein einziger Fehler«, murmelte er. »Wenn es nicht diesen Hinterhalt gegeben hätte, wäre das gesamte Projekt reibungslos über die Bühne gegangen.«

Die Selbstvorwürfe, gegen die er sich so lange gewehrt hatte, brachen jetzt über Kurnow herein. Er bäumte sich gegen die Fesseln auf, und Tränen rannen ihm über die Wangen. Er weinte völlig lautlos.

»Wenn ihr Tod irgendeinen Sinn gehabt hat«, fuhr Perez nachdenklich fort, »dann den, daß sich die Weltöffentlichkeit viel mehr für das Kommandounternehmen interessierte, als wir zu hoffen gewagt hatten. Und die von Shapiro geborgene Kiste wurde als absoluter Beweis für den Wahrheitsgehalt unserer Story angesehen. Wir brauchten nichts weiter zu tun, als das Gerücht von einer vierten Kiste auszustreuen, die angeblich Akten über dich enthielt, den Brennpunkt der Affäre nach Berlin zu verlegen und darauf zu warten, daß du dich selbst in dem Netz fingst.«

Er hatte es einfach nicht voraussehen können, versuchte sich Kurnow innerlich zu rechtfertigen. Er wollte die Tränen zurückhalten. Er konnte doch nicht vor ihnen zusammenklappen und ihnen die Befriedigung geben, daß sie ihn zerbrochen hatten. Er hatte einen Fehler gemacht, sicher. Aber er hatte es unmöglich wissen können.

»Es mußte natürlich Berlin sein«, sagte Perez. »Das war sehr wichtig. Alles mußte mit Erinnerungen verbunden sein, die sich in deinem Kopf drängen und dich durcheinanderbringen würden. In jeder anderen Umgebung hättest du womöglich Zweifel bekommen und einen Rückzieher gemacht. Aber ich wußte, daß Berlin dir den Kopf vernebeln würde. Wir brauchten lediglich Bock unter Druck zu setzen, nachdem er deine einzige Kontaktmöglichkeit war. Und zu warten, bis du bei ihm auftauchst.«

Er lächelte. Perez war voller Triumph, sagte sich Kurnow.

»Und du kamst, genau wie ich es vorausgesagt habe. Keiner wollte glauben, daß ich einen Menschen so manipulieren könnte, wie ich dich manipuliert habe. Weißt du, Heinrich, daß es von Anfang an kaum einen Moment gegeben hat, wo ich nicht ganz genau deine Gedanken hätte erraten können? Ich habe alles vorausgesehen ... das Trauma der Rückkehr nach Berlin ... das Wissen – und damit die Angst –, daß Gott und die Welt nach dir suchten ... die Sorge, daß die Russen dir auf die Schliche kämen ... die Erinnerungen ... alles ...«

»Was haben Sie mit mir vor?« fragte Kurnow. Wenn sie ihn hätten töten wollen, würden sie das gleich getan haben. Und sie hätten ihn auch nicht so lange gequält. Der ausführliche Bericht, den Perez ihm gab, war nicht die Prahlerei eines Mannes, der erfolgreich eine perfekte Falle aufgebaut hatte. Was steckte also dahinter?

»Das ist immer die schlimmste Angst, nicht wahr, Heinrich? Nicht zu wissen. Es ist ziemlich einfach, einen Mann in den Wahnsinn zu treiben, nur durch Grübeln und quälende Gedanken, wenn man ihm erst einmal die Angst eingepflanzt hat, stimmt's?«

Kurnow blickte ihn abwartend an. War es das? Wollten sie ihn in den Wahnsinn treiben? Er griff verzweifelt nach diesem Strohhalm. Dagegen könnte er sich wehren, sagte er sich. Er wäre in der Lage, den psychischen Druck vorauszuahnen und entsprechend darauf zu reagieren.

»Es ist ein sehr cleverer Schachzug«, sagte Perez, ohne jede Selbstgefälligkeit. »Weißt du, Heinrich, Israel ist sich im klaren, daß es die Welt verärgert hat ... daß es mehr zu verlieren als zu gewinnen hätte von einer Neuauflage des Eichmann-Prozesses ... Du bist der letzte spektakuläre *Coup*, aber das dient nur unserer eigenen Befriedigung. Niemand sonst wird erfahren, daß wir die Finger drin hatten ...«

Er blickte auf die Uhr.

»Vor zwei Stunden hat Jerusalem sein tiefes Bedauern über das Kommandounternehmen in Österreich zum Ausdruck gebracht und weiterhin gesagt, die bisherigen Ergebnisse aller Ermittlungen und Verhandlungen im Zusammenhang mit der angeblich geborgenen vierten Kiste seien an die zuständigen Behörden weitergeleitet worden ...«

Kurnow spürte erneut, wie die Gedanken ihm entglitten, und krampfhaft suchte er zu verstehen, was Perez sagte.

»Du steckst in einem Strudel, Heinrich. Und du wirst in die Tiefe gerissen werden, es gibt keine Rettung für dich.«

»Um Gottes willen . . .«, bettelte Kurnow verstört.

»Hör genau zu«, sagte Perez. »Hör zu, wie es dir ergehen wird . . .«

Kurnow fuhr hoch, den Blick starr auf Perez gerichtet, und bedauerte dann sofort die Bewegung. Es war schon wieder ein psychologischer Trick gewesen, der Aufschluß darüber geben sollte, wie weit die geistige Erosion schon fortgeschritten war.

»Wie gesagt, ich wußte einfach, daß du aus deinem Versteck kommen würdest. Obwohl wir deine Identität nicht kannten, verfügten wir doch über Hinweise, daß du eine einflußreiche Stellung hattest, so daß es dir nicht schwerfallen würde, eine Reisegenehmigung zu bekommen. Ich wußte weiterhin, daß auch die O.D.E.S.S.A. scharf war auf die Papiere. Nicht weil es um deine Person ging, obwohl das schon Grund genug gewesen wäre, sondern weil wir hatten verlauten lassen, daß die Kiste Unterlagen über fast alle noch lebenden Nazis enthielt . . .«

Bedeutungsvoll hielt er inne.

»Es ließ sich leicht feststellen, wie dicht am Ball die Nazis waren. Wir konnten davon ausgehen – bei den Verbindungen, über die sie noch immer verfügen –, daß sie die Telefonleitungen der israelischen Botschaft abhören würden. Wir machten ein Experiment. Wir inszenierten ein fiktives Treffen zwischen jemand von der Botschaft und dem Mann, der angeblich die Kiste im Besitz hatte. Binnen zwei Stunden tauchten sie auf. Also wußten wir, daß wir sie an der Angel hatten, genau wie dich.«

»Ich verstehe nicht . . . ich verstehe immer noch nicht . . .«, beklagte sich Kurnow.

»Gestern abend haben wir die eigentliche Falle präpariert«, sagte Perez. »Und sie sind alle hineingetappt, alle fünfzehn . . .«

Er hustete, erschöpft von den langen Erklärungen.

»Sie sind tot«, fuhr er fort. »Wir haben die gesamte Organisation der ehemaligen SS-Angehörigen in Berlin vernichtet . . . Die Nazis in Ägypten und Südamerika können sich jetzt keinen Moment mehr sicher fühlen, nachdem ihre Unterstützungsorganisation hier in Berlin nicht mehr existiert.«

»Warum erzählen Sie mir das alles?«

»Oh, das ist alles sehr wichtig für dich, Heinrich«, versicherte Perez. Er stand auf und trat dicht an den gefesselten Mann heran. Kurnow wich zurück, rechnete damit, geschlagen zu werden, merkte dann jedoch, daß Perez ihm etwas hinhielt. O Gott, dachte er, sie haben mich nach allen Regeln der Kunst aufs Kreuz gelegt. Es gab mehr als ein Dutzend Fotos, alle scharf und deutlich, mit einem Infrarotfilter auf hochempfindlichem Film aufgenommen. Ein Abzug nach dem anderen, einer vernichtender als der andere. Da war Kurnow, den Arm zum Hitlergruß hochgereckt... versonnen vor dem Führerbild und der Hakenkreuzfahne stehend... sogar kniend, in einer Stellung, die wie eine Huldigung an die seitlich stehende Hitlerbüste wirkte.

Zufrieden über Kurnows Reaktion trat Perez zurück und setzte sich wieder auf die Schreibtischkante.

»Was hältst du davon?« sagte er. Kurnows Stimme erfüllte den Raum, in einer perfekten Bandaufzeichnung.

»Der Führer war ein großer Mann... Noch drei Jahre, und wir hätten die Bakterienversuche perfektioniert, mit denen wir Europa von allen Juden, Zigeunern und Slawen befreien konnten... Es war auf persönliche Anweisung des Führers, daß wir die Kälteversuche nicht nur an Juden, sondern auch an russischen Kriegsgefangenen durchführten... Die Russen würden mich an die Wand stellen... Wenn sie dahinterkämen, daß ich für den Tod von Russen in Konzentrationslagern verantwortlich war... da würden sie völlig überschnappen...«

Perez stoppte das Bandgerät.

»Ich habe nicht im Traum damit gerechnet, daß du uns soviel Aufzeichnenswertes anbieten würdest, während du die ganze Zeit der Meinung warst, einen senilen Nazi zu manipulieren«, gestand Perez.

»Außerdem gibt es natürlich noch einen Schmalfilm«, fügte der Israeli hinzu. »Wir haben von allem mehrere Kopien. Aber eine befindet sich in einer Aktentasche, die die bundesdeutsche Polizei vor zwei Stunden neben der Leiche eines prominenten Westberliners gefunden hat. Er ist jetzt unter dem Namen Frieden bekannt, allerdings wird es nicht lange dauern, bis man darauf kommt, daß sich dahinter ein ehemaliger Standartenführer verbirgt, der für den Bezirk um Buchenwald zuständig war. Er ist einer der Nazis, die wir erschossen haben. Aber forensische Untersuchungen werden ergeben, daß die Kugeln alle aus Waffen stammen, die sie noch in den Händen halten oder die in unmittelbarer Nähe der Leichen liegen... mit ihren Fingerabdrücken daran... ein klassischer Fall einer internen Auseinandersetzung zwischen Nazis, offenbar wegen einer sehr wichtigen Angelegenheit...«

Er hielt inne.

»Und dieser wichtige Grund bist du, Heinrich. Das ist die einzige Schlußfolgerung, die die Polizei ziehen kann. Eine weitere Waffe wurde am Tatort aufgefunden, mit deinen Fingerabdrücken, die wir dir abgenommen haben, als du bewußtlos warst...«

Kurnow, unfähig, das Gehörte zu begreifen und zu verarbeiten, nickte wieder mit dem Kopf vornüber.

»Überleg doch mal, Heinrich, wie die Polizei die Sache rekonstruieren wird. Fünfzehn Männer, die sich binnen vierundzwanzig Stunden alle als Nazis herausgestellt haben werden, alle tot nach einer, wie es aussieht, internen Auseinandersetzung. In einer Kellerwohnung des Apartmenthauses entdecken sie einen Raum, der genau wie dieser hier eingerichtet ist, ein nationalsozialistischer Tempel. Und in der Aktentasche neben der Leiche des vermutlichen Anführers ist eine getreue Aufzeichnung deiner Verhandlungen um die Papiere, die, wie die Welt überzeugt ist, aus dem Toplitzsee geborgen wurden... plus deinem Eingeständnis, weshalb du Rußland verlassen mußtest, um sie wiederzubeschaffen. Da gibt es nur eine mögliche Rekonstruktion, stimmt's?«

Er hielt inne, als warte er auf Kurnows Eingeständnis, das Rätsel allein nicht lösen zu können.

»Der einzige Schluß daraus kann doch nur sein, daß du heute abend, mit einer noch immer loyalen Gruppe von Nazis, einer anderen Nazi-Gruppe die Papiere abkaufen wolltest... Im Anschluß an die Verhandlungen gab es eine Schießerei... eine Schießerei, der du – und vielleicht auch andere – unverletzt entkommen bist... vermutlich mit den Unterlagen, die du holen wolltest, offenbar ohne von den Filmaufnahmen zu ahnen, die Frieden in erpresserischer Absicht angefertigt hatte...«

»Halt!« schrie Kurnow, beinahe hysterisch. »Ich will nichts mehr hören... Das ist verrückt... absolut verrückt...«

»Nein, ist es nicht«, widersprach Perez. »Es ist ganz einfach. Und es kommt noch besser...«

Kurnow starrte ihn an.

»Soweit hatten wir's geplant«, fuhr Perez fort. »Wir wollten eine Situation schaffen, wo die westdeutsche Polizei, im Besitz von Fingerabdrücken, die bewiesen, daß du Heinrich Köllman warst, und einer Aufzeichnung, auf der du Kriegsverbrechen eingestehst, dich in Westberlin wegen dringendem Mordverdacht jagen würden. Aber nun haben die Russen die Sache noch pikanter gemacht. Ihnen war nicht entgangen, was du hier in Berlin getrieben hast. Wir wußten das: Mich hat es ziemlich überrascht, daß du die Observierung nicht gemerkt hast. Heute abend mußten wir sie sogar mit Gewalt daran hindern, dir zu folgen. Wie es scheint, haben sie den gleichen Schluß gezogen, den wir auch der Polizei suggerieren wollten. Vor vier Stunden haben sie bekanntgegeben, daß du in den Westen geflohen bist. Und daß du ein Nazi warst, der offenbar mit alten Kollegen Kontakt aufgenommen hat. Was für eine bessere Bestätigung können sich die deutschen Behörden wünschen?«

Kurnow war schweißüberströmt. Sein eigener saurer Körpergeruch stieg ihm ekelerregend in die Nase. Zumindest würde man ihn nicht körperlich mißhandeln, dachte er. Sie wollten ihn lediglich den Behörden übergeben. Irgendwie schien das fast enttäuschend. Unerklärlicherweise fühlte er sich plötzlich glücklich. Er versuchte das Gefühl unter Kontrolle zu bringen, erkannte das gefährliche Abgleiten in Hysterie.

»So sieht's also aus, Heinrich«, schloß Perez. »Du stehst völlig nackt da... Fingerabdrücke, die beweisen, daß du Heinrich Köllman bist, an einer Waffe, mit der heute abend mindestens zwei Menschen erschossen worden sind... nach eigenem Eingeständnis ein Schlächter von Juden und Russen... gesucht von Westberlin und Moskau...«

Mühsam hob Kurnow den Kopf, spürte, daß der andere noch nicht fertig war.

»Und jetzt lassen wir dich einfach laufen«, verkündete Perez.

Kurnow rang nach Worten, brachte keinen Ton heraus. Wieder sank ihm der Kopf auf die Brust.

»Ja, Heinrich«, sagte der Psychiater, »ich habe die Absicht, dich leiden zu sehen. Erinnerst du dich nicht mehr, was einer deiner frühen Versuche aufgezeigt hat? Daß das Wissen eines Menschen um seine Ohnmacht, wenn er absolut nichts tun kann, um einer nahenden Katastrophe zu entgehen, eine der entsetzlichsten psychischen Belastungen ist? So war's in den Lagern, Heinrich. Das war die heimtückischste Tortur von allen, zu wissen, daß man nichts, absolut nichts tun konnte, um dem Schicksal zu entgehen, daß du einem bestimmt hattest. Und genau das passiert jetzt mit dir. Du bist genauso gefangen, als wärst du ein Insasse von Dachau oder Buchenwald. Es gibt keine Möglichkeit für dich, diese eingeschlossene Stadt zu verlassen. Die Westdeutschen suchen nach dir... die Russen sind hinter dir her... vermutlich auch noch ein paar überlebende Nazis, wenn sie sich neu formieren können. Und alle jagen dich...«

Perez nickte, und Kurnow spürte, wie ihm die Fesseln abgenommen wurden.

»Jetzt kannst du laufen, Heinrich. Du kannst weglaufen, kannst versuchen, dich zu verstecken, wie es die Juden taten, wenn du in die Lager kamst und nach einer frischen Sendung menschlicher Meerschweinchen gesucht hast. Du wirst dich keinen Moment verschnaufen können, Heinrich. Die Fotos, die wir heute abend gemacht haben, werden veröffentlicht werden, und sie zeigen dein neues Gesicht. Was gar nicht mehr notwendig ist, weil die Russen Fotos zur Verfügung gestellt haben. Du wirst sie in der *Bildzeitung* und der *BZ* und der *Welt* und in allen anderen Berliner Zeitungen finden. Beide deutsche Fernsehanstalten werden ausführlich berichten, so daß jeder, der ein Fernsehgerät hat, dich erkennen wird. Bis heute abend gibt es kaum einen Westberliner mehr, der dein Gesicht nicht kennt. Stell dir das vor, Heinrich! Dir ergeht's dann wie den Juden ... gejagt und gehetzt, wo immer du bist ...«

Kurnow glitt vom Stuhl und kniete zum zweitenmal in dem Raum.

»Nein«, jammerte er. »Lieber Gott, nein!«

Flehend streckte er die Hände aus, und Perez starrte auf ihn hinunter.

»Einen Zweifel hatte ich, von Anfang an«, sagte der Israeli. »Ich glaubte nicht, daß ich mich, nachdem ich dich geschnappt hatte, zurückhalten könnte, dir körperlichen Schmerz zuzufügen. Aber ich kann es. Ich kann es, weil ich genau weiß, was ich tue, und weil ich weiß, daß es dir mehr Schmerzen bereiten wird als jede physische Tortur.«

Er nickte, und Kurnow wurde von kräftigen Armen hochgerissen. »Du hast noch alle deine russischen Personalpapiere in der Tasche«, sagte Perez kalt. »Und ich habe dir zwei Mark gelassen. Das ist eine persönliche Geste. Genau den Betrag hatte ich in der Tasche, als ich aus Buchenwald herauskam ...«

Er wedelte mit den Zahlungsanweisungen, die Kurnow Stunden zuvor übergeben hatte.

»Und vielen Dank für die drei Millionen Pfund«, sagte er. »Ein großzügiges Präsent von einem alten Nazi an die Juden.«

Erschöpft wandte er sich ab.

»Setzt ihn auf der Straße ab«, befahl er. »Er darf laufen.«

Kurnows Knie gaben nach, und er versuchte, sich wieder auf den Boden sinken zu lassen, aber die Männer hatten ihn unter den Armen gepackt und schleiften ihn über den Fußboden.

Unvermittelt sprach Perez noch einmal. »Natürlich wirst du versuchen, alles zu erklären, wenn sie dich schließlich schnappen«, sagte er, ohne sich zu Kurnow umzudrehen. »In einer Stunde wird dieser Raum wieder das sein, was er immer war – ein Keller. Unsere eigenen forensischen Experten werden ihn säubern, so daß keine Spuren zurückbleiben, die deine Story stützen könnten. Der Wohnungsinhaber ist natürlich ein Jude. Er wird sehr empört sein, wenn man ihm mit derartigen Verdächtigungen kommt. Du hast keine Chance, deine Unschuld zu beweisen, Heinrich. Nicht die kleinste Chance.«

Mosbacher wartete und überließ es den anderen, Kurnow aus dem Zimmer zu schleifen.

Aus dem winzigen Flur drang Kurnows Wimmern.

»Ich habe recht gehabt«, sagte Mosbacher. »Diese Vorgehensweise war durch nichts zu rechtfertigen.«

Perez wandte sich um und wollte etwas darauf antworten, doch Mosbacher hatte bereits den Raum verlassen.

Gerda Pöhl stand an diesem Morgen an ihrem gewohnten Platz am Fenster, das auf die Duisburger Straße hinausging, und trank ihren Kaffee. Er würde nicht mehr kommen, dachte sie. Herr Muntz hatte einen Fehler gemacht. Von dem sie allerdings profitierte, fand sie, als sie ins Schlafzimmer ging und das noch ungetragene Kostüm betrachtete. Sie würde es anziehen, wenn sie am Wochenende Heinis Grab besuchte. Und die Kaffeepause auf dem Kudamm würde sie ausdehnen, damit man ihre neuen Kleider gebührend bewundern konnte. Sie ging in die Küche, spülte Tasse und Untertasse aus und stellte sie auf das Ablaufbrett. Vor dem Kühlschrank hielt sie inne, öffnete ihn und schaute schuldbewußt hinein. Sie hatte sich auf drei Scheiben pro Tag beschränkt, aber es war fast alles weg, stellte sie fest. Und Heinrich hatte so gern Schinken gegessen.

Auf die erste Injektion vor drei Tagen war ihm übel geworden. Aber damit hatte Bock, dessen Heroinsucht fünf Jahre zuvor kuriert worden war, schließlich gerechnet. Doch jetzt war es besser. Es war ein wundervolles Gefühl, wie ein Schweben auf lauter weichen Wattewölkchen. Nichts könnte ihn verletzen oder zu ihm vordringen, geschützt von den Wölkchen, dachte er, während er in seiner Wohnung flach auf dem Rücken lag. Diesmal würde er es unter Kontrolle halten, schwor er sich. Nicht so wie vor fünf Jahren, als seine Arbeit darunter zu leiden begonnen hatte.

Er würde vernünftig sein und die Zahl der Injektionen beschränken. Nicht mehr als drei am Tag. Es war Blödsinn, wenn Ärzte behaupteten, die Abhängigkeit würde zu immer größeren Dosen führen. Drei am Tag, mehr nicht. Die Wirkung der Spritze klang langsam ab, bemerkte er. Die Realität drang allmählich durch die Wölkchen, wie wenn man tief unter einem Flugzeug Land sieht. Er fragte sich, wo Kurnow steckte: Die Konferenz endete heute. Er hatte mit einer Nachricht gerechnet. Er *mußte* einfach wissen, ob sich der Russe den Inhalt der Kiste hatte verschaffen können: Sein Leben hing praktisch davon ab. Er sah auf die Uhr. Halb zehn. Wenn sich Kurnow bis um elf nicht gemeldet hätte, müßte er in das Hotel gehen. Die Aussicht ängstigte ihn. Er würde sich noch einen Schuß setzen, beschloß er. Es wäre zwar einer mehr als die drei, auf die er sich beschränken wollte, aber es gab schließlich einen guten Grund dafür. Er würde es nicht wieder tun. Nur dieses eine Mal. Das wäre ungefährlich.

Erschreckt fuhr er hoch, als das Telefon schrillte. Kurnow, sagte er sich. Lächelnd nahm er den Hörer ab und zuckte dann zusammen bei der bayerischen Stimme.

»Es ist alles aus, Helmut«, sagte Perez am anderen Ende. »Frieden ist tot... sie sind alle tot... Kurnow ist entlarvt und versucht zu fliehen... die Polizei weiß alles. Sie wird bald bei dir auftauchen. Lauf, Helmut, lauf.«

Dann war die Leitung tot.

Der Chirurg starrte das Telefon an, schleuderte es dann von sich, als sei es mit irgendeinem ansteckenden Virus verseucht.

Er stürzte los, quer durchs Zimmer, blieb dann abrupt stehen, angsterfüllt, wußte nicht, warum er das getan hatte. Er brauchte noch eine Spritze, dachte er und wandte sich zum Bad. Wieder blieb er stehen. Heroin nutzte jetzt nichts mehr. Wie sie lachen und ihn verhöhnen würden, all diese Leute, die seine Freundschaft gesucht und Verschwiegenheit über die Operationen gefordert hatten. Von draußen hörte er den fernen Klang einer Sirene. Polizei oder Krankenwagen? Ließ sich nicht heraushören. So würden sie kommen, dachte er. Mehrere vollbesetzte Streifenwagen, die gewaltsam in seine Wohnung, oder noch schlimmer, in die Klinik eindrangen, ihn rücksichtslos herumstießen, damit auch alle sahen, wie sie mit einem Nazi umsprangen.

Er wandte sich vom Bad ab, begann zu schluchzen, biß die Lippen zusammen. Die Terrassentüren klemmten, und er mußte mehrmals ziehen, bis sie aufglitten. Die plötzliche Kälte verschlug ihm schier den Atem nach der Wärme der zentralbeheizten Wohnung. Mehrere Minuten stand er da und starrte auf die Dächer von Berlin. Er dürfte nicht nach unten schauen, dachte er. Wenn er hinunterschaute, würde er Angst bekommen. Und zu lang konnte er hier auch nicht stehenbleiben, sonst würde ihn die gleiche Angst in die Wohnung zurücktreiben. Er versuchte tief durchzuatmen, aber seine innere Spannung entlud sich in Schluchzen, so wie vorhin, als er durch das Wohnzimmer gerannt war. Unvermittelt packte er das Balkongeländer, zauderte einen Moment, als er das kalte Metall fühlte, und hechtete dann darüber.

Tief unten sah der wartende Israeli den Körper mit ausgebreiteten Armen durch die Luft segeln. Es schien lange zu dauern, bis er den Boden erreichte.

Er seufzte und schüttelte den Kopf. Es war schon erstaunlich, wie präzise Perez das Verhalten jedes Einzelnen vorausgesagt hatte. Sonderbar, daß Mosbacher Einwände dagegen hatte.

19

Er schrie ein einziges Mal, als sie ihn durch den Hof schleppten, nachdem er noch immer protestierend die Füße schleifen ließ. Es war Mosbacher, der den Hilfeschrei erstickte.

»Nur zu«, sagte er von links, wo er ihn stützte. »Mach alle Leute auf dich aufmerksam, Heinrich.«

Der Wissenschaftler wurde in den Mercedes gestoßen, der losfuhr, bevor er sich aufrichten konnte. Sie saßen rechts und links neben ihm und starrten geradeaus.

Verzweifelt zupfte er Mosbacher am Ärmel. »Ich habe Geld. Eine Menge Geld. Sie können es haben, alles. Nur helfen Sie mir bitte.«

»Ich entsinne mich, daß meine Mutter etwas Ähnliches zu dem Nazi sagte, der uns abgeholt hat«, höhnte Mosbacher.

Kurnows Angst ließ ihn die Zurechtweisung ignorieren. »Wohin bringen Sie mich? Was haben Sie vor? Sie müssen es mir sagen.«

Der Wissenschaftler spähte rechts und links aus dem Wagen, suchte nach vertrauten Gegenden. Plötzlich begann er am ganzen Leib zu zittern, wie ein Mann, der nackt in einem Schneesturm steht. Die Männer, die zu beiden Seiten von ihm saßen, drehten sich um und lächelten über diese nervliche Reaktion.

»So fängt es oft an, Heinrich«, sagte Mosbacher.

Er kannte sich überhaupt nicht mehr aus, stellte der Wissenschaftler fest. Das Berlin, das er gekannt hatte, war verschwunden, und mit ihm eine Ideologie.

Er spürte, wie der Wagen langsamer wurde und dann an den

Bordstein fuhr. Aufgeregt spähte er hinaus, suchte nach einem offiziellen Gebäude. Einem Polizeirevier. Oder das Justizministerium, dachte er, wobei er in seiner Angst ganz vergaß, daß Bonn die deutsche Hauptstadt war. Er sah eine ganz normale Straße, voller Läden und Menschen.

Mosbacher wandte sich zu ihm um.

»Es ist Zeit, daß du lernst, wie das ist, ein Jude zu sein, Heinrich«, sagte er. »Lauf los.«

Kurnow versuchte sich in den Sitz zu drücken und stemmte die Füße gegen den Boden, aber sie schoben ihn von beiden Seiten vorwärts, und der Beifahrer auf dem Vordersitz drehte sich um und packte ihn an den Mantelaufschlägen. Der Fahrer stieg aus, öffnete die Tür und ergriff ihn ebenfalls am Mantel. Kurnow hielt sich am Türpfosten fest. Hinter ihm sagte Mosbacher seelenruhig: »Die Leute werden schon auf dich aufmerksam, Heinrich.«

Der Fahrer, weniger beherrscht als die anderen, fauchte ihn an: »Laß den Pfosten los, du Drecksack, sonst schlag ich die Tür zu und brech dir die Hände!«

Der Mann wollte ihm weh tun, begriff Kurnow. Er ließ los und wurde so heftig aus dem Auto gestoßen, daß er fast auf den Gehweg fiel. Er fuhr herum, noch taumelnd, und sah den Mercedes davonbrausen. Kurnow öffnete den Mund zu einem Schrei, verschluckte ihn jedoch. Die Leute schauten *tatsächlich* zu ihm hin. Verkrampft stand er da, wartete auf den ersten Anruf, daß man ihn erkannt hatte. Was würden sie tun? Ihn schlagen? Oder würden sie nur herumstehen und ihn begaffen, bis die Polizei eintraf? Sie werden durchdrehen, sagte er sich, werden sich auf typische deutsche Art zusammenrotten und mich verprügeln. Dessen war er sich sicher.

Nichts geschah. Die Leute, die flüchtig zu ihm hingeschaut hatten, als er aus dem Auto getorkelt war, gingen weiter. Einen langen Moment stand er verwirrt auf dem Bürgersteig, mitten im Strom der Passanten. Dann begriff er, wie sehr er dadurch auffiel. Wie ein plötzlich erblindeter Mensch, der sich zum erstenmal wieder auf die Straße wagt, lief er hastig zum Straßenrand und schlich dicht an den Hauswänden entlang, als könnten sie ihm Schutz gewähren. Verstekken, sagte er sich. Er mußte sich verstecken. Gott sei Dank war es Winter, und sie hatten ihm den Mantel gelassen. Er schlug den Kragen hoch und vergrub sein Gesicht darin. Gut genug, dachte er. Niemand würde übermäßig Notiz von jemand nehmen, der sich gegen die Kälte vermummt hatte. Er sah ein Straßenschild und entzifferte es gespannt. Dachdeckerweg. Er war noch immer in Buckow. Sie waren einfach ziellos herumgefahren, damit er die Orientierung verlieren sollte. In der Nähe gab es einen Park, erinnerte er sich. Das wäre ideal. Der Neuköllner Park. Auf der Straße waren zu viele Leute. Im Freien wäre er sicher. Mit wissenschaftlicher Gründlichkeit fast zum Nervenzusammenbruch getrieben, suchte er wieder nach guten Omen, wie am ersten Tag, als er in Berlin angekommen war. Er war jetzt seit fünfzehn Minuten auf der Straße, schätzte er. Und niemand hatte ihn auch nur eines Blickes gewürdigt. Vielleicht hatte der Jude gelogen. Vielleicht war die ganze Story nur erfunden, ein eher plumper als cleverer Versuch, ihn zu zerbrechen. Das war's. Sie hatten ihn mit einem Bluff aus Rußland herausgelockt, und nun versuchten sie, ihn in den Kollaps zu treiben, indem sie einfach die erfundene Story ausbauten. Er hatte selbst derartige Experimente durchgeführt, in Buchenwald. Perez hatte gesagt, er hielte sich genau an Kurnows Versuchsbeschreibungen und Auswertungen. Das war's. Noch ein Trick. Aber er war sicher, daß er die Oberhand behalten würde. Vorsicht, mahnte er sich, als ihn freudige Erregung durchströmte. Selbstüberschätzung wäre gefährlich. Er ballte die Fäuste in den Taschen seines Mantels. Das war irrationales Denken: genau das, was er vermeiden mußte. Er konnte nur überleben, wenn er cleverer war als sie. Sein Vorteil war, daß er bis ins Detail wußte, was sie gemacht hatten. Und was sie sich davon versprachen. Sie versuchten, ihn in den Wahnsinn zu treiben. Und weil er das wußte, konnte er sich dagegen zur Wehr setzen und letztlich Sieger bleiben.

Erneut wurde ihm die sorgfältige Planung und das exakte Timing von Perez' Erklärung bewußt. Jedes Wort und jede Geste waren so berechnet gewesen, daß sie größtmöglichen psychischen Streß hervorrufen und ihn aus dem Gleichgewicht bringen sollten. Aber sie hatten einen wichtigen Faktor übersehen. Cleveren Leute passierte das immer. Sie hatten übersehen, daß er Psychiater war, vielleicht sogar besser ausgebildet als Perez. Zweifellos besser ausgebildet. Und ganz bestimmt mit mehr Erfahrung auf dem Gebiet der Verhaltensforschung.

Wenn er nicht in Panik verfiel, würde er bei Verstand bleiben. Das war der Trick. Keinen Augenblick die Kontrolle verlieren. Und alles streng logisch betrachten, keinen Selbstbetrug zulassen.

Wie dumm war er doch gewesen, sinnierte er bitter. Perez hatte recht. Er hatte sich so leicht manipulieren lassen wie eine Kasperlefigur, hatte sich ein sorgfältig präpariertes Drehbuch aufschwatzen lassen. Wäre er nur in Rußland geblieben...

Er stoppte die Selbstvorwürfe, riß sich zusammen. Schon wieder waren seine Gedanken abgeglitten, dachte er besorgt. Genau wie geplant. So hatte Perez es gewollt, daß er seine Selbstbeherrschung durch Wut unterminierte, daß Erbitterung über seine Fehler den gesunden Menschenverstand wegfegten.

Perez' Story mochte durchaus erfunden sein, überlegte er erneut, auf der Suche nach einem Hoffnungsfunken. Wieder unterdrückte er diese Zuversicht mit Logik. Er mußte logisch denken. Er sagte sich diesen Befehl vor, wie ein Kind, das das Einmaleins lernt. Es spielte keine Rolle, ob die Nazis wirklich erschossen worden waren oder nicht. Oder ob die Russen ihn zum Deserteur erklärt hatten. So verzweifelt war er auf der Suche nach einem Rettungsanker gewesen, daß er die Fotos und das aufgezeichnete Geständnis völlig aus seinem Bewußtsein verdrängt hatte. Das war genug. Mehr als genug. Es läge den Behörden vor, auch wenn alles andere eine Lüge war. Verhaftung war also unausweichlich. Und die Fotos würden veröffentlicht werden, wenn man den Verdacht hatte, daß er sich in Berlin aufhielt. Also *würde* er gejagt werden, so wie die Juden vor fünfunddreißig Jahren. Und die Stadt *war* eine Insel. Er hatte keine Möglichkeit, sie zu verlassen. Wie hatte er das vergessen können? Es war ein böses Versäumnis. Wollte sein Verstand das Unausweichliche nicht wahrhaben? Diese Tendenz hatte er Hunderte von Malen registriert, in jedem Lager, wo er gearbeitet hatte.

Seine Zunge tastete über das mittlerweile schmerzende Loch im Gaumen. Wenn nur die Zyankalifüllung noch da wäre, dachte er. Er hätte sie aufgebissen. Hätte es tun müssen. Gefangenschaft konnte er nicht ertragen, das wußte er. Er kniff die Augen zusammen und stellte sich vor, wie das sein würde. Festnahme. Verhör. Spott. Demütigungen. Ein Prozeß, wo er wie im Zoo vorgeführt würde, damit alle ihn begaffen konnten. Und dann die Gefangenschaft, das leere, seelenzerstörende Eingesperrtsein in stinkenden Zellen, wo er entmenscht würde, wie es bei denen immer geschah. Es schauderte ihn. Er wußte zu gut, wie es Leuten in Gefängnissen erging, um es mit sich geschehen zu lassen. Und Freiheitsentzug würde es sein, dessen war er sich sicher. Man würde ihn in Deutschland vor Gericht stellen und als Kriegsverbrecher anklagen. Sie würden, in seinem Fall, die Verjährungsfristen ignorieren, ihn allerdings nicht zum Tode verurteilen. Vielleicht schickten sie ihn auch nach Absprache mit den Alliierten nach Spandau, wo er sich das senile Gebrabbel von Rudolf Hess anhören dürfte. Den Russen wäre das nur recht. Es gäbe ihnen einen erneuten Vorwand, auf ihrer Verantwortung für ganz Berlin zu bestehen.

Er spürte mit einemmal die Beule unter seiner Jacke, und der russische Paß fiel ihm ein. Er zog ihn hervor, hielt schützend die Hand davor, damit ihn nicht irgendein Passant als sowjetisches Dokument erkannte. Der Paß identifizierte ihn sofort, sagte er sich. Wenn man etwas von ihm wollte, ihn kontrollierte, konnte er sich möglicherweise herausreden. Aber nicht, wenn er Personalpapiere bei sich trug. Ein Stück weiter sah er an einem Laternenpfahl einen Papierkorb. Er blickte sich verstohlen um, überzeugte sich, daß ihn noch immer niemand beobachtete, und ließ dann im Vorbeigehen den Paß in den Papierkorb fallen. Sobald er das verräterische Dokument losgeworden war, erfüllte ihn wieder diese trügerische Zuversicht. Niemand konnte beweisen, wer er war. Jedenfalls nicht sofort. Er bog in den Buckower Damm ein und seufzte erleichtert, als er den Park sah. Kahle Bäume zitterten in der winterlichen Kälte. Fast wie auf dem Friedhof, dachte er. Der unerwartete Anblick seines eigenen Gesichts, das ihm von einem Zeitungsstand entgegenstarrte, war wie ein Schlag in die Magengrube. Es raubte ihm einen Moment den Atem, und er blieb stehen. Es gab zwei Fotos. Das eine stammte eindeutig aus dem Nazi-Keller. Aber das andere war ein offizielles Bild, offensichtlich älter als das erste. Es mußte von den Russen stammen. Also stimmte es. Alles, was der Jude gesagt hatte, war wahr. Er saß hilflos in der Falle. Aber eigentlich hatte er das von Anfang an gewußt, sagte er sich. Seine Weigerung, den Tatsachen ins Auge zu sehen, ärgerte ihn. Er zeigte Unreife.

»RAUMFAHRTWISSENSCHAFTLER IST EIN NAZI-MÖRDER« besagte die fettgedruckte Überschrift. Es gab noch weitere Schlagzeilen, aber er war zu weit weg, um sie entziffern zu können.

Er drehte sich um und stieß leise, jammervolle Laute aus, wie ein Hündchen, das in einem neuen, unbekannten Haus ist. Er rannte über die Hauptstraße, hetzte zwischen den Autos hindurch, zwang sich dann zum Stehenbleiben, nachdem ihm bewußt wurde, daß er Aufmerksamkeit erregte. Im Park eilte er über das Gras, suchte nach einer möglichst abgelegenen Stelle. Er empfand ein Gefühl des Erstickens, wie ein Ertrinkender. Er hustete, übergab sich dabei fast, und begriff, während er vornübergebeugt dastand, wie stark seine Nerven doch angegriffen waren. Nein, korrigierte er sich. Es waren nicht die Nerven. Angst ... Angst, wie es ihm die Juden prophezeit hatten. Die gleiche Angst, die sie auch gefühlt hatten. Es funktionierte, sagte er sich, Perez' seelische Folter funktionierte. Wegen der Kälte war der Park fast menschenleer. Aber ihm war heiß. Das Gefühl kam wellenförmig, mit der Regelmäßigkeit eines Herzschlags. Die Übelkeit saß ihm in der Kehle, und seine Haut begann zu jucken. Er spürte, wie ihm am Rücken und im Gesicht der Schweiß ausbrach. Er kratzte sich, aber das Jucken wurde nur noch schlimmer. Er blickte an sich herab, konzentrierte sich zum erstenmal, seit er den Keller verlassen hatte, auf seine äußere Erscheinung. Der durchgeschwitzte Anzug war zu Ziehharmonikafalten getrocknet. Auch sein Hemd war zerknittert und fleckig, und erneut stieg ihm sein eigener Körpergeruch in die Nase. Er faßte sich ans Gesicht. Nach der Operation hatte er keinen starken Bartwuchs mehr gehabt, aber jetzt sprossen auf seinen Wangen ungleichmäßige Stoppeln. Er mußte abscheulich aussehen. Andererseits mochte genau diese verlotterte Erscheinung ein gewisser Schutz sein, dachte er und suchte noch immer nach einem Ausweg. Prompt schwang das Pendel zurück, und er verwarf diese Idee. Perez *hatte* sich in seinem Kopf eingenistet, heimlich, war eingesickert wie Wasser. Kurnow war sich seiner Willensstärke immer so sicher gewesen. Und nun wurde dieses Selbstbewußtsein einfach weggespült, so leicht wie ein Zweig in einem Bach. Er *war* geschlagen, gestand er sich ein. Es war sinnlos, weiterkämpfen zu wollen. Oder wegzulaufen. Betäubend legte sich die Apathie über ihn. Hatten sie sich so gefühlt, die Juden, als man sie mit Peitschenschlägen wie Vieh zusammentrieb, damit er sich passende Kandidaten aussuchen konnte? Und dann jene in den russischen Lagern, die Leute mit den leeren Augen, die nur eines wußten – daß sie absolut hilflos waren. Widerstand flackerte auf, wie eine Kerze im Wind. Aber da gab es einen Unterschied. Sicherlich hatten sie viel länger ausgehalten, dachte er selbstkritisch. Er hatte Männer gekannt, die nach sechs Monaten, manchmal nach einem Jahr ins Labor gebracht wurden und die ganze Zeit gewußt hatten, daß sie als Versuchskaninchen dienen würden, und die trotzdem noch nicht so tief gesunken waren wie er in diesen wenigen Stunden. Er stöhnte, hüllte sich in die Apathie wie in eine Decke. Na und? Es spielte doch keine Rolle, ob er stärker oder schwächer war. Er schüttelte sich, spürte mit einemmal die Kälte. Mechanisch blickte er auf sein Handgelenk, aber die Uhr war verschwunden. Es mußte wenigstens eine Stunde verstrichen sein, schätzte er. wieder zuckte er die Achseln. Das lieferte ihm noch immer keinen Hinweis darauf, wie spät es tatsächlich war. Aber kam es denn darauf an? Er stand auf, schlenkerte die Beine, stampfte mit den Füßen auf und ging langsam die menschenleeren Wege entlang. Er spürte einen plötzlichen Schmerz im Gesicht, und wieder fuhr seine Zunge zu dem Loch im Zahnfleisch.

Ohne daß es ihm bewußt geworden wäre, hatte er den Rand des Parks erreicht. Er zögerte, konnte keinen klaren Gedanken fassen.

Unentschlossen, im fortgeschrittenen Stadium geistigen Verfalls, trat er auf die Straße. Ein Junge kam ihm entgegen, sah ihn an, und sofort stieg die Angst in ihm auf. Das Kind ging weiter, und Kurnow blickte über die Schulter zurück, aber der Blick wurde nicht erwidert. Erleichtert stieß er den angehaltenen Atem aus. Doch worüber war er erleichtert? fragte er sich ärgerlich und versuchte sich zusammenzunehmen. Daß er nicht erkannt worden war? Oder daß es nicht diesen Blick beginnenden Begreifens gegeben hatte, der das Ende seiner ziellosen Wanderung durch die Straßen einer Stadt, die er einst geliebt hatte, bedeutet hätte? Ein weiteres Zeitungsplakat schrie seinen Namen heraus. Er schob sich näher heran, in seinen Mantel gehüllt. Die Zeitungen ähnelten sich alle, wurden alle von seinem Bild beherrscht. Der Verkäufer blickte auf und zog unsicher die Stirn kraus. Erschreckt eilte Kurnow weiter. Er glaubte, einen Schrei hinter sich gehört zu haben, und rannte sofort blindlings los, drängte sich an verdutzten Passanten vorbei, bis er eine Kreuzung erreichte. Er schwenkte rechts ab, lauschte auf Fußgetrappel oder Rufe. Sein Atem kam stoßweise, und die Brust schmerzte ihn, so wie vor ein paar Tagen, als er die Feuertreppe hinuntergeklettert war. Wie lange das schon her zu sein schien! Der erste unwiderrufliche Schritt zu einer unnötigen Reise, dachte er. O Gott, wie das verletzte Bein schmerzte! Er überquerte die Straße, noch immer in Eile, und trat unter die Arkaden einer Ladenstraße. Dort blieb er stehen und blickte sich um. Niemand verfolgte ihn. Wieder ein falscher Alarm. Er würde losrennen, hatten sie gesagt, bei jeder wirklichen und eingebildeten Gefahr. Durch die Aktion war seine Apathie jetzt wie weggeblasen, und er konnte wieder klarer denken.

Er gewährte ihnen genau die Befriedigung, die sie sich erhofft hatten, dämmerte ihm unvermittelt. Er rannte wie ein Hase, erstickte fast am Gestank seiner Angst, weil sie ihm vorausgesagt hatten, daß er genau das tun würde. Wut loderte in ihm auf. Vor langer Zeit hatte er eine wissenschaftliche Arbeit über die charakteristische Eigenart der jüdischen Rasse, sich Unterdrückungen zu beugen, geschrieben. Es gab natürlich Ausnahmen. Warschau. Und Treblinka. Aber im großen und ganzen hatte es kaum Widerstand gegeben. Damals hatte er darüber gehöhnt, entsann er sich, hatte es als angeborene Charakterschwäche der jüdischen Rasse bezeichnet. Und nun tat er, Heinrich Köllman, einer der gefürchtetsten und angesehensten Nazis des Dritten Reiches, haargenau das gleiche. Er benahm sich genau wie ein Jude.

Diesen letzten Triumph würde er ihnen nicht gönnen, beschloß er.

Wieder spürte er die Zahnlücke, doch diesmal konzentrierte er sich auf den Schmerz. Damit hatten sie unfreiwillig enthüllt, wovor sie Angst hatten, folgerte er. Bis zu diesem Augenblick war ihm das nicht bewußt geworden. Sie hatten nur die eine Sorge, daß er Selbstmord begehen und sie um das Spektakel einer Hetzjagd, gefolgt von einem Prozeß, bringen würde.

Also würde er sterben. Und sie damit am Ende doch schlagen.

Er suchte nach dem Straßennamen, spürte zum erstenmal seine Müdigkeit. Er war ein großes Stück gelaufen, weiter als je zuvor an einem einzigen Tag, soweit er sich erinnerte. Geistige Erschöpfung kam zu der körperlichen Müdigkeit dazu. Geraer Straße. In der Nähe müßte eine U-Bahn-Station sein. Er eilte weiter, hielt nach dem Hinweisschild Ausschau. Nachdem er jetzt ein Ziel hatte, kehrte seine Selbstbeherrschung allmählich zurück. Der Gedanke, am Ende der Sieger zu sein, gefiel ihm sehr. Es hatte ihm immer Freude gemacht, unter den Siegern zu sein. Vielleicht sogar übertriebene Freude. Jedenfalls hatte er sich über die wenigen bisherigen Niederlagen unverhältnismäßig heftig geärgert.

Es würde schmerzhaft sein, fiel ihm plötzlich ein, und er dachte an seine Abscheu vor Schmerzen. Erneut brach ihm der Schweiß aus. Aber nur eine Sekunde lang, beruhigte er sich. Nur einen Sekundenbruchteil, vorausgesetzt, er achtete darauf, sich direkt vor den Zug zu werfen. Ein Zurück gäbe es dann nicht mehr, keine Sinnesänderung in letzter Sekunde. Wenn er im letzten Moment zurückschreckte, wenn er sich von den Schienen wegzudrehen versuchte, dann *würde* es schreckliche Verletzungen geben. Und Schmerzen. Schlimme Schmerzen. Entschlossen ging er weiter. Fast schien es, als schöpfte er Mut aus dem Entschluß, ihnen doch noch ein Schnippchen zu schlagen. Nur eine Sekunde, redete er sich ein. Dann wäre alles vorbei. Alles.

Er entdeckte die Station. Und einen Zeitungsverkäufer, direkt neben dem Eingang. Er zögerte, unsicher geworden. Er hatte ganz vergessen, wie bekannt sein Gesicht jetzt war. Egal. Er mußte vorbei. Er wartete, bis eine Gruppe von Leuten auf die Station zuging, schloß sich ihnen rasch an und wandte das Gesicht ab, als er an dem Zeitungsstand vorbeiging. Wieder rechnete er mit einem Ruf, einem Schrei, aber nichts geschah.

Drinnen hüllte ihn die Wärme ein, und er blieb einen Moment stehen und genoß das angenehme Gefühl. In dem Park war ihm sehr kalt geworden. Tief unter sich hörte er das Rattern eines Zuges. Nur eine Sekunde, dachte er erneut. Er würde kaum etwas spüren. Es wäre genau wie das Zyankali, das er so lange bei sich getragen und zu dessen Benutzung er sich konditioniert hatte. Neben dem Fahrkartenschalter sah er die Fahrpreistabelle und lächelte. Wer zuletzt lacht ... dachte er. Er würde Selbstmord begehen mit dem Geld, das der Jude ihm zur Verfügung gestellt hatte. Am Schalter schob er die Mark hin und wandte das Gesicht ab, als er die drei Zehner Wechselgeld bekam. Erste Zweifel stiegen in ihm auf, als er die Treppe hinunterlief. In fünf Minuten, vielleicht auch weniger, wäre er tot. Er malte sich die Verletzungen aus, die die Räder seinem Körper zufügen würden, und blieb sogar auf der Treppe stehen, aber der Menschenstrom schob ihn vorwärts. Vielleicht ginge es doch nicht so schnell. Alles mögliche konnte passieren. Vielleicht sah ihn jemand, versuchte ihn im letzten Moment festzuhalten und verfälschte dadurch seinen Sprung. Möglicherweise war der Fahrer so wachsam, daß er den Zug rechtzeitig zum Stehen brachte.

Aber er *mußte* in den Tod gehen. Und wo sonst, wenn nicht in Berlin? Genau wie der Führer. Er lief weiter und versuchte die Angst zurückzudrängen. In fünf Minuten. Nur noch fünf Minuten, und alles wäre vorbei. Von weit weg war das Rumpeln eines näherkommenden Zugs zu hören, wie ein fernes Räuspern. Das Geräusch wurde allmählich lauter. Es war, als ob sein Körper einen eigenen Willen hätte und sich durch die wartenden Menschen auf der Plattform drängte, während er abseits stand und zusah. Er spähte über den Rand. Die eine Schiene stand unter Spannung, fiel ihm ein. Er würde einen Stromschlag bekommen. Würde er den Schmerz fühlen, bevor ihn der Zug überrollte? Das Dröhnen war jetzt sehr laut. Ein Schwall warmer Luft, die der Zug vor sich hertrieb, wehte aus der Tunnelöffnung. Drei Schritte. Das war alles. Nur drei Schritte. Dann nach vorne fallen lassen, sich dabei steifmachen, damit beide Räder ihn erfaßten. Drei Schritte. Nur drei Schritte. Er würde es schaffen. Unvermittelt wurde ihm bewußt, daß er den Mut dazu hatte, und dieses Wissen wärmte ihn innerlich. Er würde es schaffen. In der dunklen Tunnelöffnung sah er näherkommende Lichter.

Er trat einen Schritt vor.

»Das wäre nicht richtig, Heinrich, meinst du nicht?«

Er fuhr herum, unartikulierte Laute blieben ihm in der Kehle stecken, die Entschlossenheit zum Sterben weggerissen wie eine Leiter unter einem Arbeiter. Vor ihm stand lächelnd der Mann, der vorne im Mercedes mitgefahren war. Und der Fahrer, der gedroht hatte, ihm die Hände zu zerquetschen. Sie gingen um ihn herum, bauten sich zwischen ihm und den Geleisen auf und vereitelten damit sein Vorhaben.

»Wir können dich doch nicht Selbstmord begehen lassen«, sagte der Fahrer beiläufig. »Das wäre viel zu einfach. Du bist noch nicht weit genug gerannt. Besonders gut hältst du dich aber nicht, stimmt's?«

Zischend hielt der Zug am Bahnsteig, und die Menschen drängten vorwärts. Er stemmte sich gegen den Strom, glotzte die beiden Männer an. Diese Schweine. Diese dreckigen, hinterlistigen Schweine. Die ganze Zeit waren sie ihm gefolgt, hatten sich vergewissert, daß er sich strikt an das vorbereitete Drehbuch hielt. Perez hatte es vermutlich gefilmt, um es später in der Universität vorzuführen ... »Und hier schleicht er durch das Berlin, wo er einst in seinen SS-Knobelbechern stolzierte ...«

Und die Studenten würden lächeln und kichern über das Späßchen, das dazu gedacht war, den Unterricht aufzulockern. Er war sich bewußt, daß er schluchzte, doch wie bei dem Gliederzittern im Mercedes konnte er nichts dagegen tun. Beide Männer lachten ihn aus. Er wich zurück, ließ sich vom Strom der aussteigenden Fahrgäste mittreiben.

»Und das solltest du lieber einstecken«, sagte der Mann, der auf dem Beifahrersitz gesessen hatte. »Du willst doch schließlich wissen, wer du bist.«

Der Mann warf ihm den russischen Reisepaß zu, den Kurnow in dem Papierkorb deponiert hatte. *Alles*, dachte er ohnmächtig. Sie hatten *alles* beobachtet. Das Dokument traf ihn an der Brust und flatterte dann zu Boden.

»Sie haben was fallenlassen!« rief der Fahrer übertrieben laut. Vorbeikommende zögerten und sahen ihn an. Hastig hob Kurnow den Paß auf und drückte ihn an sich, wie hypnotisiert vom Spott der Männer.

Dann brach der Damm. Er drehte sich um und rannte los, so schnell er konnte, kämpfte gegen Atemnot und gegen die Schmerzen in seinem Bein, versuchte zwei Stufen auf einmal zu nehmen, stieß Leute zur Seite, kümmerte sich nicht um ihre empörten Rufe. An der Sperre zückte er die unbenutzte Fahrkarte. Der Kontrolleur öffnete den Mund, doch Kurnow stürzte an ihm vorbei. Aber jetzt war er zu erschöpft. Er kam ins Stolpern und wußte, daß er jeden Moment hinfallen würde. Und wenn er fiel, wäre er nicht mehr fähig, aufzustehen. Die Beine würden ihm den Dienst versagen. Und dann würde man ihn schnappen. Er verfiel in Schrittempo, trotzdem war er so erschöpft, daß er sich vorkam wie in einem Sumpf watend. Schließlich hatte er seit fast achtundvierzig Stunden nicht mehr geschlafen. Und auch nicht gegessen. Lange könnte er diese Tortur nicht mehr durchhalten. Nachdem alle Gedanken an Selbstmord verflogen waren, hatte er im Moment nur ein Ziel: ein Versteck für sich zu finden. Wild blickte er sich um. Kein Beobachter zu sehen. Aber sie wären in der Nähe, das wußte er. Sie hatten es sorgfältig geprobt, waren von Perez trainiert worden, Perez mit seiner Überzeugung, daß er jeden Gedanken lesen und jeden Schritt vorausahnen konnte. Also würden sie irgendwo stecken. Ihn beobachten. Und vielleicht filmen. Der Gedanke, daß man ihn möglicherweise filmte, erboste ihn. Er hatte stets die Streßexperimente gefilmt, für die spätere Auswertung. Und er erinnerte sich an die Reaktionen, wenn er sie in Buchenwald oder Auschwitz gezeigt hatte.

»Besser als jeder Chaplin-Film«, hatte Bormann einmal gesagt.

Nun zeigte er seinen Dressurakt, zu ihrer Unterhaltung. Er malte sich aus, wie sie über seine Hilflosigkeit lachten, sich über seine Erscheinung lustig machten. Es war obszön, fand er, wie wenn man heimlich im Schlafzimmer einer Hure fotografierte. Seine Entschlossenheit kehrte zurück. Er mußte die Leine zerreißen, an der sie ihn führten, mußte die Beobachter abschütteln. Das würde ihre ganzen schönen Pläne über den Haufen werfen. Wenn sie ihn einmal aus den Augen verloren hatten, konnten sie ihn nicht mehr in Richtung Zusammenbruch manövrieren. So gut war Perez auch wieder nicht. Er konnte nicht alles vorhersehen.

Und er *würde* in den Tod gehen, beschloß er. Er würde ihnen den Sieg entreißen und nichts weiter als ein ordentliches Kreuz auf irgendeinem Friedhof abgeben. Vielleicht auf dem St.-Thomas-Kirchhof, wie Heini.

Plötzlich lachte er laut auf, scherte sich nicht um die Reaktion der Passanten. Die ganze Zeit war der Ausweg schon dagewesen ... das Versteck. Er hatte es sogar selbst präpariert, als er in Berlin angekommen war; aber Perez hatte ihm den Kopf leergefegt, wie ein Lehrer, der die Tafel abwischt.

Kurnow blieb stehen, von einem plötzlichen, ganz unlogischen Gedanken ergriffen. Was für ein Team hätten sie abgegeben, er und Perez, dachte er. Sie wären unschlagbar gewesen. Er kämpfte gegen die Vorstellung an, nachdem er das Symptom erkannt hatte. Es bedeutete, daß er aufhörte, den Mann als Gegner anzusehen, und ihm statt dessen Bewunderung entgegenbrachte. Und wenn sich diese Einstellung erst einmal festgesetzt hatte, wäre der Unterwerfungsprozeß fast abgeschlossen. Aber diese Kontrolle würde er dem anderen nicht zubilligen. Er wußte, wie er gewinnen konnte, weil er, clever wie er war, herausgefunden hatte, wo Gerda wohnte. Dort konnte er unterschlüpfen. Und auch schlafen. Das würde Perez die Schau stehlen. »... Und hier muß ich bedauerlicherweise sagen, daß der Nazi zu clever für uns war und entkommen ist...«

Er würde Perez zeigen, daß er ihm überlegen war. Die Herausforderung setzte sich in seinem Hirn fest. Er *war* ihm überlegen, wiederholte er, wobei er sich fragte, warum er sich das extra einreden mußte. Er würde es einfach beweisen. Wieder folgte die Arroganz der Euphorie auf dem Fuß.

Es wäre natürlich ein Kinderspiel, Gerda etwas vorzugaukeln. Sie würde ihn nicht erkennen. Er wäre ein Fremder für sie. Allerdings müßte er aufpassen, daß er sie nicht verschreckte. Sie hielt ihn garantiert für tot, nach all den Jahren; er müßte sich also einen überzeugenden Grund einfallen lassen, warum er plötzlich vor ihrer Tür stand. Er würde sagen, er sei ein Freund. Genau. Ein Freund, zu dem Heinrich immer gesagt hatte, er könnte sich jederzeit an seine Frau wenden. Was war, wenn sie die Zeitung gelesen hatte? Er dachte zurück, versuchte die dreißig Jahre zu überspringen. Sie hatte noch nie Zeitungen gelesen. Nur Modejournale. Woher wußte er, wo sie wohnte? Er zuckte die Achseln. Das war kein wirkliches Problem. Er konnte die Unterhaltung mit Leichtigkeit so steuern, daß sie viel zu durcheinander wäre, um derartige Zweifel zu hegen. Gerda war leicht zu lenken, dachte er erneut. Warum? fragte er sich. Warum war ihm erneut dieser Gedanke gekommen? Mußte er sich selbst seine Fähigkeit beweisen, andere Leute zu manipulieren, um sein angeknackstes Selbstbewußtsein aufzupolieren? Und wenn. Jeder vollführte täglich neue Eiertänze, um sein Ego aufzuplustern. So wurde also Gerda – oder die Kontrolle über sie – zu einem weiteren Experiment. Es war nur recht und billig, daß sie endlich einmal zu etwas nutze war. Als Ehefrau hatte sie nie etwas getaugt, war ihm nur ein Klotz am Bein gewesen. Er wußte von den Witzen, die Goebbels und Himmler über sie gerissen hatten. Und von dem Schaden für seine Karriere – ohne sie wäre er noch höher in der Parteihierarchie aufgestiegen. Ja, es war nur gerecht, daß sie ihm jetzt half. Er schaute sich noch einmal um und suchte nach den Beschattern. Garantiert hatten sie auch Autos zur Verfügung. Es wäre also sinnlos, in ein Taxi zu springen. Und im übrigen hatte er nicht genügend Geld. Es gab keine Möglichkeit, sie abzuschütteln. Doch, widersprach er sich sofort. Da war eine Möglichkeit. Die U-Bahn. Wenn er mit der U-Bahn fuhr, konnten sie ihm nicht mit dem Auto folgen, weil sie sein Ziel nicht wußten. Natürlich würden sie ihn zu Fuß verfolgen. Aber er hätte die Zahl der Bewacher drastisch verringert. Und das würde ihm eine Chance eröffnen. Vor ihm tauchte die Station auf. Er lächelte, weil ihm diese Überlegungen Auftrieb gegeben hatten. Erneut ging er hinein, kaufte sich eine Fahrkarte und stieg die Treppen hinunter.

Auf der Plattform hielt er sich fern von den Geleisen, betrachtete statt dessen die Karte des U-Bahn-Netzes und die Reklame an den Wänden. Mehrere Leute tummelten sich zwischen ihm und den Geleisen. Einer davon hätte die Aufgabe, ihn an einem neuerlichen Selbstmordversuch zu hindern. Das brachte Kurnow auf eine Idee, und wieder lächelte er. Der Zug kam näher. Kurnows Augen wanderten von Gesicht zu Gesicht, aber niemand reagierte auf seinen forschenden Blick. Das war zu erwarten gewesen, sagte er sich. Seine Beschatter wären Profis, die sich nicht so leicht enttarnen ließen. Würde es funktionieren? Er hörte mit seiner Musterung auf, weil ihm einfiel, daß er sich damit selbst der Gefahr des Entdecktwerdens aussetzte, und verkroch sich tiefer in seinen Mantelkragen. Im Zug wäre die Gefahr am größten, sagte er sich. Ein Hut würde helfen. Ob Gerda einen in ihrer Wohnung hatte?

Der Zug lief ein. Und plötzlich machte Kurnow einen raschen Schritt vorwärts. Sofort trat er wieder zurück, aber die Bewegung hatte genügt. Zwei Männer direkt vor ihm waren hastig zusammengerückt und hatten eine Abwehrmauer gebildet. Also waren sie doch keine Profis, dachte Kurnow. Sie machten ein ziemlich dummes Gesicht, und Kurnow lief gemächlich um sie herum und bestieg den Zug.

Die beiden Juden zögerten, wütend darüber, daß sie sich hatten austricksen lassen. Als sich die Türen schlossen, sprang einer in den Zug und lief ein Stück den Wagen hinunter. Beim Abfahren sah Kurnow den zweiten Mann die Treppe hinaufrennen.

Das Verhalten der beiden Männer war hochinteressant, fand Kurnow. Es bedeutete, daß sie – trotz des Klamauks auf der Plattform – nach wie vor instruiert waren, ihn nach Möglichkeit nicht zu demaskieren. Das Pendel schwang zu seinen Gunsten aus, befand Kurnow, der wieder einmal nach guten Omen suchte. Sein Selbstvertrauen wuchs. Er schlug den Mantelkragen noch höher und war hocherfreut über die Entwicklung, die die Dinge genommen hatten. Perez war es nicht gelungen, ihn in dem beabsichtigten Ausmaß aus dem Gleichgewicht zu bringen, dachte Kurnow. Er hatte sich mit dem Gesicht zum Fenster gestellt, stets auf der Hut vor neugierigen Blicken. Aber es war kein sonderlich wirksamer Schutz, fand er, als er sein Spiegelbild betrachtete, während der Zug durch das dunkle Tunnel ratterte. Seine zerknitterte Erscheinung wurde, für jeden im Abteil sichtbar, von der Scheibe reflektiert.

Er begann zu zählen. Drei Leute lasen Zeitung, zwei hielten sie so, daß das Foto nach außen zeigte, wie auf einem Steckbrief. Und auf einem Sitz lag eine herrenlose *Welt*, ebenfalls mit seinem Bild nach oben. Er schob sich dichter ans Fenster und senkte den Kopf.

An der nächsten Station tauchte die Plattform an der Seite auf, wo er stand. Er quetschte sich in die Ecke neben der Tür, weil er keine Lust hatte, weiter in den Wagen zu gehen, wo er von allen gesehen werden konnte. Mehrere Zusteiger rempelten ihn an, verärgert darüber, daß er die Tür nicht freigab, und eine Frau starrte ihn wütend an. Sofort brach ihm wieder der Schweiß aus, und er wandte sich ab und wich ihrem Blick aus.

Er versuchte sich zu erinnern, wie viele Haltestellen es bis zum Tiergarten waren. Ob er in einem Rutsch durchfahren könnte?

Er wandte sich von seinem Spiegelbild ab und blickte sich suchend nach dem Mann um, der ihn zu beschatten hatte. Der Jude hockte unglücklich auf einem Ecksitz. Kurnow hoffte, daß die Israelis genauso hart mit Agenten umsprangen, die Fehler gemacht hatten, wie die Nazis oder die Russen.

Kurnow merkte plötzlich, daß er noch von jemand beobachtet wurde. Es war die Frau, die sich an der letzten Haltestelle über sein stures Herumstehen an der Tür geärgert hatte. Hastig wandte er sich ab. In der Scheibe sah er, wie sie die herrenlose *Welt* betrachtete und dann wieder zu ihm hinschaute. Der erste Blick war beiläufig gewesen, ohne jeden Anlaß. Nun runzelte sie die Stirn, betrachtete nochmals das Zeitungsfoto und stellte offenbar Vergleiche an. Kurnow wandte sich völlig ab von ihr und riskierte dadurch eine Entdeckung von der anderen Seite. Eine Station tauchte auf, aber diesmal war der Bahnsteig auf der anderen Seite. Es wurde jetzt voller, und Kurnow nahm es erleichtert zur Kenntnis. Die wachsende Zahl von Fahrgästen schirmte ihn zu einem gewissen Grade von der Frau ab. Und von dem Aufpasser. Er spürte, wie etwas gegen ihn gedrückt wurde, und erstarrte. Hinter sich hörte er eine gemurmelte Entschuldigung. Als er sich umblickte, sah er einen Gitarrenkasten. Eine Gruppe von lebhaft schnatternden, jeansbehosten und langhaarigen Jugendlichen hatte mehrere Gitarren und sogar einen Baß dabei. Kurnow wandte sich wieder zum Fenster um. Ein unverhoffter Glücksfall, dachte er. Die Instrumentenkästen und die jungen Burschen gaben einen guten Schutzwall ab.

Die Frau war am gefährlichsten, sagte sich Kurnow. Verstohlen spähte er aus den Augenwinkeln zu ihr hinüber. Sie hatte jetzt die Zeitung in der Hand, studierte eingehend das Foto, beugte sich dann vor und versuchte, seine Reflexion in der Scheibe besser zu sehen. Hastig drehte er sich wieder um. An der nächsten Station müßte er aussteigen. Ihr Verdacht würde bald zur Gewißheit werden. Die Fotos waren zu gut.

Die Tunnelwände wurden heller. Verstohlen machte er sich startbereit. Wenn es soweit war, müßte es sehr plötzlich gehen, aber bis dahin dürfte er sich nicht anmerken lassen, daß er auf dem Sprung stand.

Die Station kündigte sich an, und er wartete auf das Zurückweichen der Tunnelwände und den Beginn der Plattform. Das Stationsschild tauchte auf, und er stieß den angehaltenen Atem aus. Wieder lag der Bahnsteig auf der anderen Seite. Der jüdische Beobachter wurde langsam nervös. So viele Leute drängten sich jetzt im Wagen, daß es ihm fast unmöglich war, Kurnow im Auge zu behalten. Der Israeli stand auf, stellte sich auf die Zehenspitzen, um über die Köpfe der dazwischenstehenden Passagiere hinwegzusehen. Die Frau war völlig verdeckt. Der Zug schoß aus dem Tunnel. Es müßte auf die Sekunde genau klappen, sagte sich Kurnow. Zu früh, und der Mann wäre hinter ihm her. Zu spät, und die Gelegenheit wäre unwiderruflich dahin. Unbehelligt bis zur nächsten Station käme er garantiert nicht mehr.

Erneut machte er die Frau aus. Sie stand jetzt, hatte sich zum Fenster vorgebeugt, versuchte einen Blick auf sein Gesicht zu erhaschen. Ein paar Sekunden kreuzten sich ihre Blicke. Innere Gewißheit machte sich auf ihrem Gesicht breit. Und Schock. Die Augen quollen ihr aus dem Kopf, und sie öffnete den Mund. Kurnow machte sich klein und wartete auf den Schrei, aber nichts war zu hören. Ihre Lippen bewegten sich, versuchten Worte zu formen. Der Zug kam zum Stehen, und die Türen öffneten sich. Kurnow trat beiseite, ließ die aussteigenden Fahrgäste an sich vorbeiströmen. Ironischerweise war es die Frau, die seinem Plan zum Erfolg verhalf. Sie begann mit den Armen zu fuchteln, versuchte den Mann, der ihr gegenüber saß, aufmerksam zu machen. Der blickte irritiert auf. Kurnow stand neben der offenen Tür, wartete gespannt auf das Zugleiten. Aus den Augenwinkeln sah er, wie sie den Mann am Ärmel zupfte und zur Tür deutete. Der Israeli hielt es nicht mehr aus und versuchte sich an den Musikinstrumenten vorbeizuzwängen. Jetzt fing die Frau an zu schreien, hatte endlich die Sprache wiedergefunden. Erschreckt hoben alle Leute den Kopf. Instinktiv blieb der Jude stehen und drehte sich um. Und genau in diesem Moment schlossen sich die Türen. Der Aufpasser hatte sich hastig wieder umgewandt, aber die Menge drängte gegen ihn, wollte sehen, was mit der schreienden Frau los war. Kurnows Timing war vorzüglich. Als er auf den Bahnsteig sprang, klemmten die

Gummidichtungen der Tür seinen Mantelzipfel ein, aber nicht so fest, daß er beim Losreißen den automatischen Wiederöffnungsmechanismus ausgelöst hätte. Er fuhr herum und sah den Juden an die Tür hämmern. Hinter ihm schrie und gestikulierte die Frau. Andere Leute schienen auch zu schreien, sahen einander verstört an, aber kein Laut war zu hören. Wie menschliche Goldfische, dachte Kurnow und lachte schallend. Auch das ermutigte ihn. In dem Lachen hatte nicht die Spur von Hysterie mitgeschwungen, fand er. Die Euphorie war durchaus angemessen. Er hatte es geschafft! Eilig verließ er die Station, und seine Müdigkeit ließ zusehends nach bei dem Gedanken, daß er seine Verfolger abgeschüttelt hatte.

Draußen tauchte er sofort in Seitenstraßen unter und wechselte wiederholt die Richtung. Es würewürde nur Minuten dauern, bis der Mann an der nächsten Haltestelle ausstieg, aber Kurnow hatte im Moment andere Sorgen als die jüdische Überwachung. Innerhalb von Minuten, nachdem die Frau die Polizei alarmiert hätte, ihre Aussage vielleicht noch bekräftigt von anderen, die ihn nach dem Aussteigen möglicherweise erkannt hatten, würde die ganze Gegend abgeriegelt sein. Ein plötzlicher Gedanke ließ ihn stehenbleiben. Die Polizei wäre in der Lage, ausgedehnte Kontrollen durchzuführen und sich viel schneller zu bewegen als er zu Fuß. Er lächelte, als ihm eine Idee kam.

Es gab eine sehr naheliegende Möglichkeit, sich elegant aus diesem Viertel abzusetzen. Vor sich sah er das Schild, und eilig lief er erneut in eine U-Bahn-Station, weil er sich ausrechnete, daß sie ihn dort zuallerletzt vermuten würden.

20

Zwei Stunden lang verbarg er sich im Tiergarten, und mit dem hereinbrechenden Abend fror es ihn immer mehr. Gerda mußte zu Hause sein, wenn er die Wohnung aufsuchte. Den Spießrutenlauf an der Hausmeisterin vorbei könnte er nur einmal riskieren. Was machten denn diese Leute den ganzen Tag, außer in die Röhre zu glotzen und Zeitung zu lesen? Die Hausmeisterin würde ihn unweigerlich erkennen, wenn er nicht vorsichtig war. Deshalb hielt er sich an seine ursprüngliche Taktik und blieb im Freien. Sorgfältig wich er anderen Spaziergängern aus, und nicht einmal in den zwei Stunden war er in Gefahr gewesen, erkannt zu werden. Das einzige Problem war die Kälte. Es wurde so schlimm, daß seine Beine und Füße zu schmerzen begannen, aber selbst dann widerstand er der Versuchung, den Park vorzeitig zu verlassen, und freute sich über seine Willensstärke. Es war ein weiterer Beweis, daß Perez ihn nicht kleingekriegt hatte. Sechs Uhr schlug es von einem unsichtbaren Kirchturm, bevor er sich wieder auf die Straße wagte. Er verkroch sich in seinem Mantel, brauchte dringend die Wärme, die ihm die körperliche Bewegung vermittelte. Die Dunkelheit war ebenfalls eine Hilfe, fand er. Er fühlte sich längst nicht mehr so nervös wie noch Stunden zuvor.

Die Duisburger Straße fand er auf Anhieb, stand dann jedoch zögernd auf der anderen Straßenseite. Er wußte nicht genau, wo Gerdas Wohnung lag, und konnte daher auch nicht anhand eines erleuchteten Fensters feststellen, ob sie zu Hause war. Ein Freund, dachte er, und ging noch einmal die Story durch. Er würde sagen, daß er ein Freund ihres Mannes sei. Sie war schon immer dumm gewesen und würde nicht viele Fragen stellen. Entschlossen ging er über die Straße und blieb vor dem Haus stehen. Die Tür war zu, aber nicht verschlossen, stellte er erleichtert fest. Drinnen warf eine nackte Glühbirne einen düsteren, gelblichen Schein. Vorsichtig drückte er die Tür auf, vermied jedes Geräusch. Das Hausmeisterbüro lag rechterhand, hinter einer hölzernen Theke. Die Tür stand offen, und in dem Raum brannte Licht. Kurnow hörte undeutlich Geräusche. Wahrscheinlich aß sie. Lautlos schlich er durch das Vestibül, den Blick auf die Tür gerichtet. Er hörte Stimmen, erstarrte, lächelte dann, als ihm aufging, daß der Fernseher lief. Sie wäre abgelenkt und würde nicht auf den Hausflur achten. Hastig lief er zur Treppe, drehte sich dort um, wartete auf einen Anruf. Nichts. Zufrieden lächelnd schlich er die Treppe hinauf, testete jede Stufe, bevor er das Gewicht darauf verlagerte, verhielt an jeder Biegung, um sich zu vergewissern, daß niemand auf der nächsten Etage war. Sein Bein begann wieder zu schmerzen. Er war entsetzlich müde.

Gerdas Wohnung lag im dritten Stock. Eine ganze Weile stand er vor der Tür und starrte auf die Nummer. Er hatte ziemliche Angst, gestand er sich ein. Pure Dummheit von ihm, daß er sich nicht eine bessere Begründung zurechtgelegt hatte, warum er plötzlich bei der Frau auftauchte, auf die er wie ein zerlumpter, abgerissener Fremder wirken mußte. Sie würde in Panik geraten, dachte er, und versuchte sich zu erinnern, wie sie auf ungewohnte, überraschende Situationen reagiert hatte. Ja, sie würde bestimmt durchdrehen. Vielleicht fing sie gar zu schreien an. Was war, wenn sie eine Kette an der Tür hatte und ihn nicht hereinließ? Der Magen drehte sich ihm um, als ihm ein weiterer Gedanke kam. Wenn sie nun wieder geheiratet hatte und ein Mann in der Wohnung war? Pöhl konnte genausogut ein angeheirateter Name sein. Oder vielleicht lebte sie mit einer Frau, einer Freundin zusammen, aus finanziellen Gründen oder um nicht allein zu sein. Er schwankte vor Erschöpfung und Angst und Hunger. Egal, sagte er sich. Nachdem er soweit gekommen war, mußte er es einfach riskieren. Er konnte sonst nirgends hin, wußte keinen anderen Unterschlupf. Er mußte an sich halten, um nicht zu weinen. Perez war ein Dreckschwein.

Zögernd klopfte er. Es war kaum zu hören.

Drinnen schreckte Gerda hoch. Das konnte nur Heinrich sein, sagte sie sich sofort. Herr Muntz hatte sie vorgewarnt, daß es zu jeder Tages- und Nachtzeit passieren könnte. Und dann war da im Büro sein merkwürdiger Anruf gewesen heute morgen, in dem er ohne jede nähere Erklärung mitgeteilt hatte, daß er nicht kommen könnte. Drei Termine mußten abgesagt werden, und sie war sicher, daß sie dadurch zwei Mandanten verloren hatten. Nur Heinrichs Auftauchen konnte Herrn Muntz zu einem derartigen Verhalten veranlaßt haben.

Sie saß stocksteif da, unfähig zu einer Bewegung. Wieder klopfte es, lauter diesmal. Sie blickte an sich herab. Sie trug ihr ältestes Kostüm, das mit den abgewetzten Stellen, und auf der ohnehin nicht ganz sauberen Bluse hatte sie einen Flecken, wo ihr vor einer Stunde ein Stück Schinken draufgefallen war.

Sie wollte ins Schlafzimmer gehen, aber wieder ertönte das drängende Klopfen. Keine Zeit mehr, sah sie ein. Wenn sie ihn noch länger warten ließe, würde er annehmen, daß sie nicht zu Hause war, und wieder weggehen. Hastig fuhr sie sich ans Haar, versuchte den Nackenknoten zu richten. Ihre Lippen zitterten vor Erregung und Ärger. Sie hatte sich so sehr gewünscht, sich für ihn schön zu machen. Vielleicht könnte sie sich umziehen, wenn er erst einmal in der Wohnung war.

Von draußen hörte Kurnow ihre zögernden Schritte. Er hatte das Ohr an die Tür gelegt. Keine Stimmen. Wenigstens war sie allein. Unterdrückt räusperte er sich, damit sie nicht erkennen sollte, daß der Besucher ein Mann war. Er müßte als erster etwas sagen, und zwar rasch, um ihr die Angst zu nehmen.

Das Türschloß klickte, aber die Tür ging nicht gleich auf. Unsicher, was sie erwarten mochte, öffnete Gerda einen Spalt.

Die beiden verängstigten Menschen starrten einander wortlos an. Gerda reagierte als erste, und auf ihrem Gesicht machte sich Enttäuschung breit, als sie sah, daß nicht der Erwartete vor der Tür stand. Seit heute morgen im Büro hatte sie sich ausgemalt, wie Heinrich aussehen würde: keinen Tag älter als damals, als sie ihn zum letztenmal gesehen hatte; und elegant, sehr elegant. Er war schon immer sehr elegant gekleidet gewesen. Vielleicht ein dunkler Geschäftsanzug mit Mantel. Oder ein Ledermantel. Die Uniformmäntel aus Leder hatten ihm immer gut gefallen.

Aber das war er nicht. Sie fühlte sich betrogen. Sie rümpfte die Nase über den abgerissenen alten Mann, der da vor ihr stand. Das glatte, beinahe maskenhaft wirkende Gesicht war mit Bartstoppeln übersät, aber nur an manchen Stellen, wie bewachsene Dünen an einem Sandstrand, und seine Augen waren starr auf sie gerichtet, als hätte er einen Schock erlitten. Angstvoll wollte sie die Tür wieder schließen.

»Frau Pöhl ...«, stieß Kurnow hervor. Er hatte nicht sofort gesprochen, so wie geplant. Und auch dieser Anfang war schlecht. Hastig verbesserte er sich. »... Frau Köllman ... bitte ...«

Aufgeregt hielt Gerda inne, war sich aber noch nicht sicher. Er *hatte* also etwas mit ihrem Mann zu tun. War vielleicht von ihm beauftragt. Herr Muntz hatte gesagt, Heinrich würde vielleicht einen Freund schicken. Offenbar war er jemand von der Partei, sonst hätte er ihren wahren Namen nicht gewußt.

Sofort öffnete sie die Tür wieder und bat ihn mit einer Handbewegung herein. Prompt wurde Kurnow unsicher. Warum hatte sie keine Fragen gestellt, keine Erklärungen verlangt? Nervös blieb er an der Tür stehen, bereit, beim geringsten Anzeichen von Gefahr die Flucht zu ergreifen.

Die Wohnung war schäbig eingerichtet, stellte er fest, fast alle Möbelstücke alt und abgenutzt. Offenbar überstieg es ihre Mittel, aber Gerda wollte wohl in dieser vornehmen Gegend wohnen, um die Leute zu beeindrucken. Sie war schon immer ein Snob gewesen. Drei Türen gingen von dem Zimmer ab, und er achtete auf alle drei, aber niemand kam heraus. Also *war* sie allein. Und er sah keine Spur von Zeitungen oder einem Fernseher. Demnach war ihr sein neues Gesicht nicht bekannt. Bis jetzt lief es günstig.

»Frau Köllman ...«, setzte er noch einmal an, aber Gerda unterbrach ihn, bemüht, mit ihrem Wissen zu glänzen.

»Ich weiß, warum Sie hier sind«, erklärte sie lächelnd.

Kurnow faßte es als ein triumphierendes Lächeln auf und blickte sich gehetzt um.

»Was ...?« stammelte er verstört.

»Herr Muntz hat mir's gesagt ... hat mich vorgewarnt, daß sich vielleicht jemand wegen Heinrich an mich wenden würde ... Ich war darauf gefaßt ...«

»Muntz ...?«

Was für ein dummer Mensch, dachte sie. Wie mußte er Heinrich auf die Nerven gegangen sein mit seiner Begriffsstutzigkeit.

»Herr Muntz... ein feiner Mensch... ein treuer Parteigenosse...«, erklärte sie herablassend. Sie gefiel sich in ihrer Rolle, und mit wehmütigem Entzücken erinnerte sie sich, wie sie es sich einst hatte leisten können, die Leute mit dem gleichen verächtlichen Hochmut zu behandeln wie jetzt ihren Besucher. »Hier, in Berlin. Er ist bei der O.D.E.S.S.A.«

Kurnow stützte sich schwer gegen die Tür, fühlte die Beine unter sich nachgeben. Die Nazis hatten ihn! Einer Falle war er entronnen, nur um in die nächste hineinzutappen. Und dies hier war schlimmer... weit schlimmer.

»Nein, warten Sie...«, begann er und gestikulierte schwächlich mit der einen Hand. Wenn er sich nicht bald setzte, würde er umfallen, das spürte er genau.

Gerda blickte auf die billige Uhr auf dem Kaminsims. »Ich muß ihn anrufen«, sagte sie eifrig. »Ich habe versprochen, ihn sofort anzurufen, wenn sich jemand bei mir meldet. Die Partei will Heinrich helfen. Sie weiß, daß er in Schwierigkeiten ist.«

Kurnow kniff erregt die Augen zusammen. Sie *war* allein. Und die Nazis *wußten* noch von nichts. Mühsam konzentrierte er sich auf das Geplapper der Frau, blieb an der Tür stehen, um sie am Gehen zu hindern.

»Warten Sie«, wiederholte er. Überstürzt begann er zu reden, sagte das erste, was ihm in den Sinn kam. »Rufen Sie niemanden an... noch nicht. Wir müssen erst noch eine Menge besprechen... Ich habe Ihnen viel von Heinrich auszurichten... Telefonieren können Sie später immer noch...«

Derweil arbeitete sein Hirn auf Hochtouren, versuchte die neue Situation zu analysieren. Es war keine Falle, sagte er sich. Aus ihren Worten schloß er, daß man sie lediglich als Lockvogel eingesetzt hatte, weil ihre Dummheit sprichwörtlich war und man davon ausgehen konnte, daß sie sich sklavisch an die Instruktionen halten würde. Er *war* im Moment sicher. Aufatmend stieß er sich von der Tür ab.

»Ich bin todmüde«, jammerte er. »Und hungrig. Heinrich hat mir versichert, daß Sie mir helfen würden...«

Sie schwankte. Schließlich *hatte* sie Herrn Muntz versprochen, ihn sofort zu verständigen. Aber der Mann schien wirklich erschöpft zu sein. Und offenbar hatte er noch vor Stunden oder wenigen Tagen Kontakt zu Heinrich gehabt. Und eine Frage ging ihr nicht aus dem Kopf, eine Frage, die sie sich wiederholt gestellt hatte seit jenen

Gesprächen mit dem Rechtsanwalt. Sie wollte unbedingt wissen, wo ihr Mann gesteckt und warum er sich die ganze Jahre nie gemeldet hatte. Eine halbe Stunde würde nichts ausmachen, redete sie sich ein. Nur dreißig Minuten. Das wäre nicht viel, um dreißig Jahre zu überspannen.

»Bitte ...« Sie deutete auf einen Stuhl. Verdammt, dachte sie plötzlich, warum habe ich nur den ganzen Schinken aufgegessen?

»Kognak?« fragte sie. »Oder Kaffee?«

Kurnow nickte und ließ sich auf den Stuhl sinken. Die Müdigkeit hing wie ein Bleigewicht an ihm.

»Beides?« erkundigte sie sich.

Wieder nickte er. Er war zu müde zum Sprechen. Hatten sich die Juden auch so gefühlt, waren sie an einem Punkt angekommen, wo es ihnen egal war, ob sie überlebten oder starben? Aufgeben lag nur zu nahe, sah er ein. Der kleinste Rückschlag konnte ihm all die mühsam aufgebaute Zuversicht rauben.

Sie reichte ihm das Kognakglas. Er brauchte beide Hände, um es zu halten, und verschluckte sich prompt. Die Augen begannen ihm zu tränen, doch er trank erneut und genoß das herrliche Gefühl, als der Alkohol ihn am ganzen Körper wärmte.

»Und etwas zu essen«, drängte er mit rauher Stimme. »Ich bin halb verhungert. Irgend etwas.«

Sie verschwand, und er hörte Geschirr und Besteck klappern. Er lehnte sich zurück, schloß die Augen, das Kognakglas auf die Armlehne gestellt. Die Juden hatten dichter davor gestanden, ihn zu brechen, als ihm gewußt gewesen war, gestand er sich ein. Wenn er nicht so schlau gewesen wäre, Gerdas Adresse herauszufinden, würde er jetzt mit Schaum vor dem Mund durch die Straßen laufen, übergeschnappt aufgrund der seelischen Tortur. Beinahe. Aber nicht ganz. Und das war der kleine, aber wichtige Unterschied.

Mit Mühe öffnete er die Augen und setzte sich dann gerade hin. Bis jetzt hatte er sie um eine Nasenlänge geschlagen. Aber noch mußte er wachsam bleiben.

Er stolperte zu der Kommode, auf der Gerda die Getränke stehen hatte, füllte sein Glas auf und nahm dann die Gelegenheit wahr, die Wohnung genauer zu inspizieren. Sie waren tatsächlich allein, stellte er fest. Er rümpfte die Nase über die Schäbigkeit. Gewiß, die Wohnung war sauber und aufgeräumt. Aber Gerda war schon immer ein ordnungsliebender Mensch gewesen. Er erinnerte sich, wie sie früher den prallen Inhalt ihrer Kleiderschränke in einem kleinen Notizbuch, das immer in der obersten linken Schublade ihrer Frisierkommode lag, säuberlich festgehalten hatte. Welch ein Unterschied zu dem Luxus der Berliner Villa, in der sie einst gelebt hatte. Die Möbel waren billig und offenbar gebraucht gekauft, Bett- und Tischbeine schief und wackelig. Die Polstermöbel waren abgewetzt und durchgesessen, an manchen Stellen quoll gar die Füllung heraus. Im Schlafzimmer sah er außen am Kleiderschrank einen Herrenanzug hängen, in einer Plastikhülle. Er sah neu aus. Kurnow runzelte die Stirn, fragte sich, wozu sie ihn dort hängen hatte. Die Frisiertoilette, auf der sich einst silberverzierte Bürsten und teuerste Kosmetika und Parfüms aus Paris – gekauft oder geraubt – ein Stelldichein gegeben hatten, war jetzt kahl und leer, und der Spiegel hatte an den Rändern blinde Stellen. Der Fußboden im Schlafzimmer war nackt, nur neben dem Bett lag ein offenbar handgemachter Läufer.

Er ging ins Wohnzimmer zurück und trat zu dem Stuhl, auf dem er vorher gesessen hatte. Es war noch der beste von allen, sah er.

Nichts zum Stehlen da. Aber das spielte keine Rolle, denn er konnte ohnehin nicht riskieren, zu einem Pfandhaus zu gehen. Es müßte schon Bargeld sein. So wie die Wohnung aussah und wie Gerda aussah, konnte er sich da allerdings auch keine großen Hoffnungen machen.

In der Küche kratzte Gerda die kümmerlichen Reste des Schinkens zusammen und schnitt die noch vorhandene Wurst in hauchdünne Scheiben, damit es nach mehr aussah. Sie fügte ein paar Scheiben Brot hinzu und brühte dann den Kaffee auf.

Wie schrecklich der Mann aussah, dachte sie. Bedrückt nagte sie an der Unterlippe. Heinrich mußte wirklich arg in der Klemme stecken, wenn er sich mit so einem Mann abgab. Würde er genauso abgerissen und häßlich aussehen?

Hoffentlich nicht, dachte sie. Ihr Heinrich war immer so flott und elegant gewesen.

»Er stolziert daher wie ein Pfau«, hatte Bormann einmal gesagt. Wie stolz sie damals gewesen war.

Sorgfältig arrangierte sie das Mahl auf einem Tablett, legte überall Servietten unter. Zumindest sollte er sehen, wie ihr Mann einst behandelt worden war. Gierig starrte Kurnow das Essen an, griff nach dem Brot, bevor sie noch das Tablett auf dem niedrigen Tisch vor ihm abgestellt hatte, wobei ein Stück Wurst herunterfiel. Er stopfte sich den Mund voll und kümmerte sich nicht um ihre mißbilligende Miene.

»Ich habe auch Wein«, sagte sie.

Er grunzte nur, brachte kein Wort hervor.

Sie mühte sich mit dem Korken ab. Heinrich hätte ihr die Flasche geöffnet, dachte sie. Brotkrumen blieben ihm im Hals stecken, und er hustete bellend.

»Wie gut kennen Sie meinen Mann?« fragte sie.

Wenn sie sich sicher fühlte, hatte sie schon immer eine unerträgliche Arroganz an den Tag legen können, entsann sich Kurnow. Er aß jetzt langsamer, wußte, daß er sich zusammennehmen mußte, wenn er das Essen unten behalten wollte. Er trank einen Schluck Wein und überflog noch einmal die Story, die er sich zurechtgelegt hatte, während sie in der Küche war. Einwandfrei, befand er.

»Sehr gut«, versicherte er keuchend. »Ich war sein bester Freund.«

Die Wurst schmeckte fad, dachte er. Und der Schinken war trocken.

»Wie...?«

»Der arme Heinrich«, sagte Kurnow. »Er hat schwer gelitten. Sehr schwer gelitten.«

Sofort war Gerdas Hochnäsigkeit wie weggeblasen, ganz wie er gehofft hatte.

»Erzählen Sie...«

»Bei Kriegsende wurden wir, eine kleine Gruppe, von den Russen gefangengenommen...«

»Sind sie dahintergekommen, was...«

»Nein«, erwiderte Kurnow rasch. »Nein, wir hatten uns vom Lager abgesetzt, so daß uns niemand in Zusammenhang damit brachte. Monatelang wurden wir von einem Kriegsgefangenenlager ins andere geschleppt. Untersuchungen oder gar Prozesse gab es nicht. Sie benutzten uns einfach als Arbeitssklaven...«

»Heinrich... ein Sklave?« Sie schüttelte sich.

Kurnow nickte, zufrieden über die Wirkung, die seine Story hatte.

»Wir wurden überall eingesetzt. Zuerst in Ostdeutschland... dann in Polen... sogar in der Ukraine...«

Sie war in dem Sessel gegenüber zusammengesunken und schien den Tränen nahe.

»Mein armer Liebling«, murmelte sie.

»Dann fingen sie an, die Lager aufzulösen«, fuhr er fort. »Inzwischen waren wir wieder in der DDR. Auf einmal, zum erstenmal in all den Jahren, interessierten sich die Behörden für unsere Vergangenheit... hatte etwas mit der geplanten Repatriierung zu tun... Nachforschungen wurden angestellt...«

Gespannt blickte sie auf. Er sah, daß ihre Augen feucht waren.

»Von den Fragen, die sie uns stellten, war klar, in welche Richtung das zielte. Und daß nach all den Jahren plötzlich das Risiko bestand, daß sie uns auf die Spur kamen. Gott sei Dank stand das Lager kurz vor der Auflösung. Die Bewachung war lax...«

»Und Sie sind geflohen?«

Kurnow nickte, und Gerda lächelte. Das war typisch Heinrich. Egal, wie schlimm es aussah, egal, wie dreckig sie ihn behandelten, den Mut hätten sie ihm nicht nehmen können.

»Erzählen Sie«, drängte sie, gespannt auf die Geschichte, die Heinrichs Courage belegen würde.

Kurnow schüttelte den Kopf. Ein guter Lügner erzählte nie mehr Lügen als unbedingt erforderlich. Gott sei Dank war sie so dumm, dachte er. Der Bericht klang nicht so überzeugend, wie er gehofft hatte.

»Das ist zu lang«, wich er aus. »Morgen vielleicht.«

»Aber wo ist er jetzt?«

Kurnow seufzte. Sie war so leicht zu beeindrucken, daß sie ihm jedes Wort glauben würde, sagte er sich.

»Er ist noch drüben«, erklärte er.

Wütend und enttäuscht verzog sie das Gesicht.

»Warum?« fauchte sie ihn an. »Warum haben Sie ihn nicht mitgebracht? Am Ende wird er wieder geschnappt, kommt wieder ins Gefängnis...«

Er hob die Hand, versuchte sie zu beruhigen.

»Nein«, sagte er. »Nein, nein, er ist sicher.«

Sie schüttelte den Kopf, war nicht überzeugt.

»Heinrich hat Angst, daß man ihn vielleicht erkennt, trotz der langen Zeit«, sagte Kurnow. Sie machte noch immer ein skeptisches Gesicht.

»Im Moment ist er drüben sogar sicherer. Mich hat er in den Westen geschickt, um mit der Partei Kontakt aufzunehmen... wir hatten Adressen...«, fügte er hinzu.

»Aber nicht den Namen von Muntz?« warf sie ein, mit plötzlich aufkeimendem Mißtrauen.

»Glauben Sie im Ernst, daß man uns die Namen der führenden Männer gegeben hätte, bevor wir sorgfältig überprüft waren?« argumentierte er. Sie nickte. Das sah sie ein.

»Wann kann er herüberkommen?«

Kurnow hob müde die Schultern, und trotz aller Anstrengung fielen ihm die Augen zu.

»Herr Muntz«, erklärte Gerda in bestimmtem Ton. »Er weiß sicher, wie es jetzt weitergeht. Ich muß ihn sofort verständigen.«

»Nein!« Kurnow schreckte hoch. Es war schlecht gelaufen, dachte er nervös.

»Bitte... warten Sie einen Moment...«, sagte er hastig. »Ich muß mich erst ein bißchen ausruhen. Im Augenblick könnte ich die Fragen, die sie mir stellen werden, nicht zufriedenstellend beantworten. Ich habe die letzten drei Tage nicht geschlafen und nicht gegessen, weil ich versuchen wollte, Sie zu erreichen und Heinrich zu helfen. Lassen Sie mich ein paar Stunden schlafen. Ein Bad vielleicht ...«

»Ich sage Herrn Muntz, daß er erst in paar Stunden kommen soll«, schlug Gerda vor.

»Glauben Sie denn, er würde auch nur eine Minute warten, wenn er weiß, daß einer der Helden des Dritten Reichs so nahe ist?«

Es war ein höchst dürftiges Argument, aber im Moment konnte er keinen klaren Gedanken fassen. Sie blickte ihn unsicher an, verwirrt von seiner Haltung. Bald würden sich die ersten Zweifel regen. Sie bot ihm noch ein Glas Wein an, und er akzeptierte, obwohl er wußte, daß es seine Müdigkeit nur verstärken würde.

»Heinrich und ich haben uns einen Plan zurechtgelegt«, sagte er aus dem Stegreif. »Wir wußten nicht, wie lange ich brauchen würde, um Sie zu erreichen. Heinrich ist untergetaucht und kommt erst in drei Tagen wieder zu dem vereinbarten Treffpunkt. Es wäre sinnlos, Herrn Muntz heute abend zu belästigen. Wir könnten doch nichts tun.«

Es war mehr als dünn. Die plötzlich veränderte Haltung der Frau beunruhigte ihn. Ganz so glatt würde es doch nicht laufen.

»Wer sind Sie?« fragte sie unvermittelt.

Sie *war* mißtrauisch, stellte er fest.

»Reinhart«, erwiderte er prompt. Der Name hatte ihm so lange gute Dienste geleistet, warum sollte er ihn nicht noch einmal verwenden? Außerdem war ihm die Biografie so vertraut, daß er entsprechende Fragen nicht zu fürchten brauchte. »Klaus Reinhart.«

Sie zog die Stirne kraus, kramte in ihren Erinnerungen und nickte dann. Einsam, wie sie war, erinnerte sie sich leichter an Ereignisse und Personen aus ihrem Leben vor dreißig Jahren als an das, was tags zuvor geschehen war.

»Ich erinnere mich an den Namen«, räumte sie ein. Doch sofort setzte sie hinzu: »Aber ich entsinne mich nicht, daß Sie ein Freund meines Mannes gewesen wären. Im Gegenteil!«

Du lieber Gott, schon wieder ein Fehler. Er hatte vergessen, daß er ihr vor dreißig Jahren von diesem Mann erzählt hatte. Und warum sollte sie sich schließlich daran erinnern?

»In Buchenwald war ich ein Arzt, ein Kollege von Heinrich, nichts weiter«, gab er zu. »Erst später, nachdem wir zwangsläufig so eng zusammenlebten, sind wir uns nähergekommen ...«

Sie war keineswegs überzeugt, stellte er fest. Aber jedes weitere

Wort würde nur neue Fragen provozieren. Mühsam richtete er sich auf. Sein Körper fühlte sich bleiern an. Jede Bewegung erforderte eine ungeheure Kraftanstrengung.

»Frau Köllman«, sagte er unterwürfig, in der Hoffnung, daß sie auf solch einen Ton eingehen würde, »ich war so lange unterwegs, ohne eine Minute Schlaf. Ich hatte noch nicht einmal Gelegenheit, mir das Gesicht zu waschen. Vielleicht ein Bad . . .?«

Sie nickte und deutete auf eine Tür.

»Ich hole Ihnen Handtücher.«

Zu schnell, konstatierte er. Sie wollte ihn aus dem Zimmer haben, damit sie diesen verdammten Nazi benachrichtigen konnte. Als er ins Bad ging, spähte er zur Wohnungstür. Gott sei Dank, der Schlüssel steckte. So rasch ihn seine müden Beine trugen, lief er zur Tür, versperrte sie und steckte den Schlüssel ein. Als sie aus dem Schlafzimmer zurückkam, stand er schon wieder im Wohnzimmer. Er spürte, wie sie ihn aufmerksam musterte, sein Haar, sein Gesicht, seinen ganzen Körper, sogar seine Hände, als er nach den dargebotenen Badetüchern griff. Hastig nahm er ihr die Tücher ab, versuchte den forschenden Blicken zu entgehen.

»Ich brauche nur ein paar Minuten, Frau Köllman«, sagte er, schon unterwegs zum Badezimmer. »Hätten Sie vielleicht noch einen Kaffee für mich, wenn ich fertig bin?«

Sie nickte, den Kopf zur Seite geneigt, das Gesicht ausdruckslos.

Im Bad drückte er lauschend das Ohr an die Tür. Ihre Schritte verklangen, und er hörte erneut das Klappern von Geschirr.

Er drehte das Wasser an und zog sich aus. Die stinkenden, schmutzigen Kleider klebten ihm am Leib wie eine zweite Haut. Er betrachtete sich im Spiegel und war schockiert über seine Erscheinung. Wie ein Wahnsinniger sehe ich aus, dachte er, wie ein runtergekommener, wildblickender Verrückter. Schlaf. Das war alles, was ihm fehlte, eine Nacht Schlaf. Sein Körper war betäubt vor Erschöpfung, in den Beinen hatte er kein Gefühl mehr. Er lief wie auf Watte. Das Bad würde ihn wieder ein bißchen in Schwung bringen, dachte er, während er sich aufseufzend ins Wasser sinken ließ. Die Frau beunruhigte ihn. Ihr Mißtrauen würde wie eine Lawine wachsen. Er blickte sich in dem kleinen Raum um, suchte nach einer Waffe. Er könnte nicht in Ruhe schlafen, solange sie frei herumlief. Der Gedanke, seiner Frau etwas anzutun, kam ihm ganz leidenschaftlos, ohne die geringsten Gewissensbisse.

Es gab nichts Geeignetes, was er ihr über den Schädel schlagen konnte, stellte er fest.

In der Küche stellte Gerda das Geschirr weg und wischte sich die Hände ab.

Irgend etwas stimmte nicht. Sie kam nicht ganz dahinter, aber sie wurde das Gefühl nicht los, daß der Mann ihr nicht die Wahrheit gesagt hatte. Plötzlich überlief sie eine Gänsehaut. Heinrich hatte Reinhart gehaßt, erinnerte sie sich. Einen schlechten Deutschen hatte er ihn genannt, einen Verräter, und daß er den Mann Hunderte von Malen hätte disziplinieren müssen. Stirnrunzelnd beschritt sie vertraute Erinnerungspfade, versuchte sich zu entsinnen. Er hatte sogar verlangt, daß Reinhart verhaftet und vor Gericht gestellt werden sollte, meinte sie. Ja, sie war sich ganz sicher.

Herr Muntz müßte das unbedingt erfahren. Entschlossen ging sie ins Wohnzimmer zurück, bewegte sich aber ganz leise, damit der Mann sie nicht hörte. Vor der Badezimmertür lauschte sie, hörte das Plätschern von Wasser. Sie lächelte und ging ins Schlafzimmer, um ihren abgetragenen Mantel aus dem Schrank zu holen. Die Tür knarrte leise, und erschreckt sah sie zum Bad hin. Noch immer platschte es darin. Hastig zog sie den Mantel an und lief zur Tür, wollte schnellstens die Wohnung verlassen, auch wenn sie nicht genau wußte, wovor sie sich eigentlich fürchtete.

Ein erstickter Laut drang ihr über die Lippen, als sie an der verschlossenen Tür zog. Unfähig zu begreifen, was passiert war, zerrte sie weiter, bis die Tür im Rahmen klapperte. Dann stieg massive Angst in ihr auf, nahm ihr den Atem. Schließlich wich sie zurück, stierte auf die Tür, schüttelte verstört den Kopf. Warum hatte er abgesperrt? Es war völlig sinnlos. Nichts ergab einen Sinn. Sie wandte sich zum Bad, starrte die Tür an, versuchte der Gedanken habhaft zu werden, die ihr durch den Kopf wirbelten. Wer war er? Und warum hatte er sie eingesperrt? Wer in aller Welt, außer Herr Muntz, kannte ihren wirklichen Namen? Die Juden? Konnten es die Juden sein, die ihr nun doch, nach all den Jahren, auf die Spur gekommen waren?

Seine allzu nachlässig konstruierte Story lief noch einmal in ihrem Kopf ab, aber diesmal sprangen ihr die Widersprüche und Ungereimtheiten geradezu ins Auge. Niemand, entschied sie. Kein Mensch. Na ja, fast niemand ... aber jedenfalls nicht die Juden ...

Langsam, hocherhobenen Hauptes, ging sie, hypnotisch angezogen, auf die geschlossene Tür zu, hinter der sie noch immer schwache Geräusche von ihm hörte. Es konnte nicht sein, dachte sie. Wieder wurde sie an die Ähnlichkeiten erinnert, die ihr aufgefallen waren, als sie vor einer halben Stunde aus dem Schlafzimmer gekommen war und ihm die Handtücher gegeben hatte. Sie fühlte sich schwach und kraftlos, als spanne sich wieder der eiserne Ring um ihre Brust wie damals bei dem Gespräch mit Herrn Muntz. Es war einfach nicht möglich. *Er* hätte sie nicht so grausam behandelt. An der Tür blieb sie stehen, wußte nicht, was sie tun sollte. Unvermittelt bückte sie sich und versuchte durchs Schlüsselloch zu spähen, wobei sie sich reichlich albern vorkam. Trotz ihrer Furcht konnte sie nur mühsam ein Kichern unterdrücken. Er hatte ihr den Rücken zugewandt und trocknete sich ab. Seine Haut war alt und runzlig, wie bei einer Eidechse, dachte sie, aber um den Hals verlief eine sonderbare Linie, fast wie ein Kragen. Er drehte sich um und trocknete sich den Rücken, und da schrie Gerda auf. Sie sah noch, wie er erstarrte, aber dann fiel sie, fiel rücklings zu Boden, vor ihrem geistigen Auge noch die unverwechselbare Narbe, die Heinrich seit jenem Hamburger Verkehrsunfall am Bein trug, und die sie so gut kannte. Die Tür öffnete sich, und er stand da, unbekleidet, starrte auf sie herab. Sein Gesicht, das Gesicht, das sie nicht kannte, war völlig ausdruckslos.

»Heinrich...«, murmelte sie verstört. »...Mein Liebling? Mein Liebling? War das so?« Aber sie kannte den Mann nicht, der da vor ihr stand... er war ihr so fremd wie sein Gesicht.

»Hilf mir...«, flehte sie. »...Ich verstehe das alles nicht...«

Wirre Gedanken schossen ihr durch den Kopf. Es *war* Heinrich. Er war zurückgekommen. Für die Gesichtsoperation gab es sicherlich einen Grund. Das war unwichtig. Die Erklärungen konnten warten. Sie würde sich schon an das Gesicht gewöhnen. Was spielte das Gesicht für eine Rolle? Er war zurückgekommen. Das war das einzig wichtige. Sie wäre jetzt nicht mehr allein. Zurück. Endlich. Keine Einsamkeit mehr. Keine Armut mehr. Vielleicht sogar wieder Kleider.

Sie streckte ihm bittend die Hand entgegen, lächelte ihm zu. Kurnow blickte auf die alte Frau hinunter. Wie häßlich, dachte er. Strohdumm. Und potthäßlich.

Er machte einen Schritt auf sie zu, und sie bot ihm die Hand, damit er ihr auf die Beine half, doch er breitete das Handtuch aus wie einen Mantel. Sie runzelte die Stirn, begriff nicht, und dann wurde alles schwarz, als er das Handtuch über sie warf und sie das Gewicht seines feuchten Körpers auf sich spürte. Sie versuchte die Arme um ihn zu legen, hielt es für eine Umarmung, und dann spürte sie die Kette, die er vom Waschbecken abgerissen hatte, an ihrem Hals und erfaßte jetzt erst, wie das Handtuch ihr die Luft nahm. Sie versuchte zu schreien, aber der Laut wurde erstickt. Er war so schwer ... so schwer ... warum ... warum tat er das ... sie liebte ihn doch ... sein neues Gesicht machte ihr doch nichts aus ... überhaupt nichts aus ...

»Bitte ...«, versuchte sie, aber kein Laut drang aus ihrer Kehle, und wenige Sekunden darauf verlor sie das Bewußtsein.

Kurnow lag auf ihr, völlig erschöpft, lange nachdem sie sich schon nicht mehr bewegte und er wußte, daß sie tot war. Schließlich erhob er sich auf die Knie, stand dann auf, ermattet nach dem kurzen Kampf. Das Handtuch verdeckte ihren Körper, nur ihre Beine schauten hervor, nackt bis zu den Schenkeln, wo ihr der Rock hinaufgerutscht war. Er legte den einen Arm frei und zerrte sie ins Bad. Sie war sehr schwer, und er brauchte eine lange Zeit. Immer wieder mußte er innehalten. Er zwängte sie zwischen Tür und Badewanne, wußte, daß er jeden Moment zusammenklappen konnte. Taumelnd, fast blind, stolperte er aus dem Bad, griff haltsuchend nach einem Stuhl im Wohnzimmer. Es hielt seinen Fall nicht auf. Er konnte nicht mehr aufstehen. Auf Händen und Knien kroch er ins Schlafzimmer. Als er am Schrank vorbeikam, streifte er mit dem Rücken den Anzug, den Gerda für ihn gekauft hatte. Der Plastiküberzug blieb an seiner feuchten Haut kleben und fiel herunter, ihm auf den Rücken. Er stieß ein erschrecktes Keuchen aus und schleuderte den Anzug von sich. Mehrere Sekunden kniete er neben dem Bett, nahm all seine verbliebene Kraft zusammen, streckte sich dann und warf sich über das Bett. Er war eingeschlafen, bevor er noch richtig lag.

Es war genauso passiert, wie Mawetskij befürchtet hatte.

»Wie konnte er einfach verschwinden?« verlangte Schepalin zu wissen.

Mawetskij wandte den Blick ab, weigerte sich, auf die vorwurfsvolle Frage des Vorsitzenden einzugehen. Niemand kam ihm zu Hilfe. Schweine.

»Zu viele Dinge sind passiert, für die wir keine Erklärung haben«, sagte der Minister verzweifelt. Aus allen Richtungen wurde ihm die Verantwortung zugeschoben. Das Präsidium hatte sich geeinigt, ihn zum Sündenbock zu machen. Suwloff war sogar nach Berlin zurückgeschickt worden, nicht verhaftet und in ein Lager gesperrt, wie Mawetskij erwartet hatte.

»Alle Nazis, die uns möglicherweise einen Hinweis hätten geben können, sind umgebracht worden«, setzte Mawetskij hinzu.

»Ich *will*, daß Rußland in der Lage ist, Kurnow an den Westen auszuliefern«, beharrte Schepalin. »Bisher haben wir einen enormen Propagandasieg errungen. Das müssen wir ausbauen.«

»Ich werde es versuchen«, erwiderte Mawetskij achselzuckend. Aber es würde ihm nicht gelingen, das wußte er. Er konnte nichts tun. Nicht das geringste. Höchstens hoffen, daß die Agenten, mit denen er Westberlin überflutet hatte, zufällig auf irgend etwas stießen.

»Das würde ich Ihnen raten«, sagte Schepalin sanft.

21

Es war ein bohrender Schmerz, der tief in sein Unterbewußtsein reichte und ihm fast den Kopf zerspringen ließ. Er wand sich hin und her, versuchte sich zu befreien, aber man hielt ihn fest. Er spürte Hände an seinen Armen und Beinen und an seinem Kopf, die ihm kaum eine Bewegung erlaubten. Er schrie und versuchte sich wegzudrehen, merkte, daß sie ihm in die Ohrläppchen kniffen, um ihn wachzubekommen. Er wollte nicht aufwachen. Er wollte bis in alle Ewigkeit schlafen. Geht weg, dachte er, laßt mich bitte schlafen. Der stechende Schmerz hörte nicht auf.

Zuerst sah er nur Nebel. Dann drang das Licht durch, und er hörte die vertraute Stimme und blinzelte verstört.

Vier von ihnen standen um das Bett herum, ließen ihn jetzt los, nachdem er wach war. Perez blickte lächelnd auf ihn herab.

»Wir dürfen dich doch nicht schlafen lassen, Heinrich, nicht wahr?« sagte er spöttisch. »Erstaunlich, wie rasch sich der menschliche Körper und der menschliche Geist erholen können, nach nur ein paar Stunden Schlaf. Das hast du vor vielen Jahren selbst festgestellt, richtig? Zu viele Leute suchen nach dir, als daß du dich hier verkriechen dürftest.«

Kurnow begann zu stöhnen, schüttelte abwehrend den Kopf.

»In Frieden...«, bettelte er. »Laßt mich in Frieden. Es tut mir leid... ehrlich... tut mir wirklich leid... Ich hatte meine Befehle... hab nur Befehle ausgeführt... wollte es nicht... bin aber von der SS gezwungen worden. Sie hätten mich sonst erschossen... hab nur Befehle ausgeführt...«

Perez und Mosbacher wechselten Blicke. Der bullige Israeli schien angewidert, nicht von dem Mann auf dem Bett, sondern von dem, was sich im Zimmer abspielte. An der Tür stand noch eine fünfte Person, bemerkte Kurnow. Eine Schmalfilmkamera zeichnete alles auf.

»Ein waschechter Mord, Heinrich«, fuhr Perez fort und ignorierte

Mosbachers Kritik. Immer dieser spöttische, stichelnde Ton, dachte Kurnow. Er wich vor dem Psychiater zurück, zog die Knie an und schlang die Arme um den Leib, so daß er eine fötale Lage einnahm.

»Nicht...«, sagte er. »...Bitte nicht... töten Sie mich lieber... töten Sie mich doch... bitte...«

»Du hast Leute noch viel stärkerem Streß ausgesetzt, Heinrich«, sagte Perez unbarmherzig. »Das weißt du genau...«

»Wie...?«

Perez lachte, war sich nun seiner völligen Kontrolle über ihn sicher.

»Wir haben dich nie aus den Augen verloren, Heinrich. Auf dem Bahnsteig waren drei von uns, nicht zwei. Wir sind dir die ganze Zeit gefolgt. Nicht, daß es nötig gewesen wäre. Über Gerda wußten wir seit Jahren Bescheid... haben gesehen, wie du ihr vor ein paar Tagen hierher gefolgt bist. Es war ganz offensichtlich der Ort, wo du dich verkriechen würdest.«

Er spielte mit einem Gegenstand.

»Wir hatten sogar einen Schlüssel zu der Wohnung«, sagte er.

Mosbacher trat auf die Seite, wollte es so bald wie möglich hinter sich bringen. »Ich hoffe, du bist endlich zufrieden«, sagte er zu Perez. »Nachdem du genau das getan hast, was dieses Schwein vor dreißig Jahren praktizierte.«

Perez' Lächeln erstarb, und er blickte seinen Freund an.

»Deine Familie ist auf die gleiche Weise ums Leben gekommen«, erinnerte er.

Mosbacher warf ihm einen verächtlichen Blick zu. »Auf diese Art möchte ich sie nicht gerächt sehen«, sagte er.

Er wandte sich ab und ging zur Tür. »Wir sollten lieber verschwinden.«

Perez zögerte, wußte nicht recht, ob er den Disput fortsetzen sollte, schaute dann auf die Uhr.

»Wir haben die Polizei angerufen, Heinrich«, sagte er zu dem Mann auf dem Bett. »...Wie jeder gesetzestreue Bürger, der Schreie und Kampfgeräusche aus der Nachbarwohnung hört...«

Sie begannen die Wohnung zu verlassen.

»Ich würde sagen, du hast ungefähr zehn Minuten Zeit... zehn Minuten zum Verschwinden und weiter zu fliehen...«, schloß Perez.

Kurnow starrte seinen Peiniger an, der ihm von der Tür zulachte. In diesem Moment riß bei Kurnow der Faden. Er warf den Kopf zurück und stieß einen lauten, heulenden Schrei aus, mehr tierisch als menschlich.

»Bist du jetzt zufrieden?« fragte Mosbacher angewidert. Perez antwortete nicht und führte die kleine Gruppe aus der Wohnung.

»Ordonnanz!«

Wo, zum Teufel, steckte der Kerl? Nicht zum erstenmal, daß er ihn disziplinieren müßte. Unglaublich, wie sie sich alle aufführten, nur wegen eines kleinen Rückschlags an der Ostfront und eines taktischen Rückzugs in der Normandie. Der Führer hatte ihnen die Wahrheit gesagt... Verstärkungen wurden an die Front geworfen. Bis zum Winter wäre der gesamte Bodenverlust wieder gutgemacht und noch einiges dazu. Weihnachten könnten sie in Moskau feiern... im Frühjahr würde die Invasion in England beginnen. Dann würden die Zweifler ihren Defätismus bereuen. Es wurden Namen notiert. Listen existierten bereits. Der Führer würde Rache nehmen, so wie nach den empörenden Ereignissen im Juli 1944.

»Ordonnanz!«

Stirnrunzelnd sah er sich in dem Raum um, erkannte ihn nicht wieder. Wo war er? Jetzt erst bemerkte er, daß er nackt war, und instinktiv bedeckte er seine Blöße mit einem Laken. Alles war billig und heruntergekommen. Er kicherte. Das Schlafzimmer einer Hure. Das war's. Er mußte bei einer Hure gelandet sein. Kein Wunder, daß seine Ordonnanz nicht da war. Verfluchter Schnaps. Kompletter Gedächtnisverlust nach zuviel Schnaps. Er blickte sich nach seinen Kleidern um. Verdammtes Weib mußte sie geklaut haben. Er stand auf, wunderte sich, warum er sich so schwach fühlte. Sonderbar. Konnte kaum laufen. Er wankte ins Wohnzimmer, hielt sich am Türrahmen fest. Kam ihm bekannt vor, aber ihm war unerfindlich, woher er die Wohnung kennen sollte.

»Jemand da?«

Er starrte Gerdas verkrümmte Gestalt im Badezimmer an, stippte sie mit dem Fuß an. Wer war denn das? Mit einiger Mühe entfernte er das Handtuch um ihren Kopf. Erdrosselt, diagnostizierte er fachmännisch, als er das verzerrte, geschwollene Gesicht sah. Sie war uralt. Er war doch hoffentlich nicht mit ihr gegangen? Mußte mit dieser Sauferei aufhören. War schon so schlimm, daß einem die Erinnerung Streiche spielte. Alle tranken jetzt zuviel. Aus Feigheit. Viel zuviele Leute soffen und hauten ab. Leugneten sogar ihre Parteimitgliedschaft. Aber der Führer wußte Bescheid. Er hatte die Listen. Peinlich, in einem Raum mit einer toten Hure aufgefunden zu werden, sagte er sich. Es gab trotz allem noch Recht und Ordnung in der Reichshauptstadt. Was nur richtig war. Wo war nur seine Uniform? Er sah Kleider auf dem Stuhl im Bad liegen und betrachtete sie angeekelt. Sicherlich doch nicht seine? Schmutziges, stinkendes Hemd und ein Anzug. Dazu noch Zivilklamotten. Waren nicht seine. Ausgeschlossen. Aber irgend etwas müßte er anziehen. Die Wachposten im Lager würden ihn alle kennen. Keiner würde wagen, ihn zu stoppen. Auch ohne Uniform würden sie ihn hereinlassen. Er trug die Kleider ins Wohnzimmer und begann sich anzuziehen. Großer Gott, wie die rochen! Schienen jedoch zu passen. Sein Gesicht verfiel, als sein Hirn versuchte, die Wirklichkeit zu erfassen, aber sie entzog sich ihm, wie schemenhafte Bilder im dichten Nebel. Klar kannte er den Raum. Und auch die Frau, die dort drüben lag. Aber jedesmal, wenn er sich zu erinnern glaubte, stieg dieser Nebel auf. Er blickte an sich herab, empört über diesen Anzug, kontrollierte die Taschen, auf der Suche nach Papieren. In der Jacke fand er den russischen Paß und glotzte ihn an. »Wladimir Kurnow«, las er und betrachtete dann das Foto. Natürlich kannte er den Mann. Ganz sicher. Verdammtes Gedächtnis. Muß unbedingt zu saufen aufhören. Wäre nicht sehr geschickt, einen russischen Paß im Besitz zu haben, dachte er. Man würde ihn für einen Vaterlandsverräter halten. Auf die Art kam man auf die Listen des Führers. Er warf ihn auf die Couch. Am besten verdrückte er sich. War alles ein bißchen verwirrend. Offenbar gefährlich, hier zu bleiben. Außerdem mußte er zurück.

Er trat hinaus in den Flur, ging langsam, suchte nach der Wohnungstür, schob sich mit der Schulter an der Wand entlang. Er war krank, diagnostizierte er. Konnte sich kaum bewegen. Mußte unbedingt zum Doktor gehen, wenn er zurück war. Arbeitete zuviel. Das war das Problem. Zu wenige übrig, die noch bereit waren, zu arbeiten, sich einzusetzen, wenn es nötig war.

Mit steifen Beinen stolperte er die Treppen hinunter, blieb wiederholt stehen, um sich zu verschnaufen, scherte sich nicht um den Krach, den er machte. Übel war ihm auch. Wahrscheinlich der Alkohol.

»He, Sie da!«

Er wandte sich um und sah die Frau hinter der Theke. Mußte die Puffmutter sein. Ob er bezahlt hatte? Mußte er wohl. Andernfalls hätte sie ihn nicht reingelassen.

»Wo sind Sie gewesen?« wollte sie wissen.

Was glaubte sie denn, wen sie vor sich hatte? Wußte wohl nicht mehr, wohin sie gehörte! War bei vielen so. Er deutete über die Schulter, würdigte sie keiner Antwort.

»Ich will wissen ...«, begann die Frau, stockte dann. »O mein Gott!« rief sie. Sie stolperte rückwärts in ihr winziges Büro, hielt sich am

Türrahmen fest. Er lächelte. Also hatte sie ihn erkannt. Wurde auch Zeit. Er hatte sich Namen und Adresse geben lassen wollen, um das Bordell der örtlichen SS zu melden. Würde er jetzt nicht tun. Witzlos, sich unnötige Mühe zu machen. Aber sie hatte Glück gehabt. Wußte gar nicht, was sie für Glück gehabt hatte. Jeder stand heutzutage schon auf den Listen.

Er fuhr sich über die Zivilkleider.

»Hab meine Uniform verlegt«, sagte er. Kein Wunder, daß sie ihn nicht gleich als Offizier erkannt hatte, so wie er angezogen war. Er lächelte freundlich.

»Keine Sorge«, meinte er. »Werde Sie nicht melden.«

Warum waren seine Gedanken und Worte so unzusammenhängend? fragte er sich. Verdammter Alkohol. Muß unbedingt damit aufhören.

Sie wich noch weiter in ihr kleines Büro zurück und sah ihm nach, wie er das Vestibül durchquerte. Draußen auf der Straße blieb er stehen, blickte sich verwirrt um, kannte sich überhaupt nicht mehr aus. Berlin? Ja, zweifellos Berlin, dachte er, während er langsam die Duisburger Straße hinunterging zur Brandenburgischen.

Von fern hörte er Sirenen. Wahrscheinlich ein Krankenwagen, der zum Schauplatz eines weiteren feigen Luftangriffs auf die unschuldige Zivilbevölkerung fuhr. Wenn die Rückschläge überwunden waren und sie London besetzt hatten, wollte der Führer, wie er wußte, die Leute vor Gericht stellen, die diese wahllose Bombardierung ziviler Ziele befohlen hatten.

Er blickte zurück, sah am anderen Ende der Straße Autos vorfahren. War das die Puffmutter, die gestikulierend auf der Straße stand? Er konnte es nicht genau sehen. Zu weit weg.

Auf der Hauptstraße wuchs seine Verwirrung noch. Was war geschehen? Keine Uniformen. Und die Lichter. Zu viele Lichter. Wohl nie was von Verdunkelung gehört? Kein Wunder, daß so viele Krankenwagen unterwegs waren. Solche Ziele konnten die Bomber gar nicht verfehlen. Warum keine Uniformen? Abgelegt, das war's. Alle hatten sie ihre Uniformen weggeworfen und rannten davon. Feiglinge, lauter Feiglinge.

»Feiglinge!« brüllte er.

Es gab Gelächter, aber niemand kümmerte sich um ihn. Auf dem Kurfürstendamm blieb er stehen, betrachtete die vielen Autos und die vielen Menschen. Das sollte der Führer wissen. Er würde es ihm sagen. Der Führer hatte ihn immer gemocht, hatte ihn in den Bunker und nach Berchtesgaden eingeladen. Hatte ihn sogar den Architekten der neuen Menschenrasse genannt. Ja, er würde es ihm sagen. Es mußte Listen geben. Auf die Art hielt man die Disziplin aufrecht. Gesetzen und Anordnungen Geltung verschaffen. Listen führen.

Wieder hörte er die Sirenen und schaute sich um, versuchte die brennenden Gebäude auszumachen. Muß ein paar Straßen weiter sein, entschied er. Die Durchgangsstraßen wären verstopft mit Feuerwehren und Rettungsfahrzeugen. Er bog in Seitenstraßen ab, ging sicheren Schritts durch die dunklen Gassen. Einen Augenblick lang verzog sich der Nebel in seinem Hirn, und er verkroch sich in einer Hausecke, angsterfüllt, ohne den Grund zu wissen. Dann senkte sich der Vorhang wieder. Er stieß sich von der Wand ab, überrascht, sich hier zu finden. Von einer Parallelstraße erklang eine metallische Lautsprecherstimme, und er vermeinte, einen Namen zu vernehmen, der ihm bekannt vorkam. ».. . Kurnow . . .«, hörte er. Er blieb stehen, versuchte sich angestrengt zu erinnern, schüttelte dann den Kopf. War unwichtig. Mußte dem Führer von den gefährlichen Aufweichungserscheinungen berichten. Drüben auf der anderen, dunklen Straßenseite sah er Leute vorbeihasten und nickte. Die Durchsage hätte von einem Lautsprecherwagen gestammt, der vor einem weiteren Luftangriff warnte. Muß mich beeilen. Muß den Bunker erreichen, bevor der Angriff beginnt. Darf mich nicht aufhalten lassen. Führer muß Bescheid wissen. Die Lautsprecherwagen waren jetzt näher, man konnte einzelne Worte verstehen.

»Mord . . . Halten Sie sich fern . . .«

Es *war* Mord. Eiskalter Mord. Warum löschten sie nicht die Lichter? Idioten. Keine Vorsichtsmaßnahmen getroffen. Fernhalten von einsturzgefährdeten Gebäuden. Lichter löschen. Sie würden jedoch gerächt werden. Listen wurden angelegt. Vor sich sah er einen Haufen Fahrzeuge auf der Straße stehen. Straßensperre. Verdammt. Einsturzgefährdete Häuser wahrscheinlich. Keine Papiere. Und der Führer mußte gewarnt werden. Er schlüpfte in eine Einfahrt. Die dunklen Bürohäuser hätten sicherlich einen Ausgang in die Parallelstraße. Mußten sie haben. Pechschwarze Finsternis. Nichts zu sehen. Er stolperte über Mülltonnnen. Egal, Hervorragende Verdunkelung. Wichtig. Würden ihn hier nicht so leicht erwischen. Schreie und Rufe. Tapfere Burschen, diese zivilen Feuerwehrleute. Und die Landwehr. Riskierten jede Nacht ihr Leben. Mußte er dem Führer erzählen. Lob war wichtig. Gut für die Moral. Er kam auf einer Parallelstraße heraus und seufzte erleichtert. Keine Straßensperren. Verständlich. Zu viele Männer für Verstärkungen eingezogen. Sogar Einheiten mit Ausländern wurden jetzt aufgestellt. Da war er dagegen. Befleckte die

Reinheit des großen Ziels. Spielte aber keine Rolle. Nur eine Übergangsmaßnahme. Der Führer wußte schon, was er tat.

Potsdamer Platz. Er lächelte, erkannte die Durchgangsstraße. War jetzt nicht mehr weit zum Bunker. Ruhiger hier. War auch zu erwarten gewesen. Verdunkelung mußte unbedingt eingehalten werden, so dicht beim Bunker.

Überall um ihn herum diese hohen Gebäude mit den zugemauerten Fenstern. Hatte gar nicht gewußt, daß sie jetzt die Häuser zumauerten. Warum eigentlich? Muß daran denken, mich zu erkundigen. Unvermittelt stand er vor der Mauer und war neuerlich verwirrt. Berlin. Nicht Buchenwald. Warum also die Mauer? Rätselhaft. Er trat näher, berührte die rauhen Hohlblocksteine, wie ein Blinder, der sich seine Umgebung zu ertasten versucht. War nicht sein Lager. Gab dort nur Stacheldraht. Die Verwaltungs- und Forschungsgebäude waren massiv gebaut, klar, aber die standen innerhalb der Umzäunung. Und er war nicht durch das Tor gekommen. Oder war er? Er runzelte die Stirn, konnte sich nicht erinnern, blickte hinter sich. Nein. Ganz bestimmt nicht. Er wollte zum Bunker, nicht ins Lager. Um den Führer zu warnen. Schutzmauer. Das war's. Sie hatten eine Schutzmauer um den Bunker gezogen. Konnte sich allerdings nicht daran erinnern. Wann war sein letzter Besuch gewesen? Er preßte die Stirn an den Stein. Konnte sich nicht erinnern. War auch egal. Schutzmauer. Sehr vernünftig. Er ging an der Mauer entlang, suchte nach einem Tor. Nichts. Drüber klettern, das war's. In die innere Schutzzone gelangen. Keine Gefahr. Er war ein bekannter Mann. Sie würden ihn erkennen, auch ohne Papiere. War mit allen per Du. Er begann sich emporzuziehen, suchte nach Ritzen und Vorsprüngen für seine Hände, knurrte ärgerlich, als seine Finger abglitten und er sich die Nägel einriß. Das war ihm vor kurzem schon einmal passiert, dachte er. Wo war er in letzter Zeit geklettert? Es wollte ihm nicht einfallen. Verfluchter Schnaps. Er fiel zweimal herunter, schrammte sich beim zweitenmal die Schienbeine auf. Zusammengesunken hockte er am Fuß der Mauer, konnte vor Müdigkeit fast die Glieder nicht mehr bewegen.

Von weit weg hörte er die Sirenen. Wurden lauter. Was bedeutete, daß die Luftangriffe näher kamen. Wieder begann er zu klettern, getrieben von dem plötzlichen, verzweifelten Wissen, daß er keinen weiteren Versuch mehr schaffen würde, wenn er jetzt herunterfiel. Er krallte sich in die Ritzen und Fugen, ignorierte die Schmerzen in seinen Fingern, keuchte und schnaubte vor Anstrengung. Mußte es schaffen. Mußte den Führer warnen. Als seine Hand die Mauerkrone ertastete, schluchzte er vor Erleichterung. Hatte es geschafft. Führer würde ihm dankbar sein. Stacheldraht. Hätte er sich denken können. Vorsichtig griff er zwischen die Stacheln, hangelte sich an den Drähten empor, bis er auf der Mauerkrone saß. Er spähte zu der Stelle, wo der Bunker hätte sichtbar sein müssen. Sonderbar. Nur ein Erdhügel. Tarnung. Das war's. Geschickt getarnt. Er blickte zurück, nach Westberlin, sah den Neonschein als orangerote Reflexion an den niedrigen Wolken. Großer Gott, war das ein schlimmer Angriff heute nacht. Merkwürdig, daß er gar keine Detonationen gehört hatte. Falsche Windrichtung vermutlich.

Der Suchscheinwerfer traf ihn wie ein körperlicher Schlag, und er schwankte bedenklich. Verzweifelt griff er in den Stacheldraht, fühlte die Stacheln in seine Handflächen eindringen, stöhnte vor Schmerzen.

»Nicht schießen!« schrie er. Sie hätten Befehl, rücksichtslos von der Waffe Gebrauch zu machen, um den Führer zu beschützen. »Nicht schießen! Ich bin's, Köllman. Heinrich Köllman. Muß dringend den Führer sprechen.«

Auf der anderen Seite hatten sie offenbar auch Suchscheinwerfer. Er winkte mit seinem freien Arm, schwankte gefährlich.

»Verdunkeln!« brüllte er. »Zu gefährlich. Macht die Scheinwerfer aus!«

Hinter sich vermeinte er ein Fahrzeug mit einem rotierenden Blinklicht auf dem Dach auszumachen, aber die anderen Lichter blendeten ihn, deshalb konnte er nicht sicher sein. Stimmen riefen ihm zu, zurückzukommen, aber er ignorierte sie. Nur Feuerwehrmänner und Landwehr. Wußten nicht, wie wichtig es war, zum Führer zu gelangen. Würden das nicht verstehen. Beschränkter Verstand. Nur tauglich für niedere Arbeiten.

»Muß zum Führer!« schrie er zu ihnen hinunter.

Er kletterte über den Stacheldraht, versuchte die Entfernung zum Boden abzuschätzen. Sie mußten eine Leiter holen. Er blickte auf, wollte ihnen zurufen, eine zu bringen, und durch die Bewegung verlor er das Gleichgewicht. Er fiel, spürte, wie der Stacheldraht an seinen Kleidern riß, wie eine Hand, die ihn zurückzuhalten suchte. Der Aufprall ließ ihn benommen liegenbleiben, keuchend versuchte er Luft zu holen. Sein Handgelenk schmerzte und war unnatürlich verkrümmt. Warum kamen sie ihm nicht zu Hilfe? Wo waren sie alle? Er würde es dem Führer sagen. Würde dafür sorgen, daß sie auf die Liste kamen.

Fünfzig Meter entfernt beobachteten die Ostberliner und Russen die reglose, in Scheinwerferlicht getauchte Gestalt. Sie hatten detaillierte Berichte über Kurnows Bewegungen Richtung Mauer bekommen, von Leuten, die sie für ihre Agenten hielten, die in Wahrheit aber raffiniert eingeschleuste Mitglieder von Perez' Team waren. Auf der anderen Seite der Mauer erlosch der Suchscheinwerfer des Westberliner Streifenwagens, und die Polizeibeamten rannten zu dem Beobachtungsposten, von dem man nach Ostberlin sehen konnte.

»Stehen Sie auf, Heinrich Köllman!« rief Suwloff in offiziellem Ton. Er trug seine Uniform, was ihn imposanter erscheinen ließ. Von der anderen Seite der Mauer würde man fotografieren. Er lächelte und war sicher, daß alle Zuschauer diesen Ausdruck mißverstehen würden.

Er wäre voll rehabilitiert, befand der russische Oberst. Er würde als der Mann gelten, der den Nazi gefaßt hatte. Eine Katastrophe war in einen vollständigen Sieg verwandelt worden. Er griff sich das Megaphon von dem neben ihm stehenden Mann. Ein Offizier kam angerannt und berichtete, daß die elektronischen Minen alle abgeschaltet worden seien, so daß man gefahrlos den Mann holen könnte.

»Er soll zu uns kriechen«, sagte Suwloff. Er schaltete das Megaphon ein, wobei ihm klar war, daß man seine Stimme bis über die Mauer hören und daß die westliche Presse ausführlich über die Festnahme berichten würde.

»Heinrich Köllman, Sie sind ein Gefangener der Sowjetunion«, rief er. Hätte er hinzufügen sollen: »... und der Deutschen Demokratischen Republik«? Vielleicht. Aber auf diese diplomatischen Feinheiten kam es nicht an. Später vielleicht. Jetzt nicht.

Der alte Mann richtete sich auf, hielt sich schützend eine Hand vor die Augen. Die andere hatte er an die Brust gepreßt, als sei sie verletzt. Er blinzelte, konnte nichts erkennen.

Höchst verwirrend. Ganz und gar nicht, was er erwartet hatte. Russen. Zweifelsfrei Russen. Hatte den Akzent erkannt. Demnach war er zu spät gekommen. War er tot? War der Führer tot? Oder in Gefangenschaft geraten? Weder noch. Wäre entkommen. Logischerweise hätte er entsprechend vorgesorgt. Wäre viel zu schlau für sie gewesen. Hätte sich in den Süden abgesetzt, um dort mit den Verstärkungen eine neue Front aufzustellen. Natürlich hätte er das getan.

Nur ein temporärer Rückschlag.

Er hatte kein Gefühl mehr in den Beinen, schwankte, stolperte rückwärts. Aufpassen. Darf nicht zusammenklappen. Darf keine Schwäche zeigen. Muß Überlegenheit demonstrieren. Das war wichtig.

Er setzte sich in Bewegung, marschierte mit steifen Beinen, wie eine Marionette, und nach wenigen Schritten öffnete sich sein Mund, und er warf den Kopf zurück. Suwloff hielt lauschend den Kopf schief, konnte aber die Worte nicht verstehen.

»Was sagt er?« wollte er von dem Mann wissen, der ihm die Nachricht von der Abschaltung der Minen gebracht hatte. Bevor der Offizier antworten konnte, war der alte Mann näher gekommen, und nun konnten sie ihn alle hören. Er sang mit krächzender Stimme, aber dennoch verständlich, zwar falsch, aber die Melodie des Horst-Wessel-Lieds war unverkennbar.

». . . Kam'raden, die Rotfront und Reaktion erschossen,
marschiern im Geist in unsern Reihen mit . . .«

Irgendwo klickte ein Gewehrschloß.

»Nein!« befahl Suwloff hastig. »Genau das will er doch. Eine Kugel.«

Taumelnd, atemlos von der Anstrengung, sang der Massenmörder weiter:

»Die Straße frei den braunen Bataillonen,
die Straße frei dem Sturmabteilungsmann!
Es schaun aufs Hakenkreuz voll Hoffnung schon Millionen,
der Tag für Freiheit und für Brot bricht an.«

Er war jetzt ganz nahe, schlurfte mühsam über den unebenen Boden, versuchte blinzelnd etwas zu erkennen. Unmöglich. Sie waren nur schwarze Schatten.

». . . Zum letztenmal wird zum Appell geblasen, zum Kampfe stehen wir . . .«, begann er erneut, doch dann erstarb seine Stimme, als er die vielen Uniformierten sah. Ein Glück, daß er in Zivil steckte. Niemand würde wissen, wer er war. Keine Papiere. Er würde einfach lügen. Wäre leicht, bei diesem Durcheinander überall. Kein Problem, in einem der vielen Kriegsgefangenenlager unterzutauchen, die jetzt überall errichtet würden. Er würde sie austricksen. Wäre kinderleicht.

»Heinrich Köllman?« rief ihn Suwloff an.

Der Wissenschaftler musterte den Uniformierten. Schwer zu sagen von den Schulterstücken, was er für einen Dienstgrad hatte.

»Nein«, sagte er entschieden. »Ich bin . . .«

Er stockte verwirrt. Es fiel ihm kein anderer Name ein. Er sah sich in dem Halbkreis der Soldaten um. Und brach in Tränen aus.

Es war über ein Jahr später, lange nach der neuerlichen Gesichtsoperation und der Übernahme des Lehrstuhls für Psychiatrie an der Hebräischen Universität in Jerusalem, daß Uri Perez am Ende einer

Vorlesung die Frage gestellt wurde. Sie kam von einem Studenten, der sich den Film, von einem der leerstehenden Häuser auf der Westberliner Seite der Mauer aus aufgenommen, angesehen hatte, wie Köllman auf die Russen zuging.

»Nachdem Sie einst in einem von Köllmans Lagern waren und dann den Plan ausgearbeitet haben, in dem er sich letztlich verfing, hatten Sie doch ein enormes persönliches Interesse«, sagte der junge Mann, den Perez für einen der intelligentesten Kursteilnehmer hielt. »Was für eine persönliche Befriedigung haben *Sie* empfunden, nachdem alles so hervorragend gelaufen war?«

Obwohl er sich selbst diese Frage viele Male beantwortet hatte, zögerte Perez. Es gab wirklich keine andere Antwort, entschied er schließlich.

»Keine«, erklärte er. »Nicht die geringste Befriedigung. Im Gegenteil, ich habe ein überwältigendes Gefühl des Mitleids empfunden.«

Er blieb an seinem Pult sitzen, lange nachdem der Vorlesungssaal sich schon geleert hatte. Warum war es ihm nie gelungen, Mosbacher zu überzeugen? fragte er sich voll Bedauern. Vielleicht wären sie, wenn er ihn hätte überzeugen können, heute noch Freunde.

Brian
Freemantle

Strategie des Skorpions

Ullstein Buch 10111

ein Ullstein Krimi

Der Weltfrieden scheint in greifbare Nähe gerückt: Im Geheimen verhandeln Amerikaner und Russen über den Truppenabzug aus Europa, den schrittweisen Abbau aller Raketen und eine gegenseitige Inspektion der Verteidigungsanlagen.
Doch beide Seiten spielen mit falschen Karten und verfolgen nur eigene Interessen, eine Taktik, die geradewegs in die Katastrophe führt ...

Ted Allbeury

Die Saat der Angst

Ullstein Buch 10083

ein Ullstein Krimi

ATOMUNGLÜCK IM URAL?

New York (dpa). Nach Darstellung des in den Westen emigrierten russischen Wissenschaftlers Medwedjew hat sich im Winter 1957/58 im Ural ein Atomunglück ereignet, das dreitausend Menschen das Leben kostete und weite Landstriche radioaktiv verseucht hat. Die Katastrophe wurde von den Sowjets geheimgehalten.

War es wirklich ein furchtbarer Unglücksfall . . . oder etwa ein kaltblütig gesteuertes Experiment, um die Folgen eines Atomkrieges genau zu erforschen?
Ted Allbeury schrieb einen beklemmenden Thriller, bei dem man nie sicher ist, ob er dem Leser nicht bisher geheimgehaltene Fakten enthüllt.

Brian
Freemantle

Labyrinth mit Minen

Ullstein Buch 10130

ein Ullstein Krimi

Josef Bultowa ist aus dem sibirischen Straflager entlassen und glänzend rehabilitiert worden. Denn man braucht ihn – als vielsprachigen Unterhändler in heiklen Missionen. Und auch diesmal ist er unentbehrlich. Ein junger Russe, Nikolai Balschew, hat den Literaturnobelpreis gewonnen. Auf einer Goodwill-Tour nach Stockholm, London und Amerika soll er für Sympathien für die Sowjetunion werben. Josef wird zu seinem Begleiter bestimmt; er soll darauf aufpassen, daß der naive junge Autor nichts sagt und tut, was dem Image Rußlands schaden könnte ... Doch der russische Kulturminister, der für Josefs Verbannung verantwortlich war, kann dessen Wiederaufstieg nicht verwinden. Er will Josef stürzen. Jedes Mittel ist ihm recht, und er benutzt Nikolai als Figur in seinem tödlichen Komplott.

Brian Freemantles Talent wurde auch von der deutschen Kritik sofort erkannt. Die FAZ stellte ihn auf die gleiche Stufe mit Eric Ambler, Len Leighton und John LeCarré, und Ulrich Klever verglich ihn mit Graham Greene.

Robert B. Parker

Bodyguard für eine Bombe

Ullstein Buch 10103

ein Ullstein Krimi

Rachel Wallace ist eine militante Feministin. Ihr neustes Buch schlägt wie eine Bombe ein, denn es prangert Mißstände an und nennt die dafür Verantwortlichen beim Namen. Als ihr anonyme Anrufer mit Mord drohen, engagiert sich Rachel den Privatdetektiv Spenser als Bodyguard.
Doch auch Rachel ist explosiv. Im falschen Moment geht sie vor Wut hoch und entläßt Spenser. Darauf haben ihre Feinde nur gewartet. Jetzt haben sie freie Bahn ...

»Parker ist der beste Autor auf diesem Gebiet der Literatur.« THE NEW REPUBLIC